權力巔峰

SUPREME POWER

卷9 美人心計

夢入洪荒 著

目錄
Contents

第一章

美人心計

一個金枝玉葉般嬌貴的大小姐，竟能低下身段來給自己洗腳，那一瞬間，柳擎宇感覺到心頭暖暖的，非常感動。僅僅從如此毫不猶豫的一個動作中，柳擎宇便感受到曹淑慧對他的那種濃得化不開的情意。最難消受美人恩啊。

聽到陳志宏的提示，沈老九心頭一顫。雖然他是混跡道上之人，卻也聽過柳擎宇的大名，知道這位新上任的紀委書記不是等閒之輩，就連孫玉龍都不得不暫時避其鋒芒。所以，他一邊把手機遞給柳擎宇，一邊放下了匕首，又指示其他兄弟放下匕首，把那些女同學給放開，又用十分真摯的語氣說道：

「柳書記，對不起啊，我不知道她們是您的朋友，這件事是我做得不對，改日我專程擺酒宴向您道歉，還希望您大人不計小人過，不要和我們這些俗人一般見識啊。」

柳擎宇接過電話，陳志宏打圓場說：「柳同志，我想這件事可能是個誤會，據我瞭解，沈老九他們一直是守法經營的，每年都給東江市創造不少就業機會和稅收。」

陳志宏話說到這裡就不再多說什麼了，以免被柳擎宇抓住把柄。

柳擎宇自然明白陳志宏是什麼意思，說道：「陳志宏同志，我簡單給你敘述一下今天我們遇到整件事的經過吧。」

柳擎宇詳細的講述了事情的經過。在他講話的當中，陸釗悄悄溜出了房間。

柳擎宇這一講便講了五分鐘，讓陳志宏鬱悶到不行。卻也只能聽著，不敢發出怨言。

柳擎宇終於講完，這才說道：「陳同志，事情的經過就是這樣，我是負責紀委的，所以暫時不會干涉你們公安部門如何辦案，希望你能夠秉公處理此事。現在我的朋友已經安全，我可以離開了。」

說完，柳擎宇掛斷電話，然後把手機遞給沈老九道：「我可以帶我的朋友離開了嗎？」

沈老九連忙點頭哈腰的說：「可以可以，柳書記，真是對不起啊，今天是我們不對，還請您多多見諒。」

柳擎宇擺擺手道：「你不需要這樣。」便瀟灑地轉身向外走去。

此時，曹淑慧、秦睿婕四女一邊幫助慕容倩雪安慰她的這些女同學，一邊觀察著慕容倩雪。

這一觀察，卻讓曹淑慧四人心中暗自吃驚不已。因為出乎她們意料的是，慕容倩雪似乎對柳擎宇並沒有任何興趣，這一點從她看向柳擎宇的目光和一些細節的表現中可以看得出來，反而是柳擎宇對慕容倩雪卻是關心有加。

然而，越是這樣，曹淑慧心中的危機感卻越發強烈了。因為這說明兩人的關係中，慕容倩雪是處於被動地位，柳擎宇則是主動的那個。

自從她認識柳擎宇以來，她還沒看過柳擎宇主動去追求過哪個女孩。現在，柳擎宇竟然對這個看起來對他不冷不熱的女孩感興趣，柳擎宇心中到底是怎麼想的？他到底看上了慕容倩雪哪一點呢？

不行，我一定要想辦法阻止這種情形，否則任由兩人這樣發展下去，以柳擎宇的性格，未必不能把慕容倩雪給追到手啊，更何況他們之間還存在著家族聯姻的關係呢！

與此同時，和柳擎宇通完電話的陳志宏也陷入了思考之中。

剛才柳擎宇的那番話已經充分把他的意思給表達出來了，柳擎宇說他暫時不會插手公安部門辦案，這一點從表面上看是講得通的，畢竟他是紀委書記。

但是陳志宏卻注意到了「暫時」兩個字，因為柳擎宇除了紀委書記之外，還有另外一個職務，那就是市委常委；身為市委常委，是有權力對公安部門的工作提出一些建議和進行監督的。

柳擎宇下一步會做什麼呢？

一時之間，陳志宏陷入了深深的隱憂之中。

陳志宏的隱憂是對的，因為他這一次的確是闖了大禍，禍都闖到天上去了。

陳志宏一輩子都不會想到，僅僅是這麼一通電話，便讓他陷入到了萬劫不復的地步之中。

就在柳擎宇他們離開後，曹淑慧首先發飆了，立即打給一個在中紀委系統工作的族叔，告訴他陳志宏與沈老九的不當關係以及慕容倩雪的事，質疑道：

「叔叔，我真的很奇怪啊，為什麼像陳志宏這種人居然還可以堂而皇之的待在他現在的這個位置上呢？」

在曹淑慧打電話的同時，秦睿婕也沒有閒著，她也給在遼源市的老爸打了個電話。電話裡，秦睿婕說的比曹淑慧更狠：

「老爸，據我所知，這個陳志宏應該和東江市黑煤鎮的事有所牽連，如果他能夠被拿下的話，可能會對柳擎宇有所幫助。」

秦睿婕畢竟是混官場的，她的思維方式都是站在官場的角度去思考問題。她的老爸身為白雲省省委組織部的常務副部長，政治敏感度相當高，也知道女兒對柳擎宇有意思，雖然他感覺女兒成功的機率不大，但身為父親，他決定幫女兒這個忙。

尤其是他對東江市的人事布局亦相當不滿，女兒的這通電話讓他更加確定要插手此事，好給有關人員一個警告。他要讓某些人知道，人事安排絕對不是兒戲，更不是彼此利益交換和平衡的工具。

平時，秦睿婕的老爸很低調，但是這並不意味他沒有能力、沒有實力。鯤鵬不動，狀若鷹雕，鯤鵬展翅，一日萬里。越是低調的人，一旦行動起來，越是犀利明確。

陳志宏、沈老九更想不到的是，在被沈老九和他的下屬們所調戲的女孩中，有一個女孩的家庭背景也很不簡單，是財政部某位司長的女兒，當女孩向老爸哭訴自己的遭遇後，這位司長勃然大怒，立即憤怒的打給白雲省省長崔衛東，不滿的痛訴東江市的治安實在是太糟了。

而政界、軍界、商界也陸續有不同聲音對東江市的治安問題紛紛提出非議，遼源市正面臨著暴風雨來臨前的寧靜。

就在此時，一輛神秘的掛著北京市牌照的汽車駛入了白雲省紀委大院內，沒有人知道這輛車的主人是誰，即使用車牌去查，這輛汽車也只是登記在一個普通的私人名下，根本看不出什麼名堂。

然而，就是這輛不起眼的車，在東江市掀起了一場巨大的風浪。

這輛汽車在省紀委停留了整整三個多小時，隨後省紀委副書記滕建華親自帶著廿八名省紀委的骨幹力量上了一輛車，跟在這輛車後面，一路疾馳向東江市而去。

同時間，各自在家中的其他六名省紀委的有力幹部也在兩個地點集合，分乘兩輛汽車向東江市進發。

此刻是凌晨三點多，正是天色最為昏暗的時刻，也正是人們睡得最香的時候。四輛車悄悄地駛入了東江市。

在東江市的入口處，紀委三大巡視小組的組長姚劍鋒、鄭博方、葉建群三人，在接到柳擎宇的指示後，分別帶著最精銳、最信得過的手下在這裡等候。

四點十五分，三組人馬會合。

在北京市車牌內的人員和省紀委副書記滕建華的聯合指揮下，省紀委的工作人員配合東江市三個巡視小組的人員一起出動，在沉睡中的都市內展開了行動。

而此時陳志宏正在私人別墅內，抱著 名包養的長腿美女大學生睡得正香呢。

別墅的門被悄然打開，隨後，二名紀委人員快速衝進臥室，直接將陳志宏從席夢思大床上給拉了起來，勒令他穿上衣服後，便將他給帶走了。

一邊往外走，陳志宏還在一邊大聲叫道：

「你們這是要幹什麼，我可是國家幹部，你們知不知道你們的行為是犯法，你們這是非法綁架。」

這時，省紀委副書記滕建華突然出現在陳志宏的面前，同時與他一起出現的還有一名看來並不起眼、穿著普通休閒服的人，這個人從身上口袋內掏出工作證，遞向陳志宏：「陳同志，你可以看一下我的工作證，我們並不是你想像中的匪徒。」

陳志宏接過對方的工作證一看，立時嚇得一魂出竅，二魂升天，我的乖乖，上面赫然寫著對方的職務：中紀委巡視組副組長阮宗澤。

這時，滕建華也把自己的工作證遞了過去，沉聲道：「陳志宏同志，這是我的工作證，如果你對我的身分也懷疑的話，可以確認一下。」

其實，當滕建華出現在面前的時候，陳志宏便意識到自己危險了，因為像滕建華這種省紀委等級的副書記輕易是不會出動的，一旦出動，那事情基本上就大條了。

不過明知如此，陳志宏依然硬著脖子說道：

「滕書記，不知道我觸犯了什麼法律，值得你們如此大動干戈？我陳志宏一向奉公守法，兢兢業業……」

陳志宏稀里嘩啦的說了一大串，想表明自己的清白。

只是還沒等他說完，阮宗澤便制止道：

「行了，陳志宏，你有的是時間去為自己辯解，我們沒有空和你廢話，我要告訴你的是，在紀委工作人員面前，永遠不要心存僥倖，如果我們沒有掌握充分的證據，是不會出現在你面前的。現在我們正式通知你，由於你嚴重的違法違紀行為，正式被雙規，請你配合，坦白交代你的罪行！我相信，身為政法委書記、東江市公安局局長，紀委的相關政策你應該知道，如果你不明白的話，到時候會有專業的工作人員為你進行講解的。」

說完，阮宗澤便向外走去。滕建華冷冷的看了陳志宏一眼，也跟著走了出去。

三名工作人員一左一右一後包圍著陳志宏，把他架了出去。

陳志宏的心沉到了谷底，他萬萬沒有想到自己會被雙規，而且事前竟然沒有一點預兆。

就在陳志宏被帶走後，那名女大學生立刻給孫玉龍打了個電話，把陳志宏被雙規的消息向他進行了回報。

原來她是孫玉龍的人！這一點，陳志宏直到被雙規後都不知道，他還天真的以為她是個天真無邪的大學生呢。

被陳志宏包養的女孩名叫孫芸芸。

孫芸芸打完電話後，便開始忙碌起來。她先把陳志宏藏在她這裡的銀行卡、現金、美元等值錢的東西都取了出來。準備攜款跑路。

如果陳志宏沒有被雙規的話，孫芸芸是絕對不敢這樣做的，畢竟陳志宏是公安局局長，還是政法委書記，如果她捲款潛逃的話，只有死路一條，但是現在卻不一樣了，當初孫玉龍在拉攏她的時候，給她的許諾就是答應她可以把陳志宏的東西全都納為己有。

這也是她之所以在第一時間便給孫玉龍打電話進行彙報的真正原因。

然而，沒有想到的事情又發生了。

孫芸芸剛剛把東西都打包收拾好放進皮箱內，準備離開房間的時候，房門再次被打開，省紀委副書記滕建華再次走了進來。他的身後還跟著兩名省紀委的工作人員。

滕建華笑著看向孫芸芸說道：「對不起小姐，你現在還不能走，因為你也是我們需要調查的重點證人，請你跟我們走一趟吧。」

聽到滕建華的話，孫芸芸的臉色刷的一下變了，緊緊地護住皮箱，聲音顫抖著說道：「你們要抓的是陳志宏，和我一點關係都沒有，我只是一個可憐的人而已，我也是為生活所迫啊，求求你們放過我吧。」

然而，孫芸芸剛說完，滕建華身邊的一名工作人員卻板著臉道：

「孫芸芸，不要在我們面前演戲了，你如果只是一個出來賣的，會有孫玉龍的電話？如果你只是一個出來賣的，會知道陳志宏貪污受賄的那些財產藏在哪裡？不要在我們面前耍花槍，否則的話，後果自負！」

說著，這名工作人員從臥室房中的床頭櫃、客廳的花瓶等許多地方取出針孔錄影機和監聽器，這是他們在剛剛抓捕陳志宏的時候，趁孫芸芸不注意時放的。

在收取針孔錄影機和監聽器的同時，另一名工作人員從孫芸芸的手中接過手提箱，那一剎那，孫芸芸的臉色蒼白，知道自己也完蛋了，她的身體一下子軟了下去，哀求道：「求求你們放過我吧，我只是被陳志宏包養的一個可憐的女大學生，他的不法行為我都沒有參與其中。」

工作人員喝令道：「孫芸芸，你聽清楚了，我們的政策是坦白從寬，抗拒從嚴，你越是配合我們，讓我們獲得的有用資訊越多，你的罪行就越輕，我們會根據你所交代的來斟酌如何處理你，你自己看著辦吧。」

孫芸芸連忙點頭：「我交代，我什麼都交代。」

滕建華滿意的點點頭，吩咐小隊人員收隊。

他辦案的時候怎麼可能會有漏洞和疏忽呢，剛才他之所以沒有帶走孫芸芸，目的就是欲擒故縱，他們離開的同時，對孫芸芸的監控便已經同步展開了，因此孫芸芸的一舉一動都在他們的掌握之中。

不過，滕建華並沒有立即對孫玉龍採取任何措施，因為現在還不是動孫玉龍的機會。

孫玉龍在接到陳志宏被雙規的消息後，立刻打電話給自己的靠山——省會遼源市市委書記李萬軍。

「李書記，我聽說中紀委和省紀委的人連夜把陳志宏給雙規了，這件事他們做得也太過分了吧，要動我們東江市的市委常委，竟然連我這個市委書記都不知會一聲。」

李萬軍對這件事早有預感，感慨道：

「陳志宏被雙規，我認為並不值得大驚小怪，你知道他這次惹了多大的禍嗎？因為柳擎宇遇刺，整個省委承受著不小的壓力，案件到現在都還沒有破，再加上又出現大學生被惡勢力差點給非禮的事，被非禮的女孩不是普通人，陳志宏之所以被雙規和這件事也有相當大的關係。」

孫玉龍聽了大吃一驚：「什麼？昨天的事這麼快就有了反應？」

李萬軍帶著幾分鬱悶道：「是啊，昨天晚上我就聽到了消息，說是省委組織部裡有人要動陳志宏，這個人的級別還不低。不過對方的意思只是想先把陳志宏調離東江市，以後再找機會收拾他，卻沒想到有人把事情給捅到了中紀委那邊。玉龍啊，你想想看，如果不是有著通天的關係，中紀委那邊會因為一個小小縣級市的市委常委就下來一個處長嗎？而且，這一次省紀委也派出了人過去，這說明這次的事情策劃十分周密，而且策劃之人背後的能力非常之大，我勸你現階段最好不要輕舉妄動。」

孫玉龍聽了李萬軍的話，驚訝地道：「老領導，這次怎麼回事？為什麼事情鬧得這麼大？」

李萬軍苦笑說：「這個我也不清楚，但是從目前的種種情況來看，你們東江市藏著大魚啊，只是不知道這條大魚到底是誰？唯一可以肯定的是，對方的能力非常之大，就連我都感覺到了一絲壓力啊。而且據我得到的消息，就連北京那邊的氛圍也十分詭異，似乎有些勢力在摩拳擦掌，我們這邊氛圍也有些嚴肅，所以這時候，你千萬不要輕舉妄動，要做好分內之事。」

孫玉龍聽到李萬軍這麼說，知道事情的嚴重性超出了自己的想像，便點點頭道：「好的，李書記，我明白該怎麼做了。」

第二天，孫玉龍一上班，他的秘書便面色沉重的走了進來，向他報告：

「孫書記，我得到準確的消息，昨天晚上，市政法委書記陳志宏同志被省紀委直接雙規，同時雙規的還有政法委兩名副書記、市公安局三名副局長、六名處長被雙規，司法局那邊，局長陸天華被雙規，另兩名副局長、四名處長被雙規。」

孫玉龍聽了，當時就是一愣，他萬萬沒有想到，昨天晚上的行動範圍竟然如此之大，中紀委和省紀委的這次行動，幾乎把東江市政法系統中屬於陳志宏和自己的勢力摧毀殆盡，**這簡直是趕盡殺絕的跡象啊**。

孫玉龍坐在椅子上陷入了沉思，他有一種預感，**東江市的天快要變了**。

不過孫玉龍是一個意志十分堅強之人，以前也出現過類似的情形，但是都被他給成功的化解了，因為他知道越是危機重重的時刻，越是需要穩住心神，絕對不能慌亂，否則反而容易陷入危機之中。

只是，孫玉龍沒有想到的是，他即將面臨一個更大的殘酷事實——一向疼愛的女兒，竟然不是他親生的！

此時正在醫院陪著柳擎宇的孫綺夢也沒有想到，距離她的身世被曝光的時間也正在慢慢逼近。

柳擎宇躺在醫院的病床上，頭有些大。

東江市市委、市政府的官員們分批過來看望柳擎宇，然後是東江市紀委的工作人員，僅僅是應付這些人便花了他整整一個上午的時間。

到了下午，則是柳擎宇的奶奶、老媽和各位阿姨們，以及曹淑慧、秦睿婕等女眷們輪流照顧柳擎宇。雖然有美女的照顧讓柳擎宇感覺到很幸福，卻也令他十分頭疼。因為是輪流照顧，所以誰先誰後，就隱含了很多的暗示。

在分配順序的時候，老媽和奶奶那些人十分狡猾的先溜了，讓曹淑慧、秦睿婕、孫綺夢三個女孩目光灼灼的盯著柳擎宇，希望柳擎宇給出一個結果，只有慕容倩雪目光望向窗外，顯得與世無爭的樣子。

柳擎宇看著眼前四個千嬌百媚的美女，也不知道該如何安排了，只好厚著臉皮道：

「大家坐下來聊聊吧，都看著我做什麼啊。」

曹淑慧杏眼怒睜地看著柳擎宇。柳擎宇乾脆耍起無賴了，愛瞪就瞪吧，反正我是誰都不得罪。看著柳擎宇這樣，曹淑慧也沒招了。

最後，還是慕容倩雪先退了出去，說道：「晚上我再過來看你。」

慕容倩雪走後，孫綺夢猶豫了一下，也站起身來說道：「我明天過來看你。」

最後，只剩下了曹淑慧和秦睿婕。

曹淑慧的目光看向秦睿婕，秦睿婕也看向曹淑慧，兩個人的視線在空中交接，目光中都閃爍著堅定和決心，誰也沒有退讓的意思。

兩人的視線幾乎擦出了火花。柳擎宇見兩人都快成鬥雞眼了，連忙咳嗽了一聲：「二位，咱們玩撲克牌如何？」

沒想到兩個女孩幾乎異口同聲的說道：「不玩！」

這時候兩人倒是一致對外，槍口對準了柳擎宇，語氣中都帶著幾分怒氣。柳擎宇也不生氣，嘿嘿一笑，便拿出手機自己玩了起來。

秦睿婕冷冷看了曹淑慧一眼，丟下一句：「我兩個小時後過來接班。」便氣呼呼地轉身走出了房間。

曹淑慧的臉上露出了些許得意之色，但是隨即卻是一臉的憂鬱。勝利的感覺很快便被心中的煩惱給沖淡了。

兩個鐘頭後，秦睿婕來接班，晚飯過後，再由曹淑慧接手。

當天晚上，秦睿婕沒有過來，因為曹淑慧叫她不要過來了，說慕容倩雪還要來，她會負責把她給搞定。

秦睿婕何等聰慧，明白曹淑慧這個魔女是打算要擠兌慕容倩雪了，對這種情況她自然樂見其成，畢竟現階段慕容倩雪是她們的共同敵人。

夜色蒼茫，到了晚上八點左右，曹淑慧估算了下時間，感覺到慕容倩雪差不多快要來了，便端了盆洗腳水，對柳擎宇說道：

「來，把你的腳伸進來，該洗腳了，你的腳臭死了。」

柳擎宇頓時大窘，只能乖乖地按照曹淑慧的指示把腳伸進了洗腳盆裡，兩隻腳開始互搓起來。

然而，讓柳擎宇沒想到的一幕出現了。曹淑慧竟然蹲下嬌貴的腰身，拿起柳擎宇的腳丫子，開始幫他洗起腳來。雖然只是簡單的動作，但是柳擎宇的心頭卻是一顫。

對曹淑慧的身分，他比任何人都清楚，曹淑慧在曹家一向是公主般的存在，所有人都寵著她，疼著她，生怕她受到一點點的委屈，從來都只有別人伺候她的份，她哪裡伺候過別人?!

可是這樣一個金枝玉葉般嬌貴的大小姐，竟能低下身段來給自己洗腳，那一瞬間，柳擎宇感覺到心頭暖暖的，非常感動。僅僅從如此毫不猶豫的一個動作中，柳擎宇便感受到曹淑慧對他的那種濃得化不開的情意。

最難消受美人恩啊。

曹淑慧的動作十分仔細、認真，每個細節都不放過，還不時會按摩一下穴位，幫他疏通經絡，柳擎宇舒服得靠在床頭，臉上露出享受的表情。

曹淑慧刻意將房門半掩著，就在這時候，一陣輕盈的腳步聲從由遠及近，慕容倩雪嬌美的身影出現在門口。

她正想敲門，結果從半掩的門縫中看到蹲在地上給柳擎宇洗腳的曹淑慧，這一刻，慕容倩雪震驚了。這個畫面帶給她的震撼性實在是太強烈，以致她呆立在當場，原本要敲門的手也垂了下來。

柳擎宇到底有何種魅力能夠讓曹淑慧做出這樣的事出來呢？

然而，接下來，出現了讓慕容倩雪更為驚訝的一幕。

曹淑慧在幫柳擎宇洗完腳又洗好手後，走到柳擎宇的身邊坐了下來，竟然直接摟住柳擎宇的脖子，獻上了香吻。

此刻，柳擎宇還陶醉在曹淑慧幫他捏腳時所帶來的那種快感中，沒想到曹淑慧會趁機偷吻他，還把香舌伸進了他的嘴中瞎攪和著。

柳擎宇一下子驚醒，連忙想要推開曹淑慧，卻沒想到他這一推，右手不小心碰到了一團軟肉，彈性十足，柳擎宇感到自己的心再次顫抖了一下，那種軟玉溫香在懷、香舌生澀攪動的感覺讓他不禁有些暈了。

在曹淑慧的主動配合下，兩人就這樣長吻起來。

那一刻，他們誰也沒有注意到，就在房門外面，慕容倩雪正震驚的看著房間內熱吻的兩個人。

尤其是當曹淑慧感覺到柳擎宇觸碰到自己的胸部後想要撤回手去，她把心一橫，乾脆把胸口向柳擎宇的方向緊緊壓了過去，讓柳擎宇的手失去了迴旋的空間，半推半就的按在自己的胸口上，看起來兩人的關係似乎非比尋常。

慕容倩雪原本淡定的臉色變得無比蒼白。

隨著和柳擎宇接觸機會的增多，她漸漸地感受到柳擎宇的優秀之處，尤其是柳擎宇的真誠和霸氣，讓她產生了異樣的感覺。

尤其是柳擎宇在身受槍傷的情況下，一接到她的電話，依然毫不猶豫的火速趕來搭救自己，彷彿超人般的英雄舉動，讓慕容倩雪如冰山般冷酷的心也有些融化了，她才會提出晚上要過看柳擎宇，卻沒想到撞見如此不堪的一幕。

這使她那顆剛剛融化的心很快便再次冰封起來。

慕容倩雪把身體靠在房間門的牆壁上，用牆支撐著身體，閉上雙眼，告訴自己要冷靜，那對修長的睫毛卻在微微不斷地顫抖著。

不過，慕容倩雪的確不是普通女子，她靠在牆上稍微休息了一會兒，隨即便毅然地邁開機械的步伐緩緩向來時的方向走去。

隨著腳步漸漸遠離柳擎宇的房門，慕容倩雪的步伐越來越輕快，她心中有一個聲音在漸漸抬頭：「對於我這種註定要成為家族犧牲品的女人來說，感情是十分奢侈的東西，我還是絕了這個念頭吧！」

就在慕容倩雪剛剛離去，孫綺夢的身影出現在樓道拐角處。

其實她已經到了好一會兒，不過她沒有急著現身，因為她來的時候，看到曹淑慧走進了病房，所以一直在樓道的拐角處默默等待著。

沒多久，就見慕容倩雪也向病房走來，她只能繼續等待，暗中觀察。

奇怪的是，慕容倩雪並沒有直接走進病房，只在門口望了一眼便神態大變，接著便黯然的離開了，孫綺夢心中暗自吃驚，裡面到底發生了什麼事，為什麼慕容倩雪會過門不入呢？

她緩步向病房門口走去。

此刻在房間內，曹淑慧在偷吻柳擎宇成功後，兩人情不自禁又來了個法式濕吻。

當兩人的身體漸漸分開，曹淑慧臉上紅暈滿布，立即大發嬌嗔道：「誰讓你吻我了！」

柳擎宇頓時傻眼，心中暗暗叫屈：「曹大小姐，這可是你主動送上門來的，我能夠忍住沒有把你就地正法，已經夠君子的了。」

曹淑慧目光帶著一絲幽怨的看向柳擎宇說道：「柳擎宇，聽說你和慕容倩雪相親了，是真的嗎？」

這句話問完，房間內的氣氛陡然一變，一股暗流在房間內湧動著。

柳擎宇沉默了一下，隨即說道：「是的。」

曹淑慧的心微微抽搐了一下，粉拳緊握，聲音中的幽怨之意更濃了幾分：「聽說你還沒有做出最終的決定？」

柳擎宇點點頭：「是的。我在猶豫。」

「為什麼？」

曹淑慧幾乎用出全身的力氣才問出這句話，表情中也帶著些許的緊張。

柳擎宇沉默了，空氣再次凝滯。

過了足足三分鐘的時間，柳擎宇才帶著歉意和愧疚說道：「我對慕容倩雪有不一樣的感覺，這種感覺是我對其他女孩從來沒有過的。」

曹淑慧聽了，淚水瞬間奪目而出，嘴唇因為銀牙咬得過於用力而滲出了絲絲血跡，她猛的撲進柳擎宇的懷中，一把抱住柳擎宇的腦袋，再次狠狠的吻了下去。

一番長吻過後，曹淑慧站起身來，淚水已經模糊了她的臉龐，也濕透了柳擎宇的衣衫。曹淑慧勉強露出笑容，眼中充滿了淒婉之色說道：

「柳擎宇，不要忘記我，我把我的初吻都給了你，千萬不要忘記我。」

說完，曹淑慧猶如一隻受了傷的蝴蝶一般，搖搖晃晃的飛了出去，隱沒在茫茫的夜色之中。

曹淑慧走了，走得很決絕，很徹底。

空氣中，留下曹淑慧身上特有的馨香之氣。

房間內靜悄悄的，柳擎宇臉色黯然，目光注視著曹淑慧離去的方向，這一刻，他突然感到心中空落落的。

他早已習慣曹淑慧的霸道和蠻橫，習慣曹淑慧的直接與肆無忌憚，習慣曹淑慧對自己明明喜歡，卻總是做出一副兇悍的樣子。

一直以來，柳擎宇見到的都是曹淑慧扮演野蠻女友的形象，他從未想過曹淑慧也有脆弱不堪的一面。

曹淑慧離去時淒婉的表情、帶淚的臉龐，讓他痛恨自己為什麼要這麼坦白。他想要去安慰曹淑慧，卻又停住了，因為他知道身為男人，必須要有擔當，不能三心二意。否則將會給曹淑慧甚或其他女孩帶來更大的傷害。

他喃喃的說道：「淑慧，對不起，希望你能找到屬於自己的幸福……」

不知道為什麼，他卻覺得自己的心痛極了，撕心裂肺一般，剪不斷，理還亂。

此刻，站在房外偷看的孫綺夢被眼前所看到的畫面給震撼住了。

她曾經想要去征服柳擎宇，試圖去攻佔柳擎宇那故意忽視冷漠的心，然而，眼前發生的一切讓她突然感覺自己的想法是那麼的可笑，那麼的幼稚。

曹淑慧高貴的氣質，絕美的容顏，絕對不輸給自己，然而，柳擎宇的心裡想的竟然是那個慕容倩雪！

她不禁捫心自問：自己還有機會嗎？還有必要去做那些可笑的事嗎？那樣就能夠改

變柳擎宇的心意嗎？看曹淑慧和柳擎宇相處的熟悉程度，仍是黯然神傷的離開，自己還有什麼優勢呢？

一連串的問題不斷浮現，孫綺夢只感覺自己的心雜亂無章，不知道該如何抉擇了。她決定先離開，好好梳理一下自己紛亂的心情，她想不明白自己對柳擎宇到底是真的愛情還是意氣之爭，如果盲目做出決定的話，那不是她孫綺夢的風格，她一向喜歡謀定而後動。

孫綺夢也離開了。

這是柳擎宇住院後，最為安靜的一晚。

秦睿婕第二天上午過來看望柳擎宇，看到他的傷勢恢復許多，也就放心離去。四個女孩突然都不見了身影，讓柳媚煙、梅月嬋十分訝異，之前可是聽這幾個美女搶著要照顧柳擎宇的，甚至為了照顧的先後順序一度僵持，為什麼她們在一天之內全部消失了呢。

而一向樂觀開朗的柳擎宇竟然露出了深深的傷感，這可是破天荒第一次，梅月嬋、柳媚煙看得出柳擎宇是為情所困，她們是過來人，很清楚感情的事最好是讓柳擎宇自己去打開心中的結，因而很有默契地也沒有追問。

由於柳擎宇中槍的部位不是要害，加上他體能狀況維持得很好，所以在醫院躺了幾天便出院上班去了，奶奶梅月嬋和老媽柳媚煙也回到北京。

恢復上班的柳擎宇暫時將刺殺事件放在腦後。

針對狙擊手的調查，柳家仍在暗中進行中，卻一直沒找到那名凶手，他心知要指望東江市公安系統能找到更是不可能的事，不過柳擎宇相信那名凶手短時間內絕對不敢再出現了。

目前對他而言，最重要的還是如何完成省委領導交給自己的艱巨任務。這次的遇刺，反而激起柳擎宇骨子裡的彪悍氣息，讓他更加堅定了要把東江市存在的暗黑勢力一網打盡的決心。

布局，再次展開。

柳擎宇的這次布局，是以東江市的人事變動拉開序幕。

由於陳志宏在慕容倩雪事件後被拉下馬並且雙規，隸屬於他這一派的人馬也大部分都被雙規了，讓東江市的政法系統出現了嚴重缺人的局面。

正常情況下，出現人事變動的時候，應該是由遼源市方面來決定政法委書記、公安局局長的人選，但是這一次，省委以東江市公安系統問題嚴重為由，直接由省公安廳下派一名叫李雲鵬的刑偵處處長，前往東江市擔任政法委書記、代理公安局局長。

其他如公安局常務副局長、政法委副書記、司法局局長等職務，也都由省委從省裡各個單位抽調精銳力量擔任，他們的到來，使東江市的政法系統發生了翻天覆地的變化。

遼源市市委書記李萬軍這一次十分低調，保持了沉默，對省委的安排沒有多說什麼，他知道即使自己站出來說話也無濟於事，加上陳志宏已經被雙規了，他也只能隱忍。

不過，即便省委那邊掌控了政法委書記、公安局局長的位置，短時間內也無法在東江市引起什麼風風雨雨。東江市依然牢牢的在自己的掌控之中。

為了穩妥起見，李萬軍親自給孫玉龍打了個電話：

「玉龍啊，新任的政法委書記李雲鵬這個人你瞭解嗎？」

孫玉龍回道：「這個人我調查過，他之前是公安廳刑偵處的處長，辦案經驗十分豐富，軍隊出身。您放心，我會對他加強防範和牽制的。」

李萬軍點點頭：「嗯，看來你做過功課了，我再給你提供一些資料。這個李雲鵬多年前曾經和省紀委書記韓儒超共事過，算是同事，兩人關係非常不錯，所以李雲鵬可以算是韓儒超的人。這個人平時別看他不言不語的，但是辦案的手段相當高明，從他過去和犯罪分子的交手記錄來看，此人絕對不能小視，你必須對此人高度的重視。」

聽到李萬軍這番話，孫玉龍心中一凜，連忙說道：「李書記，您放心，我一定會多加小心此人的。」

事實證明，李萬軍對李雲鵬這個人的分析十分到位。

李雲鵬上任後的第一次常委會上，便毫不避諱的提出要加強整頓東江市治安的意見。李雲鵬的話，立時獲得柳擎宇的支持。他指著自己纏著繃帶的傷口說道：

「各位常委，最近這些年，東江市的經濟狀況雖然好轉，但是社會治安卻也連年惡化，這一次更是發生了暗殺國家幹部、強擄女大學生這種駭人聽聞的事，所以我大力支持李同志所提出的整頓意見，相信在場的常委也沒有任何一個會反對吧？」

常委們開始紛紛表態。

輪到孫玉龍發言的時候，孫玉龍清了清喉嚨說：

「李同志的意見我相當認可，不過呢，我提出幾點意見，第一，這次的整頓行動必須要乾脆、俐落，不能影響到百姓正常的生活；第二，這次行動必須做到有理有據，不能胡亂出拳，隨便出擊，更不能讓無辜的百姓受到冤枉，更不能成為政治鬥爭或者排斥異己的手段。第三……」

孫玉龍林林總總的說了四五條，基本上都是在給市公安局的這次行動設定一些條條框框，好方便他對整個事件進行掌控。

李雲鵬立馬回應：「孫書記，請您和各位常委放心，我們市公安局一定會在市委市政府的領導下，在國家法律賦予我們的權力範圍內，按照法律程序辦事！」

李雲鵬對孫玉龍的話沒有表示任何的不滿，他的表現讓眾人猜疑不斷，有人認為李雲鵬太軟弱，將來很有可能會像陳志宏一樣，淪為孫玉龍的爪牙。也有人猜測李雲鵬很可能是想要先觀察觀察形勢再說。也有人認為李雲鵬是孫玉龍敵對一方派來的人，將來可能會採取大的動作。

眾人的種種猜測，在第二天便得出了結論。

散會後，李雲鵬毫不避諱的來到柳擎宇的辦公室。

李雲鵬看向柳擎宇道：「柳書記，我這次到東江市來，是老韓直接運作把我調過來的，他告訴我，說你對東江市的情況很熟悉，讓我上任後多和你商量，我也知道了你來東江市的目的，你看我們下一步該怎麼辦？」

從年紀上講，李雲鵬要比柳擎宇大上不少，論級別也不比柳擎宇低，完全沒有必要在柳擎宇面前表現得如此謙卑。更別說他現在是市政法委書記兼代理公安局局長，手中的實權相當大。

柳擎宇是一個人敬我一尺，我敬人一丈的主，所以李雲鵬說完，他立刻說道：「李書記，您可別這樣說，您是我的前輩，我只是比您先到東江市一段時間而已，咱們遇事可以一起多商量商量，努力完成省委領導交給我們的任務，不辜負領導對我們的期望。」

聽到柳擎宇的回話，李雲鵬眼神中露出滿意之色。雖然他和韓儒超關係不錯，也得到韓儒超的交代，要他多配合柳擎宇，但是他仍然要試探一番，確認一下柳擎宇到底是什麼樣的人。

從柳擎宇的表現來看，柳擎宇很有自知之明，做人也不張揚，在年輕一輩的官員中是很難得少見的，和這樣的人打交道很是痛快，所以，兩人之間的關係很快拉近，隨著話題的深入，彼此對對方的認可度也越來越高。

李雲鵬發現柳擎宇雖然年輕，但是說話做事極有條理，而且很多觀點往往一針見血，對事情的分析和他十分一致，甚至柳擎宇還提出了比他想到的更多的意見，對他快速在市公安局和市政法系統樹立自己的權威十分有幫助。

而柳擎宇也感覺這席話談下來受益良多。因為李雲鵬是做刑偵員警出身，自己布局時一些疏忽的地方被他一一指了出來，柳擎宇當場便進行了調整。

兩人談了一個多小時，基本上把下一階段的工作都敲定好了，李雲鵬這才離開。

李雲鵬剛離開柳擎宇的辦公室，孫玉龍那邊便得到了消息。

雖然孫玉龍不知道李雲鵬和柳擎宇說了些什麼，但是他意識到柳擎宇和李雲鵬已經結成了盟友，自己面臨的局勢越來越嚴峻了。

孫玉龍辦公室內，常務副市長管汝平、市委秘書長吳環宇、市委組織部部長廖敬東、黑煤鎮鎮委書記于慶生五個人圍坐在茶几旁，煙霧升騰，幾個人的臉色都很凝重。

市委秘書長吳環宇先出聲道：

「孫書記，這個柳擎宇還真不是一個安分的主啊，我感覺最近發生的這一連串事情似乎是安排好的陰謀，我有一個想法不知道是不是正確，那就是柳擎宇的遇刺會不會是他自己策劃的一個**苦肉計**，而前往ＫＴＶ則是**連環計**，透過這兩個計策，好將陳志宏徹底拿下，而且讓我們不敢輕舉妄動。」

說到這裡，吳環宇的聲音中露出幾分寒意：「孫書記，如果真是這樣的話，這個柳擎宇可真不是一般的年輕人啊，我們必須對他多加提防。」

于慶生立即附和道：「老吳說得很有道理，我看這還真的很有可能是柳擎宇使的詭計，自從他來了之後，我們東江市發生了不少事，長此下去，東江市的局面恐怕要變啊！」

于慶生說話時，目光看向孫玉龍，臉上露出憂色。

孫玉龍自然聽得出于慶生這番話的意思，是在提醒自己該有所行動了。

第二章

人性弱點

柳掔宁分析道：「這就涉及到人性的問題了。官場中的貪官做事，只會從是否對自己有利來考慮，他們認為對自己有利的事就會去做，反之，就算是事情冉急迫也未必會看上一眼。這就是人性中的貪婪、欲望、自私、自利。」

這時，市委組織部部長廖敬東說話了：

「我倒不認為這是柳擎宇策劃的，首先，柳擎宇再怎麼厲害，也不過是個二十多歲的毛頭小子而已，就算他從娘胎裡就讀三十六計，也未必能夠運用得如此純熟，而且一般人誰會沒事找事的被狙擊槍給打一下呢？要知道，從現場的勘察來看，狙擊手距離柳擎宇的距離大概在兩百米左右，萬一狙擊手打偏了，柳擎宇便會有生命危險，他會冒這種風險嗎？

「不過，我認為我們的確要對柳擎宇提高警惕，柳擎宇到東江市，肯定不是來升官發財，是衝著我們這些人，甚至是攪局來的，尤其是他現在和李雲鵬聯合起來，很可能已經策劃了下一步的行動計畫，我們現在要做的，應該是好好思考如何應對柳擎宇與李雲鵬這個聯盟的力量，防患於未然！」

廖敬東說完，其他人都露出深思之色。

孫玉龍眉頭緊皺，手指叩擊著桌面，沉思良久後說道：

「嗯，敬東這番話很有道理，我們不必追究柳擎宇被狙擊究竟是不是他自己安排的，大家先說說，柳擎宇下一階段會怎麼做？」

房間內一時陷入沉默之中，大家都開始思考起來。

突然，孫玉龍的電話響了起來，他趕忙接通。

嚴衛東帶著幾分焦慮的聲音從裡面傳了出來：「孫書記，柳擎宇剛剛從市委那邊回來，立刻就召開了紀委常委會議，在會議上，他再次提起有關黑煤鎮的問題，決定派出三大巡視小組同時趕赴黑煤鎮，還給我一個任務，讓我立刻協調市審計局，做好準備，隨時帶著審計局的人展開行動。雖然審計局都是咱們的人，但是我擔心柳擎宇會不會有其他的圈套啊。否則的話，他為什麼會讓我去協調審計局的人呢？」

嚴衛東的這個電話一下子將幾個人給驚醒了，包括孫玉龍在內，他們突然意識到，眾人剛才太過於看重柳擎宇本身，卻**忽視了柳擎宇一直在關注的問題——黑煤鎮**，而黑煤鎮恰恰是眾人的核心利益所在。

這樣看來，柳擎宇與李雲鵬的會面很可能是虛張聲勢而已，目的是轉移眾人的注意力，而他則暗中趁機布局黑煤鎮。

想到這裡，眾人的臉色都變了。

尤其是孫玉龍，立刻指示道：「嚴衛東，你立刻調動你所有的關係，爭取把柳擎宇和三大巡視小組的行動全都掌握住，發現問題及時向我進行彙報。」

嚴衛東趕忙應諾沒有問題。

掛斷電話，孫玉龍對于慶生說：「老于，我看你現在立刻趕回黑煤鎮去主持大局，我猜測前幾次巡視小組的人前往黑煤鎮都是障眼法而已，我擔心他已經暗中指使巡視小組提前趕往黑煤鎮去了。」

于慶生聽了孫玉龍的分析，連忙拿出手機給黑煤鎮鎮長周東華撥了電話：

「周東華，立刻啟動緊急備案，市紀委的人很可能已經進入東江市了，你們一定要提高警惕，不能露出破綻，同時監控好那些不安分的人，讓他們不要胡說八道。」

「好的，于書記，您放心吧，我這邊立刻準備。」周東華回道。

于慶生交代完掛斷電話，便起身告辭，火急火燎的趕往黑煤鎮進行坐鎮。

其他幾個也紛紛散去，行動起來。

孫玉龍走到窗前，望著市紀委的方向喃喃自語道：「柳擎宇啊柳擎宇，你到底在玩什麼把戲呢？看來，是得給你點顏色瞧瞧了。」

孫玉龍拿出手機，撥出了一個電話。

此刻的柳擎宇並不知道孫玉龍的動作，他十分的淡定從容，坐在自己的辦公室裡，研究著眼前有關黑煤鎮的資料。

「黑煤鎮這張龐大的利益關係網的**核心到底是誰呢**？孫玉龍嗎？有可能，但如果是他的話，他怎麼會有能力把遼源市的人際關係都給統合起來呢？如果不是孫玉龍，那這個核心人物到底是誰？**這個關係網的漏洞在哪裡？我應該從何處下手好呢？**」

柳擎宇眉頭緊鎖，陷入沉思之中。

第一步棋自己已經部署好，相信很快就會有所收穫了。那麼下一步棋，自己該如何部署？怎麼樣才能確保那些被貪官污吏們掌控的巨額資金都留在國內呢？

官場上的事，總是虛虛實實，真真假假，不是裡面的人很難看得清楚，而裡面的人也未必看得清楚，因為**很多時候，你所看到的，聽到的，都是有些人希望你看到的，聽到的，而那些人不希望你看到的、聽到的，一般人是絕對不會看到聽到的。**

柳擎宇在思考，在布局，孫玉龍他們也沒有閒著，各方勢力都在緊鑼密鼓的謀劃著，琢磨著，想法設法去維護自己的利益。

就在當天晚上，一件影響到整個東江市大局的事情，在沒有任何前兆的情況下突然發生了。

事情的起因源於東江市新上任的政法委書記、代理公安局局長李雲鵬召開的市公安局擴大會議，參加會議的，包括東江市各個鎮派出所的正副所長們。

在會議上，李雲鵬宣布了一個讓所有與會人員都十分震驚的消息：

「各位同志，我剛剛接到省公安廳的指示，要我帶著警力前往蒼山市撫遠縣協助進行打黑除惡行動，所以，散會之後，請各位給你們所在的科室和部門負責人打電話，讓他們立刻帶著警力和車輛，在一個半小時內趕往東遼高速公路入口處集合，做好長途奔襲的準備。

「各位同志，這是充分展現我們東江市警方能力的時候，我在這裡可以明確的告訴大家，如果哪個單位、科室在這次的跨地市打黑除惡行動中表現突出，市局不僅會給他們請功，還會酌情為主要負責的領導同志們加官進爵！

「這絕對不是空頭支票，因為我相信大家都知道，在陳志宏被雙規後，還有許多科室的主任和部門的領導人選並沒有確定，即使有人負責也只是暫代職務，所以，能不能把握住這次機會就看各位自己了。大家有沒有信心？」

「有！」眾人異口同聲的回答。很多人目光中露出強烈的期待。

因為這只不過是一次跨地市的打黑行動，不會牽扯到東江市的地方勢力博奕當中，也不存在得罪誰的問題，更何況還有機會加官進爵，誰不願意賭一把呢。

所以散會後，大家紛紛打電話給自己的手下，讓他們帶著各自的精英前往指定地點會合。

對東江市公安局的這次大規模警力調動，孫玉龍自然得到了消息，他立刻打電話給李雲鵬：「李同志，聽說你們市公安局有重大警力調動行動，這件事你怎麼沒有向我提起過？」

李雲鵬鎮定地回道：

「孫書記，我不知道你的這個消息是從哪裡得到的，我們警方一切行動都是按照規章行事，不過這件事的確是真的，我是收到省公安廳和有關領導的指示，並且向市政府主要領導進行彙報之後才採取行動的，這一點您可以向有關負責人求證。

「但是我想問問您，到底是誰把這件事透露給您的？因為在行動前，我已經一而再再而三的向參與這次行動的人說明了這次行動的重要性和保密性，我必須要查出這個洩密人員，嚴厲懲處，以儆效尤。」

孫玉龍沒有想到，自己本來是想要向李雲鵬興師問罪的，卻被李雲鵬反將一軍，要調查是誰洩露了消息！

他眼珠一轉，打著哈哈說道：

「哦，沒有人洩露，我只是偶然聽到有人在悄悄的議論此事，所以打電話向你瞭解一下，既然這件事需要保密，那我就不過問了，希望你們市公安局能夠好好的執行好上級交給你們的任務。當然啦，該彙報的時候也要及時彙報。」

李雲鵬掛斷電話，冷笑一聲：「哼，孫玉龍你這隻老狐狸，我這次一定要讓你大吃一驚。柳擎宇的智商可不是一般人能夠比的，今天晚上過後，東江市的局面將會發生一個大規模的翻轉。柳擎宇啊，現在就看你的絕妙策劃能否成功了。」

一個半小時後，李雲鵬帶著數百人的警力浩浩蕩蕩上了高速公路，一路向著撫遠縣的方向疾馳而去。

與此同時，在夜色的掩飾下，蒼山市景林縣、新華區將近兩百多名的警力正沿著另外一條高速公路十分低調的向東江市進發。

七星ＫＴＶ內，沈老九依然帶著一群手下在裡面醉生夢死。

雖然陳志宏被雙規是因為沈老九而起，但是沈老九反而沒有什麼事，穩如泰山，在他看來，東江市的格局就算再如何變化，也不會有人敢動自己這個七星ＫＴＶ，因為東江市所有人都知道，七星集團的背景十分雄厚，甚至可以左右公安局關鍵位置的人選，公安局內部不僅有他們安插的人馬，很多手握重權的科室領導更是和他們關係十分密切，經常享受七星集團給予的種種好處。

所以，哪怕是公安局的高層領導全換了，他也可以高枕無憂，因為只要有一點風吹草動，他可以立刻在第一時間內得知。

就在不久前，沈老九才得到公安局多個眼線傳來的消息，說公安局的大部分主力都前往蒼山市參與一次跨地市的聯合行動去了，這讓他更加得意和放鬆了。

凌晨兩點了。夜色越發深沉。

就在這時候，東江市高速公路路口處，幾十輛警車安靜的駛來，隨後，下來幾十名員警，迅速把各個路口負責執勤的工作人員都給控制起來，以防止他們向外傳遞消息。

隨後，其他警車依次通過路口，按照早已接到的行動方案和導航系統，精準的撲向各個目標位置。

幾乎是在同一時間，七星集團在東江市的所有關係企業、旗下的各個娛樂場所，都被這些猶如從天而降的神兵給迅速佔據，並且帶走所有重要的物證。

在這一次突擊行動中，七星集團的高層百分之九十以上全部落網，沈老九和他手下道上的小弟們也全都被抓。

凌晨四點鐘，孫玉龍被手機的震動聲給驚醒，迷迷糊糊的抓過手機問道：「誰啊？」

電話那頭傳來一個震怒的聲音：

「孫書記，我是沈老七，我們七星集團被警方徹底給一鍋端了，這到底是怎麼回事？是我沈老七平時對您或者是各位領導們孝敬不夠嗎？為什麼有這麼重大的行動也不提前知會我一聲？」

孫玉龍聽到沈老七的質問，立時嚇得坐起身來。

他太清楚沈老七和他之間的關係了，他們猶如一根繩上的螞蚱，一榮俱榮，一損俱損。沈老七的落網，正如一把雙刃劍，雖然幫自己剷除了一個最大的威脅，卻也埋下了一個定時炸彈，一旦沈老七把所知道的事全吐露出來的話，對他絕對是致命的一擊。

「沈老七，到底是怎麼回事，你給我好好的說清楚，我現在還迷糊著呢。」孫玉龍趕緊澄清自己並不知道這件事。

聽到孫玉龍這樣說，沈老七心中稍安，隨即把自己得到的情報告訴孫玉龍，尤其是沈老九被抓，生死未明，希望孫玉龍能夠想辦法，幫忙把好兄弟給救出來。

孫玉龍聽了納悶道：「今天晚上大部分警力不是都前往蒼山市去協助撫遠縣打黑除惡了，怎麼還會在東江市採取大規模的行動呢？」

沈老七忿忿地說道：「孫書記，我想我們都被騙了，李雲鵬帶那些人離開恐怕是個**瞞天過海之計**，實際上離開的只有一部分，據我得到的消息，這次行動中有大批公安部門的人參加，還有不少生面孔，這些人應該是從其他縣市調來的。現在我基本上可以肯定，這次行動絕對是一起策劃周密、有預謀針對我們七星集團的行動。

「孫書記，因為這次行動，我在東江市的大部分產業都被查封了，損失十分慘重，而且我的銀行帳戶也都被凍結了，希望你能夠還我一個公道，畢竟我可是東江市的政協委員啊，這一次李雲鵬他們根本是故意整人嘛。」

孫玉龍心中不禁一凜，李雲鵬的突襲行動讓他感到太意外了，他怎麼也想不明白，明明是省公安廳直接指揮的一件跨地市行動，怎麼會橫生枝節，出現李雲鵬不按照公安廳指示辦事的事情呢？

想到此處，孫玉龍拿出手機撥通了在省公安廳的某個朋友：「老王啊，深更半夜的打擾你真是不好意思啊，不過有件事我必須得向你瞭解一下。」

「到底是什麼事啊？竟然讓你這個時候給我打電話。」老王語氣中帶著濃濃的睏意。

孫玉龍抱歉地道：「是這樣的，昨天省廳是不是組織了一次跨地市的打黑行動？」

老王回想了一下，點點頭說：

「嗯，這件事我的確聽說過，而且這次不僅僅是你們東江市，還有臨近的三個地市出了人，足足將近六七百人，據說是撫遠縣那邊有涉槍案件，黑勢力十分猖獗，所以省廳決定統一部署，集中打擊。難道有什麼問題嗎？」

孫玉龍聽了一愣，他有些糊塗了，因為老王是絕不會跟自己說謊的，也就是說，這次李雲鵬帶人前往撫遠縣是沒有問題的，但是沈老七卻又說被公安系統查剿了，可是自己一點消息都沒有聽到，這究竟是怎麼回事呢？

一時間，孫玉龍越想卻是越糊塗。整個局面就好像一張撲朔迷離的大網，讓他看不出這個網的出口到底在哪裡。

孫玉龍再次撥通了沈老七的電話，把自己瞭解到的情況向沈老七說了一遍。

沈老七聽完，皺著眉頭說：「看來李雲鵬帶著人走應該是沒有錯的，只不過他在東江市多安排了些人手，這說明李雲鵬很厲害啊，才到東江市多長時間啊，就拉攏了那麼多的人過去，孫書記，對這個李雲鵬你可不得不防啊，一旦讓他全面掌控東江市公安系統，恐怕以後我們的麻煩會非常大。

「好在今天只是針對我們七星集團，並沒有對黑煤鎮下手，這也是他們的失算之處，他們根本不會想到，七星集團那些東西只不過是我們的一個幌子而已，雖然其中有不少利益，但是比起黑煤鎮的利益來，差了不是一個檔次。我現在立刻就前往黑煤鎮坐鎮指揮，一定要確保我們在黑煤鎮的利益不受到任何外來勢力的影響。」

孫玉龍深有同感地說：「你說得沒錯，黑煤鎮才是我們的根本，只要掌控了黑煤鎮，就不怕任何挑釁；只要我們手中有錢，就可以翻雲覆雨，我早晚會讓李雲鵬灰溜溜的給我滾出東江市去。」

掛斷電話後，沈老七立刻乘車心急火燎的趕往黑煤鎮。

然而，沈老七萬萬沒有想到，就在他趕往黑煤鎮的同時，李雲鵬也在行動著。

當所有東江市的警力人員在高速公路口集合之後，李雲鵬先是安排了幾輛大巴，讓所有警員全部上了大巴，在大巴車後面，則是好幾輛專門運載車輛用的載運拖車，用來裝載警車。

這串車隊浩浩蕩蕩的上了高速公路之後，李雲鵬命令手下把每個警員的通訊工具都收繳上來，統一管理，並且再次重申了保密紀律。

當大巴行駛到東江市邊緣的時候，大巴突然改變了方向，順著一個出口開了下去，而這個出口位於東江市海豐鎮，距離黑煤鎮只有十五公里的距離。

當大巴走到海豐鎮時，大巴上的警員臉色都變了，立即敏銳地知道這次行動的地點並不是撫遠縣，而是針對黑煤鎮。

他們想要用手機向外界聯繫，把消息傳遞出去，然而，手中的通訊工具已經全都被收繳了上去，只能乾著急。

有幾個比較機靈的，拿出偷藏的手機，以為神不知鬼不覺，卻沒有想到，車上竟然收不到訊號，這時候，他們的手機再次被收繳了，查核人員除了對這幾個人嚴重警告，並且宣布會在稍後舉行的局黨委會議上進一步討論對他們的後續處理，包括開除黨籍、公職等處分。

李雲鵬的狠辣手段震懾了想要向外界傳遞消息的人，如果因為向孫玉龍報信而丟了工作，那可就不值得了。

在李雲鵬的指揮下，車隊在漆黑的夜色中一路疾行，終於趕到了黑煤鎮。

此刻是凌晨三點半左右，黑煤鎮的老百姓早已熟睡了，只有幾個大型娛樂場所依然霓虹閃爍，裡面歡聲笑語，紙醉金迷。

當車隊來到黑煤鎮後，李雲鵬立刻拿出手機撥了一個電話，很快的，讓在場所有員震驚的一幕出現了，夜色中，幾十輛警車突然駛出黑暗，悄無聲息的撲向黑煤鎮各個重點地方。

與此同時，李雲鵬指揮人馬各自帶隊前往不同的場所進行抓捕行動，還安排了人手防守重要的交通要道，以防止有人逃跑。

天羅地網已經鋪開，抓捕行動正式開始。

沈老七的運氣不錯，他剛駛入黑煤鎮不久，便看到一輛輛警車在大街小巷中穿行，他連忙把車開進一個偏僻的角落，隨後棄車撒腿就跑。因為他發現警車早已占據交通要道，想要開車逃出去基本上不太可能。

凌晨五點，李雲鵬撥通了柳擎宇的電話：

「柳書記，我們已經按照和你商量好的部署，徹底將盤踞在黑煤鎮的黑惡勢力一網打盡，查封多座由他們所控制的煤礦、娛樂場所，而且，我們還發現了潛逃的沈老七的車，看來沈老七逃到了黑煤鎮，只不過可能發現了我們的行動，藏匿了起來，現在我正在組織力量進行搜捕！」

聽到李雲鵬的回報，柳擎宇十分的滿意，經過他一番苦心的布局，盤踞在東江市和黑煤鎮的以七星集團為核心的黑惡勢力被一網打盡。

這不僅對整個東江市市民來說是好事，對他進行下一步的計畫來說，也是一件好事，因為自己要想掀開盤踞在東江市的利益集團的面紗，就必須要動黑煤鎮；而要動黑煤鎮，就肯定會受到黑煤鎮大小利益集團的反擊。

黑煤鎮大小利益集團反擊的主要力量分為兩種，一種是官場的力量，對這方面的力量，如果是一般人未必能夠挺得住，但是柳擎宇卻恰恰相反，因為他這次下來可是臨危受命，肩負重任，這是獲得省裡主要領導肯定的，再加上自己一向行得正，坐得端，不會被任何人抓住把柄，所以他並不懼怕來自官場的打擊。

而第二種反擊力量就是暴力，而暴力的實施者主要是那些與利益集團相互勾結，形成共同利益關係的黑惡勢力，這些人在行事時幾乎沒有任何底限，所以柳擎宇對這些人比較顧忌。

因此柳擎宇摸清了東江市的種種問題之後，首先考慮的就是如何打擊東江市的黑惡勢力，之前由於陳志宏的存在讓他不敢輕舉妄動，沒想到自己受傷和慕容倩雪的事，竟然促成了陳志宏的徹底垮臺。

這讓柳擎宇看到了一個良好契機，所以他立刻深夜秘密趕往遼源市，與省委書記曾鴻濤見面，把自己的想法向曾鴻濤進行了彙報。

曾鴻濤聽完彙報，對柳擎宇的想法給予了相當的肯定，並表示會對他大力支持。大老出手，自然非同凡響，所以，七星集團的結局早已註定了。

柳擎宇聽了道：「李書記，我們能否完成省領導交給我們的任務，七星集團的老闆沈老七是一個十分關鍵的人物，我認為你最好親自坐鎮，務必要把沈老七給抓住。我會再協調一些支援的警力，讓他們幫助你行事。」

李雲鵬豪氣干雲地說：「我明白，柳書記，你放心吧，不抓住沈老七，我就不回東江市。」

結束通話後，柳擎宇撥通了一個電話：

「薛玉慧，你可以到我們東江市來散散心了。」

電話那頭傳來帶著幾分不滿的嬌嗔聲：

「柳哥哥，你真是太不懂得憐香惜玉了，現在才幾點啊，你就給人家打電話，你不知道打擾美女睡覺是一種殘忍的行為嗎？睡眠不足容易臉上起皺紋的。」

「好好好，是柳哥哥不對，是我有些興奮了。不過玉慧啊，現在的確是你帶著你們新源集團的考察團隊過來的最佳時機。」柳擎宇道著歉說。

薛玉慧是新源集團現任董事長薛靈芸的愛女，隨母姓，是薛氏家族的小公主，集萬千寵愛於一身，雖然今年才廿二歲，但是已經坐到新源集團高層管理階級的位置。

薛玉慧從小就和柳擎宇關係密切，是柳擎宇最疼愛的小妹妹之一，這丫頭性格活潑開朗，古怪精靈，但是工作起來絕對屬於女強人，深得她老媽的真傳，管理企業的能力讓柳擎宇都不得不嘆服。

這一次柳擎宇的布局中，薛玉慧和新源集團舉足輕重。

薛玉慧聽柳擎宇道歉了，立刻咯咯一笑：

「哈哈，柳哥哥，看來你是真的很急迫啊，既然這樣，小妹我怎麼能推辭呢？你放心吧，人手早在你上次跟我打招呼的時候就已經派到東江市去了，下一步只要我過去就成啦，一切都會按照你的布局展開的。」

柳擎宇笑了，薛玉慧不愧是自己最疼愛的妹妹，做事就是可靠。

掛斷電話，雖然才早晨五點多，天色還黑著呢，但是柳擎宇卻有些睡不著了。乾脆起床洗漱之後，坐在沙發上思考起下一步的行動計畫來。

一疊Ａ四紙上，早已被柳擎宇畫滿了各種各樣的符號、名字，柳擎宇不斷的寫畫著，一個個名字，一個個圈圈，柳擎宇的大腦隨著手中筆尖的流動飛快的轉動著。

天色漸漸轉亮，柳擎宇面前紙上的圖形越來越簡化，他的臉上也露出了堅定而又自信的笑容。

第二天上午，柳擎宇自信滿滿的來到市紀委上班。

就在這一天，東江市政壇發生巨大震動。所有東江市的官員都在討論一個話題——盤踞在東江市十多年之久的七星集團，連同他們旗下所掌控的黑惡勢力幾乎在一夜之間被一網打盡。

東江市的官員都知道，七星集團的沈老七和沈老九哥倆個在東江市擁有極為廣大的人脈，無論東江市政壇如何變動，他們兄弟都是安然無恙；自從孫玉龍上臺之後，兩兄弟的事業更是蒸蒸日上。在東江市，惹誰都不能招惹七星集團。

誰也沒有想到，**這樣一個所有人都認為不可能翻船的龐然大物，會在一夜之間被連根拔起**。

官場上的人都具有極大的敏感性，有人已經預測到東江市的天恐怕要變了。更有人心中已經暗暗盤算起來，自己在孫玉龍這艘船上還能夠再待多長時間，需不需要另外尋找新的碼頭靠攏。

東江市官場上的種種不安和躁動，讓很多人開始思考著自己的退路。

這個時候，在當天上午十點鐘召開的東江市市委常委會上，柳擎宇又拋出了一個重磅炸彈。

面對心情不怎麼好的孫玉龍，以及開會時一直面無表情的市長唐紹剛，在會議進行到自由討論階段的時候，柳擎宇突然語出驚人：

「各位同志，下面我談一下我們市紀委三個巡視小組在最近這段時間，對東江市上上上下下、從市直屬機關單位到鄉鎮主要領導幹部的調研中發現的一個十分嚴重的問題，我認為這個問題在座同志們必須高度重視。」

柳擎宇沒有直接點出到底是什麼問題，但是這番話卻成功引起了所有常委的重視。孫玉龍更是眉頭緊皺，臉色陰暗的看著柳擎宇，心想柳擎宇很有可能是要提七星集團的事。

然而，出乎孫玉龍意料的是，柳擎宇在稍微頓了一下之後，沉聲說道：

「在巡視小組的調查中發現，東江市一些領導幹部與民間企業主勾搭搞權錢交易，甚至插手土地轉讓、礦產資源開發、工程建設項目招標，更有人利用職權為配偶、子女、親屬及特定關係人謀取不當利益，還有一些領導幹部以各種形式收受紅包，其實就是變相的受賄。

「但是，我剛才說的還只是表象問題，我們還發現了更為嚴重的情形，那就是裸官（編按：指配偶子女均已移居國外或是沒有配偶子女的單身公職人員，這些人往往將貪腐所得轉移至境外，對國家的忠誠度亦比較薄弱。）的現象十分普遍，已經到了必須要大力整頓的時候了！」

柳擎宇這番話說完，整個會議室鴉雀無聲，所有人都震驚的看向柳擎宇。

其實，柳擎宇所說的現象在東江市早已不是什麼新聞了，但大家對此都有高度的默契，儘管整頓口號喊了多年，但這只不過是孫玉龍吸引各方注意的假動作而已。現在柳擎宇丟出這個問題，很多人的反應都是柳擎宇是腦袋被驢踢了嗎，竟然要動真格的?!

市委組織部部長廖敬東立刻說道：

「柳同志的這個提議非常好，非常對，我們市委組織部會嚴格執行最新通告的《黨政領導幹部選拔任用工作條例》，嚴肅展開自查自糾工作，尤其是對裸官堅決不予提拔重用，我們會向市委主要領導進行彙報。」

不得不說，這廖敬東十分聰明，三言兩語便把問題拉到自己這裡，想名正言順的把柳擎宇從裸官問題上給排擠出去。

廖敬東說完，常務副市長管汝平接著說：「廖同志說得很對，市委組織部的確應該加強對此現象的監管和自查自糾，堅決打擊裸官，我們市政府方面也會大力配合，將打擊裸官落實在行動上，讓裸官無權可用，讓人不敢去當裸官。」

管汝平字字鏗鏘，然而字裡行間卻又加強了廖敬東對這件事的主導權。

這時，孫玉龍說話了：

「嗯，廖同志的意見我也贊同，在裸官問題上，我們東江市堅決不提拔重用裸官，組織部門在這方面要加強審查和監管，確保裸官在東江市無法危害一方。」

孫玉龍的話，幾乎是直接拍板這件事由市委組織部來負責了。

然而，柳擎宇自己提出來的議題，又怎麼可能會為他人做嫁呢。因此等孫玉龍說完之後，柳擎宇只是淡淡一笑，說道：

「根據我們的調查和諸多統計資料來看，裸官的領導幹部，發生腐敗的機率比起正常的幹部要高很多倍。東江市之所以裸官問題如此嚴重，這和市委組織部在審查、提拔官員的時候把關不嚴有很大關係，這一點，市委組織部必須要意識到自己的問題，杜絕以後再出現類似的情形，我們市紀委也會加強監督，嚴格執行對每一位官員的審查。」

柳擎宇頓了一下，看向孫玉龍說道：

「孫書記，我現在把我們市紀委下一階段的工作重點向您以及各位同志說明一下。

「下一階段，市紀委打算以裸官問題為起點，嚴厲查處買官賣官、帶病提拔、違規用人等不當情形，深入推動反腐倡廉工作。此外，市紀委也會繼續加強巡視小組的巡視工作，發現不法問題，並對腐敗分子持續打擊決心，糾正幹部選拔任用上的不正之風。」

柳擎宇話一說完，孫玉龍傻眼，管汝平傻眼，廖敬東也傻眼了。

柳擎宇竟然玩這麼一手！

雖然廖敬東把針對裸官問題的查處、調查工作給拿走了，但是柳擎宇又把這些權力給拿了回來，只要他隨便弄倒一個，就足以在東江市掀起滔天風浪，但是孫玉龍卻對柳擎宇所說的挑不出一絲的毛病。

此刻，孫玉龍心中越發堅定了一定要把柳擎宇從東江市踢開的想法。

當他抬起頭來看向柳擎宇的時候，目光中充滿了殺氣。自己經營東江市這麼長時間，好不容易才形成今天這種局面，他絕對不能容許任何人來動自己的盤中食。

這時，市長唐紹剛發言了：

「裸官問題的確已經到了該大力整頓的時候，就像剛才管汝平同志所說的，我們市政府會大力配合市紀委的查處工作，同時也會加強對領導幹部們的思想教育工作，並且按照相關規定，責令副科級及副科級以上官員在一個星期內彙報家屬的狀況，對於明顯屬於裸官的人，將會直接向市紀委提交資料。」

唐紹剛這番話，再次在會議室內掀起了軒然大波，因為誰也沒有想到，唐紹剛竟然會表態支持柳擎宇。

對於唐紹剛的立場大家都很清楚，唐紹剛雖然和孫玉龍鬥來鬥去的，但是在利益分贓的時候，兩人會很有默契的進行分配；涉及到外力彈壓時，更會一起抵制壓力。現在唐紹剛卻表態支持柳擎宇，這到底是怎麼回事？

就連孫玉龍也用充滿不可思議的眼神看向唐紹剛，希望他能夠給自己一個解釋，然而唐紹剛說完，便低下頭來，一句話都不說。

唐紹剛陣營的人自然也立刻表態支持柳擎宇。在這種氛圍之下，柳擎宇的提案在常委會上以高票通過，市紀委再次掌握了查處裸官問題的主導權。

散會後，回到辦公室，孫玉龍立馬撥通唐紹剛的電話，不滿地質問道：

「老唐，常委會上你的態度是怎麼回事？為什麼會突然間支持柳擎宇呢？難道你看不出來柳擎宇這小子到咱們東江市是來攪局的嗎？如果我們再不對柳擎宇進行制衡，恐怕以後東江市會被他給攪得天翻地覆啊！」

唐紹剛接到孫玉龍的電話後，無奈地說道：「老孫啊，難道你以為在會議上和柳擎宇唱反調，或者去阻止他的提案就是正確的做法嗎？我跟你說我的真實想法吧，這些年，東江市的運勢實在是太順利了，尤其是一些利益集團的發展，更是呈現出無可阻擋的趨勢，就連深處局中的我都感覺到心驚肉跳。」

唐紹剛長嘆一聲道：「你還記得老祖宗的那句話嗎？過猶不及！任何事情，一旦發展到了一定的程度就會物極必反，你想想，東江市現在雖然有上面的人支持，所以短時間內不會有什麼事，但是從長遠來看，東江市這些年來連一個市委常委甚至是副市長都沒有出過，這難道還不足以說明一些問題嗎？」

孫玉龍聽了，不禁說道：「老唐，你就直說吧，你到底是什麼意思？」

唐紹剛苦笑道：「我認為東江市的腐敗現象已經深入骨髓，到了不破不立的時候了，如果我們還是一直視而不見，最終一定會引起省委領導的強烈反彈。

「據我瞭解，省委早就對東江市的弊病十分不滿了，我相信這一點你應該也很清楚，只不過因為有李書記給我們撐著，所以省裡一直沒有動我們，但是我相信省委領導的眼睛一直都沒有離開我們東江市。

「而且根據我所得到的消息，柳擎宇空降東江市幾乎得到了大部分省委領導的支持，這足以說明多數省委領導對我們東江市是不滿的。在這種情況下，如果我們依然對眼前亂象聽之任之，繼續打我們的小算盤，我看距離東江市的局面徹底改變的時間就不遠了。

「最明顯的就是這次七星集團的覆滅了。老孫，你想想看，七星集團可是我們東江市的代表企業，他們每年往遼源市那邊上供多少錢，往省裡又上供多少錢！按理說，如此大規模針對七星集團的行動，省裡、遼源市那邊怎麼可能一點消息都沒有得到呢？

「但是結果呢？直到我們向上面反映才得到消息，這說明什麼？說明這次針對七星集團的行動，絕對是由夠分量的省委領導親自指揮的，否則的話，僅憑一個小小的李雲鵬，他能夠搞出這麼大的動靜出來？」

聽著唐紹剛的分析，孫玉龍的眉頭越皺越緊了。

「老孫，我認為，局勢發展到現在，我們要想保住自己的利益，就必須主動出擊，下出猛藥，將腐爛太深的爛肉狠下心挖走，先淨化一下東江市的氛圍，給遼源市市委市政府、省委省政府一個交代。

「我相信，只要我們做足了姿態，以後低調行事，就能平息省裡那些大領導的怒火了。到那個時候，該屬於我們的利益還怕少嗎?!這就是我為什麼要支持柳擎宇的原因。」

孫玉龍徹底沉默了。

唐紹剛知道孫玉龍須要一些時間消化他說的話，所以耐心等候著。

然而，出乎唐紹剛的意料，孫玉龍只沉默了不到半分鐘，便沉聲道：

「老唐，你考慮的很有道理，我看這樣吧，咱們先商量一下，看看根據我們手頭掌握的資料，都有哪些人存在嚴重的腐敗問題，好先心中有數。」

唐紹剛想了想，道：「這樣吧，我們各自擬個名單，到時候我去你的辦公室。」

「好，那就這樣吧。」

兩個小時後，唐紹剛來到孫玉龍的辦公室，兩人根據各自擬定的名單商討一番後，敲定了十多個人選。

這一次，兩人再次展現出了高度的默契。名單中的人選大多是屬於前市政法委書記陳志宏的人，兩人又從其他常委和自己的嫡系人馬中選擇了一兩個腐敗問題比較嚴重的人給推了出去。

名單商定後，兩人便透過不同的管道，將這些人的資料反映到市紀委那邊。

七天後，剛上班，龍翔手中便拿著一疊厚厚的資料來到柳擎宇的辦公室內，臉色嚴峻地說：「老闆，這是市紀委最近收到的有關裸官、腐敗官員的舉報資料，經過查證後的確屬實，我看可以對這些人進行雙規了。」

柳擎宇拿過資料仔細看過，然後在檔案後面簽字批准，這些人的命運便註定了。

簽完字，柳擎宇卻沒有立刻把資料交給龍翔，而是翻看著這些資料說道：「龍翔，看了這些資料，你有沒有發現一些異常的地方，或者有沒有什麼想法？」

龍翔回道：「這些被舉報的人，幾乎都是陳志宏的嫡系人馬，只有一小部分是孫玉龍或是唐紹剛的人，這應該算是人走茶涼吧？」

柳擎宇點點頭道：「是啊，這就是人走茶涼啊！人即茶，茶即心。一盞清茶，折射世間萬象。佛門看到的是禪，道家看到的是氣，儒家看到的是禮，商家看到的是利。

「**紅塵之中，人一走，茶就涼，是自然規律；人沒走，茶就涼，是世態炎涼**。人這一生，浮生若茶，初品無味，再嘗則苦，苦極回甜。其實，**一切皆出於心**，心靜自然涼。」

柳擎宇這番話富有極深的人生哲理，龍翔臉上不禁露出了深思之色。

柳擎宇又說道：「龍翔，你可知道，為什麼我們市紀委會接到這些資料嗎？」

龍翔略一沉思道：「我看應該是孫玉龍、唐紹剛他們透過管道發給我們的，否則，在東江市，除了他們，別人未必能夠掌握這麼多的資料，也不可能這麼全面，這麼精準。但是他們為什麼要這麼做呢？難道他們不擔心這些官員因為被出賣而反水嗎？」

柳擎宇嘆息一聲道：「哎，這就是人心，這就是人性啊！」

龍翔一愣：「人心？人性？」

柳擎宇點點頭：「沒錯，就是**人心和人性**！龍翔，你想想看，從正常的角度來考慮，把這些資料交給我們，的確對孫玉龍他們沒有好處，甚至有可能真的會發生窩裡反的事來。但是你不要忘了，這次大部分要被雙規的人並不是他們的嫡系人馬，所以基本上牽連到他們的機率很小；而且就算是他們的嫡系人馬被雙規了，由於這次被雙規的人這麼多，誰會想到是孫玉龍他們主動把資料交給我們的呢？

「就連那些被他們出賣了的貪官們也絕對不會想到的，孫玉龍只要稍微給他們傳遞一些消息，他們便會在被雙規的過程中抵抗到底，這一點，孫玉龍他們已經把這些人的人心給算計進去了。以有心算無心，孫玉龍他們豈會失手？」

龍翔使勁的點頭說：「沒錯，的確是這個理，如此看來，孫玉龍這些人真的是非常陰險啊。不過，這樣做對他們有什麼好處呢？」

柳擎宇分析道：「這就要涉及到人性的問題了。每個人做事，尤其是**官場中的貪官做事，往往只會從是否對自己有利來進行考慮**，他們認為對自己有利的事就會去做，反之，就算是事情再急迫也未必會看上一眼。這就是人性中的貪婪、欲望、自私、自利。」

龍翔沉思道：「老闆，照你這樣說，孫玉龍他們這樣做反而對他們十分有利？」

柳擎宇突然嘿嘿一笑：「有利？我看未必！如果他們的對手不是我的話，也許真的會得逞呢！不過，我看這一次他們真的要作繭自縛了。」

聽到柳擎宇這樣說，龍翔開始興奮起來。跟了柳擎宇這麼久，他對柳擎宇的做事風格非常瞭解，知道柳擎宇做事一向謀定而後動，總是能夠從對手看似嚴密的地方找出一絲破綻，然後加以利用，或因勢利導，順勢而為；或突然狙擊，打對手一個措手不及。

雖然現在他還不明白柳擎宇到底要做什麼，但是他並沒有追問。就聽柳擎宇交代道：「龍翔，你立刻通知三大巡視小組，對這些證據確鑿的貪官污吏實施雙規，既然孫玉龍和唐紹剛要給咱們送禮，那怎麼能辜負他們的好意呢，咱們就照單全收吧。」

龍翔立刻展開了行動。

坐在辦公椅上，柳擎宇臉上露出了玩味的笑容。

剛才他有些話沒有對龍翔講，那就是他分析出孫玉龍和唐紹剛之所以這樣做，其實是為了用來化解省委領導對東江市不滿的怨氣。只是在柳擎宇看來，孫玉龍他們這樣做是徒勞的，因為不管他們再怎麼操作，也不可能真正放棄已經到手的利益，而這些利益恰恰沾滿了民脂民膏和國家財產。

自己到東江市的主要目的，就是要將這些屬於國家和人民的財產盡可能的留下來，所以自己和孫玉龍等腐敗勢力之間的矛盾，永遠是無法調和的。

想到這裡，柳擎宇不禁輕輕的搖搖頭，他認為孫玉龍這次的出招絕對是一記昏招。按照常理，孫玉龍應該不會使出這樣的昏招的，但是他卻偏偏用了出來，這裡面的深意恐怕更值得玩味。孫玉龍到底是什麼用意呢？

孫玉龍辦公室。

市委書長吳環宇、黑煤鎮鎮委書記于慶生與孫玉龍一起坐在沙發上討論著對策。

吳環宇道：「孫書記，您剛才說已經讓人把違紀資料送到紀委那邊了，我怎麼感覺這事有些是為他人做嫁啊，柳擎宇巴不得我們這樣做呢，這樣的話他又有政績可拿了，但是我們的力量卻被嚴重的削弱，而且這些力量雖然是屬於陳志宏的，也可以拉攏到我們陣營中來啊。」

孫玉龍沒有回答吳環宇，而是看向于慶生：「慶生，你怎麼看？」

于慶生眼珠轉了一下，回答說：「我認為事情不是表面上看起來那麼簡單，我相信孫書記既然這樣做應該有這樣做的理由，只不過我不懂到底有什麼理由需要做出這麼大的犧牲？」

孫玉龍點點頭道：「看來慶生比較喜歡動腦筋，老吳啊，你以後可得多用用腦袋。你想想，我孫玉龍辦事啥時候吃虧過?!是，我的確送給柳擎宇一個大禮，但是，我的大禮是那麼容易消化的嗎？難道柳擎宇就不怕吃了消化不良嗎？」

吳環宇回想了一下，不得不承認孫玉龍還真沒怎麼辦過吃虧的事。他不解的道：「孫書記，您這葫蘆裡到底賣的是什麼藥啊？」

孫玉龍嘿嘿一笑，只說了幾個成語：「明修棧道，暗渡陳倉，聲東擊西，就是這個意思。」沒再多透露。

雖然吳環宇他們一時間還摸不清孫玉龍到底要做什麼，但是他們知道，柳擎宇表面上看是占了便宜，實際上，他的危機卻是越來越近了，因為孫玉龍的的確確沒有做過吃虧的事啊。

第三章

打擊裸官

「你所說的這些陣痛，完全是可以改變的，那就是嚴厲的打擊裸官，讓那些裸官失去生存的土壤，讓他們失去利用權力去聚斂錢財的機會。而要做到這一點，第一步的關鍵就是要東江市的大小官員主動申報家庭情況。」

然而，孫玉龍不肯吃虧，柳擎宇又怎麼會吃虧呢？

在柳擎宇的親自指揮下，東江市紀委再次強勢出擊，在東江市又掀起了新一輪的反腐風暴，有十多名各單位的要職幹部被雙規，在東江市政壇引起轟動。

這在基層幹部之間，引起了眾人的強烈不安，尤其是那些本身就處於貪腐狀態的幹部們，更是惶惶不可終日。

也有一些人因為背靠孫玉龍等大山，底氣十足，加上他們看出來，這次被雙規的人大部分都是陳志宏的老人，所以並不擔心。

就在這次大規模雙規實施的一個星期後，柳擎宇再次發飆了。

柳擎宇的這次發飆出乎了所有人的意料。

柳擎宇發飆是因為一個星期前，市委常委會上在開會時已經明確要求全東江市的幹部都要申報家庭成員狀況，並且強調資料必須在一個星期內全部交上來。

然而，一個星期過去，交上來的不到三分之一，還有三分之二的人沒有把資料交上來。顯然，很多人不願意申報自己的家庭狀況。

當柳擎宇接到龍翔的報告後，當即下令道：

「你立刻通知所有紀委常委，不管是在外面還是在單位的，讓他們今天下午四點前全部趕回來。」

下午四點，東江市紀委再次召開紀委常委會議。

最近，隨著柳擎宇逐漸掌控了整個市紀委，嚴衛東變得低調起來，他雖然心中十分不甘心，但是他曉得自己和柳擎宇對著幹十分不明智，為了自保，他決定暫時擔任孫玉龍在市紀委內的眼線，有什麼事及時通知孫玉龍。

會議上，柳擎宇把交上來的資料狠狠地摔在桌上，怒聲道：

「各位，今天我召集大家過來，是想要和大家討論一件事。大家看看，這就是這個星期交上來的申報資料，才將近三分之一，連一半都不到；甚至交上來的資料中，也有許多是語焉不詳，模糊其詞，應付了事。

「嚴查裸官，在最新的幹部任用條例中有明確的規定，而官員申報家庭情況，也是我們紀委為了加強對裸官進行重點監督所採取的措施，身為東江市的官員，大家理應積極配合才對。然而，竟然有這麼多的官員拒不申報，這說明了什麼？表示這些人根本就沒有把黨、把我們紀委放在眼裡！也許有些人是抱著法不責眾的心態，但是法真的不責眾嗎？大家說說吧，應該採用什麼手段來保證國家的政策得以貫徹和落實？」

柳擎宇說完，現場頓時安靜下來。

這種情況下一旦開口，萬一建議被柳擎宇採納的話，便意味著自己將會被一大群官員憎恨，甚至遭到打擊報復的可能，誰也不想做這個出頭鳥。

就在這邊開會的時候，孫玉龍那邊也已經得到了市委秘書長吳環宇的彙報，知道了柳擎宇正在開會討論此事。

孫玉龍得意的笑說：「柳擎宇啊柳擎宇，你真以為我給你送的禮那麼好消化嗎？這次，我就先讓你嘗一下什麼叫做令不出屋的感覺。哼，想和我孫玉龍鬥，你柳擎宇還嫩了點！」

吳環宇聽到孫玉龍的自言自語，這才恍然大悟，立刻豎起大拇指讚道：「孫書記，真沒有想到，您竟然在這裡設了陷阱等著柳擎宇啊。」

孫玉龍傲然一笑：「陷阱？這還不是陷阱，只能算是一次小小的考驗而已，如果柳擎宇連這一關都過不去的話，那麼他距離滾出東江市已經不遠了。即便是他過了這一關，下一關他將更難通過，東江市永遠都是咱們的地盤。」

吳環宇使勁的點點頭，眼中充滿了希冀之色，真心希望孫玉龍能夠早點擺平柳擎宇。

以前吳環宇從來沒有對孫玉龍的能力和魄力有過任何的懷疑，但是最近，他對孫玉龍的自信卻越來越猶豫了。雖然孫玉龍一直認為東江市的局勢處於他的掌控之中，但是吳環宇由於身為市委秘書長，可以接觸到不少中層甚至是基層的幹部，明顯地感到東江市官員心態上有了變化。

隨著柳擎宇在紀委的位置上幹得越來越風生水起，不斷祭出妙招狠招，逼得孫玉龍不得不接連退步。尤其是這一次，孫玉龍更是用了一個在吳環宇看來是爛招的招數，雖然孫玉龍十分有自信，但是不知道為什麼，吳環宇總感覺心裡有些不太踏實。

……

東江市紀委會議室內。

柳擎宇正在應對著孫玉龍的這次出招。

當柳擎宇提出了市紀委所面臨的嚴峻問題之後，全場寂靜無聲。

柳擎宇並不著急，默默的等待著。

等了差不多兩分鐘，柳擎宇的目光落在常務副書記嚴衛東的臉上：

「嚴衛東同志，你是紀委的二把手，說說你的意見吧？你認為應該怎麼做才能維護我們紀委的權威呢？」

嚴衛東也算是一隻老狐狸，略微沉思了一下，便滔滔不絕的講了起來：

「柳書記，各位同志，我看這件事必須要嚴格要求，按照既定的計畫推行，絕不能因為有阻力就退縮，要有信心……」

嚴衛東一講就是五分鐘，他說的每一句話聽起來好像都很有道理，實際上都是廢話，都是在唱高調。

這就是典型的官僚作風，也是不少官場中人混跡官場的法寶之一。

柳擎宇聽完，只是點點頭：「不錯，嚴衛東同志的發言很好，對我們紀委的行動非常支持，這充分體現了嚴同志身為紀委常務副書記的黨性和覺悟，很好，非常好，希望大家都能像嚴同志這樣，堅定自己的立場。」

柳擎宇毫不猶豫的給嚴衛東戴起了高帽，這使得其他紀委常委看向嚴衛東的時候，目光中多了幾分異樣之色。

嚴衛東聽到柳擎宇大力稱許自己，便感覺到情況有些不妙了。

果不其然，柳擎宇這頂高帽剛戴完，鄭博方便說話了：

「嚴書記這番話真是讓人感到振聾發聵、醍醐灌頂啊，我都覺得有些自慚形穢了，我之前還在琢磨應該採取什麼樣的立場好呢，畢竟如果我們紀委推行政策太過強硬的話，肯定會得罪很多人的。但是，嚴書記的話讓我意識到了我們應該要有的覺悟和原則，我要向嚴書記多多學習。

「柳書記，我建議對這次沒有提交申報資料的官員，在市報上直接公布名單，將這些拒絕申報的人毫不留情的揭發出來，他們不是擔心自己的裸官問題被人發現嗎？我們就先讓他們出名出名，也讓市裡的領導知道他們的名字。」

鄭博方這番話一說出來，全場皆驚。

尤其是嚴衛東，他沒有想到鄭博方竟然借著自己的話自行延伸，完全曲解了他的意思；更讓他鬱悶的是，他剛才被柳擎宇戴了那麼多的高帽，所以不能否認鄭博方的話，否則就是對他自己那番話的否定，他這次可真是有些作繭自縛了。

就在這時候，又讓嚴衛東沒有想到的一幕出現了。

姚劍鋒也說話了，更加火力全開：

「嗯，我完全同意鄭同志的意見，並且我認為，僅僅是公布名單還不行，必須要在東江市電視台上進行點名，最好是讓他們上上電視！

「我們一定要堅決打擊這種無視國家和省裡指示、拒不執行或者是陽奉陰違的行為，必須要用最鐵腕和強硬的手段來維護國家大政方針的執行，要讓東江市的各級官員都明白一點，那就是國家的法律不只是給老百姓制定的，也包括所有官員！

「法律面前，人人平等。如果有些人幻想拉著法不責眾這根救命的稻草就可以沒事，那麼我們就要把這根稻草給拿走！」

如果說鄭博方的話十分強硬，那麼姚劍鋒的話就更鐵腕了，幾乎沒有給那些人留下絲毫緩和的餘地。

嚴衛東感覺心裡涼颼颼的，把目光看向紀委常委毛力強。

此刻，毛力強也感到空前的壓力。這個時候，他實在很不願意出頭，然而迫於無奈，只好站出來說：

「我贊同必須要對那些沒有提交資料的人採取必要的措施，但是姚劍鋒和鄭博方兩位同志所提出的將名單公諸於眾的建議，我認為有些過頭了，畢竟他們只是沒有在規定時間提交而已，並不意味他們不會提交，我們應該再給這些人一些時間。以免破壞東江市官場的團結，造成幹部們的排斥心理。」

「毛同志，那你認為，在這件事情上，我們市紀委應該如何維護我們的尊嚴呢？是聽之任之，還是隔空喊話？」柳擎宇提出質問。

柳擎宇說話時，目光直直盯著毛力強，不給他一點猶豫的空間，這帶給毛力強很大的壓力。

毛力強被柳擎宇看得有些慌了，所以被柳擎宇這麼一逼問，腦門上立刻冒汗。

就在毛力強發愁要怎麼回答的時候，柳擎宇再次說話了。

「毛同志，我不知道你為什麼要說出這種觀點來，但是我想先給你念一首老百姓編的順口溜，看看老百姓是怎麼看待我們東江市的官員幹部的！」接著，柳擎宇朗朗念道：「狠抓就是開會，管理就是收費，重視就是標語，落實就是動嘴，驗收就是喝醉，檢查就是宴會，研究就是扯皮，政績就是神吹，彙報就是摻水，漲價就是接軌。」

念完，柳擎宇看向毛力強說道：「毛同志，你認為這個順口溜怎麼樣？是不是反映出官場的怪象呢？」

毛力強想要否認，但是轉念一想，卻又不得不承認。老百姓所編的這個順口溜，的確和當今東江市的官場現狀有著諸多的相似之處。

許多官員把更多的精力放在跑官、要官，甚至是買官、賣官上面，對老百姓反映的事視若無睹，漠不關心，哪怕是老百姓的土地被強拆強徵了，甚至老百姓被地產開發商給找人砍死、燒死了，他們也不會、不願站出來為老百姓說半句話。

因為大部分地產開發商的背後都站著一個，甚或數個夠級別的大官，在權力的籠罩下，再加上黑惡勢力的騷擾，老百姓只有默默忍氣吞聲。

雖然毛力強偶而在夜深人靜時，也曾反思自己何時變成了如今這種唯利是圖的樣子？然而在殘酷的現實面前，中低層官員，尤其是沒有靠山、沒有頭腦的官員只有兩種結局，一是被現實和利益集團的糖衣炮彈所同化，成為他們當中的一員；另外一種就是與利益集團相抗爭，最後慘澹出局，甚至被陷害鋃鐺入獄！

當然，除了這兩種之外，還有另外一種，那就是無欲無求，找個閒差，每天清茶一杯，報紙一份，喝茶讀報，身在官場卻心在田園。

毛力強最終的選擇是被同化。

毛力強強辯道：「柳書記，也許社會上是有這樣的情形，但是我們不應該過於悲觀，這只是社會正在轉型的陣痛期而已。」

柳擎宇笑了，只是笑容中帶了幾分感傷：

「陣痛？社會轉型？這些都是藉口而已！真正的陣痛絕對不是老百姓順口溜裡面所編的這些東西，陣痛是人力難以抵抗的，但是老百姓所編的這些卻是人為造成的，是人禍。其根本就在於許多官員的不作為甚至是瀆職，在於存在著數量相當大的裸官，他們隨時做好了出逃的準備，而且隨時隨地都在想盡辦法聚斂錢財。

「所以，你所說的這些陣痛，完全是可以改變的，那就是嚴厲的打擊裸官，讓那些裸官失去生存的土壤，讓他們失去利用權力去聚斂錢財的機會。而要做到這一點，第一步的關鍵就是要我們東江市的大小官員按照國家和省裡的指示，主動申報家庭情況，讓組織對於每個官員是否是裸官心中有數。」

柳擎宇再一次目光冷冷的看向毛力強道：

「毛同志，現在你怎麼看？」

毛力強感覺到自己的良心正在被正義的鞭子鞭撻著，那麼響，那麼痛。他的腦海中不斷閃現著自己剛進入紀委時那滿腔的熱血和理想……

他猛的抬起頭道：「柳書記，我錯了，我支持鄭博方和姚劍鋒兩位同志的觀點，對那些不按規定申報的裸官必須要讓他們付出代價！我們市委、市紀委的尊嚴必須要得到維護！國家的指示必須要徹底落實。」

看到毛力強口風突變，嚴衛東整個傻眼，沒想到柳擎宇幾句話便把他給說服了。

隨後，葉建群和其他紀委常委們一一表態，這一回，紀委內部態度空前的一致，嚴衛東這時自然不敢節外生枝，最終以全票通過。

柳擎宇隨即把紀委的會議結果，連同最終處理的方案上報到孫玉龍那裡。

孫玉龍看完柳擎宇提交的文件後，臉色便沉了下來。

柳擎宇的動作竟然如此迅速，這麼快就發動了反擊，而且看樣子還要把這件事給鬧到市裡去，這絕對不是他能容忍的。

「柳同志，難道你不覺得你們市紀委的處理決定做得過於草率了嗎？你有沒有想過，假設真的照你們的方案處理，我們東江市市委市政府將會面臨多大的壓力？如果上級質問下來，誰來擔當這個責任？你難道不知道市委書記李萬軍同志一直在強調我們要以穩定和諧為主，不要搞各種出格的動作嗎？」

一連串的質問，充分展現了孫玉龍的怒火。

柳擎宇卻是不慌不忙地沉著應對：

「孫書記，我並不認為我們的決定太草率，這是經過全體市紀委一致通過的決定。我也想問問孫書記您，如果市紀委不採取這樣嚴厲的行動，那您認為我們應該怎麼做？是不是要偃旗息鼓？那樣就意味著市委市政府、市紀委根本沒有能力去維護我們所做出的決策！意味著法不責眾的心態是對的？」

柳擎宇同樣將一連串的問題拋給孫玉龍。

孫玉龍臉上怒氣更濃了：

「柳同志，是，你說得沒錯，我們市委市政府的威嚴是必須要維護，但是絕不是以自己打自己臉的方式去維護，那樣只會對我們市委市政府的形象造成更大的傷害！而且我有必要提醒你一下，我們東江市只是一個縣級市，我們還有上級領導，你這份文件即便是在我們東江市通過了，也需要遼源市市委常委會那邊通過才行，否則，一旦引起遼源市市委領導那邊的不滿，你和我都會吃不了兜著走的。」

孫玉龍這番話很有力度，直接把決定權轉移到了遼源市市委那邊，相當於架空了柳擎宇的發言權。他心中暗暗得意地道：「柳擎宇啊柳擎宇，想跟老子鬥，你還差得遠呢！

我就不信這番話氣不死你！」

然而，讓孫玉龍意外的是，柳擎宇並沒有露出任何生氣和不滿之色，反而搖頭道：「孫書記，你錯了，大錯特錯，我們是遼源市的下屬縣區不假，但是，很多事情我們完全可以自主決定，無需彙報請示，如何處理這些官員便是我們權力範圍之內的事，根本無需任何請示，也沒有必要讓上級領導來替我們做出決定。」

柳擎宇的話，把孫玉龍氣壞了，他猛的一拍桌子，怒罵道：「柳擎宇，我忍你很久了，你最好不要蹬鼻子上臉！」

柳擎宇笑了，沒有被孫玉龍憤怒的氣勢所嚇倒，笑道：

「孫書記，你沒有必要如此激動，我剛才說的非常清楚，該怎麼處理，是我們東江市的自由，我們市紀委有權自行拍板定案，我今天找您商量此事，是希望您能夠本著東江市的大局出發，為了維護我們東江市市委的權威，給予我們支持。如果您不支持我們也沒有關係，這件事我們市紀委也可以單獨操作！

「至於您所擔心的遼源市或者孫書記的責難問題，我可以向你保證，這件事就算是捅破天了，有我柳擎宇頂著，和您沒有絲毫的關係。我就不信我們市紀委只不過是採取一些嚴厲手段處理那些應該受到處理的官員，上級就會對我們指手畫腳的，如果真是這樣的話，是不是市紀委的每一項決定都要向市委進行彙報？要不要也向省委彙報一遍啊？這樣的話，那還要我們下面這些官員做什麼？乾脆市委領導直接替我們決策就行了。」

柳擎宇無懼地看著孫玉龍，孫玉龍正面迎向柳擎宇的目光，兩人便直直對視著，沒有一個人有屈服的意思。

整整持續了有一分鐘，兩人都從彼此的眼神中感受到對方的強勢和執著。

孫玉龍冷冷的道：「柳擎宇，我希望你記住你剛才所說的話。」

柳擎宇點點頭：「沒問題，我柳擎宇說過的話，決不食言。」

孫玉龍擺了擺手，鐵青著臉說：「好，那你走吧，這件事你們市紀委看著辦吧。我保留意見。」

柳擎宇離開孫玉龍的辦公室。不過，他並沒有立刻離開市委大院，而是來到市政府辦公大樓，找到了市長唐紹剛，就此事向唐紹剛做了彙報。

唐紹剛既不表態支持，卻也沒有反對，讓柳擎宇看著辦，只是指出市委市政府的權威必須得到維護。

從唐紹剛的辦公室出來，柳擎宇再次找到市委宣傳部部長徐建武，希望能夠得到市委宣傳部的支持，徐建武卻以在市裡沒有多少熟識的媒體為由婉拒了。

就在柳擎宇積極進行溝通的時候，孫玉龍這邊立即給遼源市市委書記李萬軍打了個電話，大吐對柳擎宇的不滿。

李萬軍眉頭緊鎖道：「你的意思是說柳擎宇根本不顧你的意思，想要強推此事？」

孫玉龍嗤之以鼻地說：「是啊，這個柳擎宇實在是太剛愎自用了，還口口聲聲說什麼捅破天了他來頂著，他倒真是不怕事啊！」

李萬軍沉聲道：「那你打算怎麼做？難道聽之任之？」

孫玉龍搖搖頭：「那怎麼行呢！柳擎宇最近越來越囂張了，幾乎無視我這個市委書記，現在是我該出手的時候了。之前我一直沒搭理他，就是想要看看他到我們東江市到底有什麼目的？手段如何？能夠蹦躂到何種地步？如今看來，這傢伙還真不是一個善類，必須及早收拾。所以，李書記，我有一個建議……」

李萬軍聽了，嘴角揚起笑容：「嗯，好，不錯，這才是我所看重的孫玉龍嘛，該出手時就必須要出手，絕對不能手軟。就按你說的辦吧！」

孫玉龍掛斷電話，臉上忍不住露出得意的神色，望著窗外的景色喃喃道：

「柳擎宇，這次我要讓你徹底滾出東江市！跟我鬥，看我不玩死你！我孫玉龍不是不敢鬥，而是不屑和你鬥，在東江市這一畝三分地上，你就算是孫悟空，也蹦躂不出我這個如來佛的手掌心！」

孫玉龍又給一些媒體朋友打電話，暗示他們最近他準備在市裡搞點動靜，讓他們幫忙著點。孫玉龍在遼源市還是很有人脈的，很快便得到不少朋友答應幫忙的承諾，這讓他更加得意了。

……

柳擎宇從市委市政府回來後，立刻把龍翔給喊了來，把手中的文件交給龍翔說道：「龍翔，把我圈起來的地方找幾家有影響力的報紙刊登了，以顯示我們紀委堅決推動官員申報的決心。」

一個小時後，龍翔再次來到柳擎宇的辦公室，臉色凝重地說：「老闆，登報的事我已經搞定了，不過沒有想像中的容易，我懷疑有人把我們要登報的事給洩露了出去。本來我打算在遼源市的一級報紙上刊登出來的，但是他們全部拒絕，最後只能找到兩家省報的朋友答應幫忙，不過不能登在顯眼的位置。」

柳擎宇聽了，淡淡一笑：「沒事，只要有報紙肯登就好，遼源市一級報紙不肯刊登早在我的預料之內，我要的就是這種效果。」

龍翔一愣：「這是為什麼呢？」

柳擎宇點撥道：「你想想，這個沒有在遼源市的媒體上發表，反而出現在省裡的報紙上，如果省裡領導們看了會怎麼想？為什麼東江市的一級報紙上不肯登？雖然看起來我們是在打自己的臉，但是這恰恰反映了我們東江市堅決推動裸官申報的決心，說明我們的確是在認真做事。

「如果我猜得不錯的話，孫玉龍肯定不會善罷甘休的，一定還伏有後手，我這一手也是針對他的後手而安排的。如果你現在不明白也不要緊，等後面，你就會明白他們這樣做是多麼的失算。

「很多時候，一葉障目，不見泰山，人往往喜歡從有利於自己的方向去看事情，從不會換個角度思考問題，在他噁心別人的時候，其實也給別人留下了把柄。如果對手的能力比較弱，那麼他們是贏了，但若是對手很有頭腦呢？這時候，意氣用事反而會成為他們的致命軟肋。

「所以，龍翔，你要記住，無論任何時候，哪怕是你佔據了多麼強的上風，也**千萬不要輕視任何對手，只有當你的對手徹底的敗了，才能真正的鬆口氣**，因為哪怕是你再看不起的對手，也有可能會突然給你來一招狠的，將你打倒！」

柳擎宇這番話可謂語重心長，龍翔聽了若有所悟，他把這番話深深的印在心理，這讓龍翔在未來的宦海沉浮中受益匪淺。

而他在多年的宦海生涯中也看到不少和他相差無幾，甚至比他高明許多的人在官場上黯然退場或是離去，因為他們都忽略了柳擎宇剛才話中所說的為官真諦。

雖然這番話，表面上看是柳擎宇說給龍翔聽的，但實際上，又何嘗不是說給他自己聽的呢？

這番話，也不是他發明的，而是劉飛留給他的官場筆記中所說的，柳擎宇對這番話十分喜歡，所以在遇到事情的時候，他並不著急，反而從危機裡發現了轉機。

第二天，白雲省兩份重要的機關報紙上刊登了東江市所有未申報資料的官員名單，並且還有東江市紀委的督促意見，要求沒有準時提交的官員必須在兩天內全部補齊。

同時，東江市紀委的官方網站上，也公布了市紀委書記對這件事情的處理意見，柳擎宇在親筆批示中指出，如果相關官員未能在最後期限內提交資料，東江市紀委將會採取下一步的處置手段。

一石激起千層浪，柳擎宇的這個舉動引起了軒然大波。使全省上下一致關注。

孫玉龍拍案而起，李萬軍勃然大怒，他們誰都沒有想到，柳擎宇竟然在省報上把名單給登出來了。

先是「無意間」被白雲省省長崔衛東給看到了，崔省長大為讚許道：

「不錯啊，這個柳擎宇在東江市幹得有聲有色的嘛！小楚啊，你跟宣傳部那邊打個招呼，讓他們大力宣傳一下東江市紀委的這種做法，如果白雲省其他地市都能像東江市這樣，把精力都放在工作中，貫徹落實中央的指示，白雲省一定會取得更大的輝煌和成就。」

就在崔衛東發布指示的同時，省委秘書長于金文也得知了這個消息，是秘書告訴他的，當他看到名單後，呵呵的笑了起來：

「這個柳擎宇啊，年紀不大心眼卻不少，這不是把孫玉龍和李萬軍他們架在火上烤嗎？不過這一招的確不錯，應該可以在東江市攪起不小的風波了。」

說完，于金文立刻拿著報紙趕到省委書記曾鴻濤的辦公室，把報紙放在曾鴻濤的桌上：「曾書記，您看看這份報紙。」

曾鴻濤拿起報紙，頓時瞪大了眼睛，隨即一拍桌子道：

「好！非常好！柳擎宇很有魄力嘛，這才是真正的幹將啊，不懼權貴，不憂自身，我們白雲省就需要這種人才！而且，他也給我們白雲省提供了一個很好的思路，對於那些不貫徹、不落實中央指示、陽奉陰違的官員幹部，我們絕對不能放任，要加大對他們的曝光度，把他們的一切都暴露在陽光下，接受人民的監督！

「不過，柳擎宇這種做法還是粗糙了些，不夠系統，也缺乏迴旋餘地，金文啊，這件事你要盯著點，看看後續的發展如何，擬定一個省委關於裸官申報的條例，務必要加強對裸官的監督管理。總之，我們絕對不能害怕自報家醜，這總比讓老百姓在後面戳我們的脊梁骨強啊！」

有了崔衛東的指示，以及曾鴻濤的支持，名單之事立即突破障礙，先是在白雲省新聞節目中直接插播了這則報導，隨後名單更是在網路上全部曝光，立時登上熱搜第一名。

不到兩小時，就有三名名單上沒有進行申報的裸官被線民揭發了貪腐事件，而且注明了詳細的時間、地點、人物以及受賄金額，甚至其中一名裸官的情婦因不滿被拋棄，將兩人在床上的不雅豔照及視頻都發到了網上。

與此同時，鄭博方帶著他的巡視小組，在柳擎宇的指揮下，立馬對這三名裸官進行查核。

其中國土局副局長阮海強最為鬱悶，前情婦的報復手段讓他百口莫辯，不只視頻豔照，所有物證一應俱全，還有情婦和他之間如何撈錢的對話。這哥們被東江市紀委直接給帶走了。

真正讓東江市大小官員們感到害怕的是這波動作引起的骨牌效應，有越來越多的官員被線民們直接在東京市紀委的網站上進行舉報。東江市紀委空前忙碌起來，三大巡視小組被柳擎宇暫時從黑煤鎮撤了回來，全力針對線民們所舉報的事由進行查證。

群眾的眼光是雪亮的，群眾的力量是無窮的。在這種強大的壓力之下，有不少官員在當天就把申報資料趕緊補交了，生怕晚一點會引發更嚴重的後果。那些裸官們也都心驚膽戰的進行了申報，雖然不乏魚目混珠、渾水摸魚之輩，但都還是如實的進行了申報。

晚上下班前，龍翔拿著厚厚一疊資料走進柳擎宇的辦公室，臉上帶著濃濃的笑意：

「老闆，你這一招真是太絕了，這下子，那些仗著有孫玉龍做靠山，不把咱們市紀委放在眼裡的官員們全都害怕了。老闆，該不會你在登報前便知道了會有今天這種結果吧？」

柳擎宇淡淡一笑，有感而發地說：

「龍翔啊，想要做到這一點其實並不難，你仔細看看網路上的新聞，就會發現一個問題，那就是雖然國家一直在打擊不法，在有些地方依然存在著老百姓的利益被那些腐敗官員所無視，與房產開發商或者其他利益集團相勾結，魚肉鄉里的惡劣行跡。

「本來屬於百姓的土地被強徵，百姓被砂石車輾壓致死；一家好幾口直接被活埋或者打傷；甚至為了守護家園被大火活活的燒死！本來屬於老百姓的津貼卻被不法官員以各種名目挪用……，太多令人怒火沖天的事竟然就在眼前發生！

「如今網路如此發達，而老百姓的權益意識又在不斷增強的情況下，老百姓心中對於貪官污吏的憎恨可以說已經到了忍耐極限。這種情況下，只要他們發現有可以抒發的管道，他們便會毫不猶豫的發聲舉報。

「我們東江市紀委所要做的，就是讓老百姓找到一個能夠發揮監督作用的平臺，讓他們不用顧忌地將他們所看到的、甚至是切身感受到的事，如實的向我們紀委進行舉報，便於我們掌握最全面的資訊，對那些問題官員及早進行處理，給予懲處。

「只要我們紀委部門能夠本著一顆公正廉明之心，本著一顆為國為民之心，一定可以為老百姓做更多的事！」

柳擎宇今天所說的，對龍翔又是一次深深的觸動。

他可以真切地感受到柳擎宇心中那種憂國憂民、為民請命的偉大情懷，也堅定了他要跟著柳擎宇走下去的決心。

人一輩子能夠遇到一個好領導不容易，能夠遇到像柳擎宇這樣心胸開闊、愛國為民、亦師亦友的好老闆更不容易。龍翔心道：哪怕是跟著柳擎宇粉身碎骨，我也無所畏懼，我要和他一樣，為國家百姓貢獻自己一點微薄之力。

這時候，孫玉龍還擊了。

他給柳擎宇打了個電話：「柳同志，請你立刻過來一趟，一個小時後，市委書記李萬軍同志會到我們東江市來調研考察，我們一起迎接一下。」

柳擎宇淡淡的回道：「好，我馬上過去。」

柳擎宇來到東江市市委時，大部分領導都在市委大院門口外面等著了，大家站成一排，伸長脖子，正在張望著。

看到柳擎宇來了，眾人這才長出了口氣，因為柳擎宇說馬上過來，卻花了二十多分鐘的時間才到，眾人都急得有些雙眼冒火了。

柳擎宇到了之後，眾人排成整齊的車隊，浩浩蕩蕩的向東江市高速公路口進發。

雖然之前那段高速公路已經被洪水沖毀，但是東江市與遼源市有兩條高速公路相接，另外一條由於建設得比較早，所以品質還不錯。

車隊剛到達路口不到五分鐘的時間，李萬軍的車便在開道警車以及幾輛陪同汽車的護衛下低調的緩緩駛出高速公路口。

市委常委們在孫玉龍的帶領下，全部下車到路口迎接，然而，李萬軍只是將車窗搖下，由李萬軍的秘書對著外面說道：

「請孫玉龍同志上車，其他同志先回去吧，李書記說了，下次不要到路口來迎接，這樣顯得太張揚了，如果被有心人看到，會惹麻煩的。」

說這句話的時候，這哥們還看了柳擎宇一眼。

孫玉龍滿臉驕傲的坐上李萬軍的車，其他人則只能乖乖的回到自己的車內。

柳擎宇對剛才李萬軍秘書的那一眼只是淡淡一笑，完全沒有把這些放在眼中。

龍翔看到，滿臉忿忿的說道：「老闆，那傢伙明顯是指桑罵槐啊。」

柳擎宇聳了聳肩，無所謂地說：「嘴長在別人身上，愛說啥讓他說去唄！咱又不少一塊肉。」

龍翔笑了，老闆的心態果然與眾不同。

車隊浩浩蕩蕩的開進了東江市市委大院內。

市委常委們先下車，然後依次在李萬軍的車旁站好，李萬軍的車門這才緩緩打開，最先走下來的是李萬軍的秘書，下車後，這哥們十分狗腿的拉開車門，用手掌墊在車頂，請李萬軍下車。

另外一邊，孫玉龍也同時走了下來。

下車後，李萬軍和陪同前來的遼源市市委秘書長戴衛平、市委辦主任龔濤等人紛紛與東江市的眾位常委們一一握手。

當握到柳擎宇的時候，李萬軍用力的握了握，然後滿臉嚴肅的說道：

「柳同志啊，你給我的印象非常深刻啊，從你來東江市到現在，你從來沒有到市委找我彙報過工作啊，你說是不是？」

現場的市委常委們聽了都大吃一驚。沒想到柳擎宇竟然有個性到如此程度。

柳擎宇一臉誠懇的說道：「李書記，真是非常對不起，我到東江市之後，工作十分繁忙，千頭萬緒，至今沒有把東江市紀委的工作做出一點成績來，感到非常的愧疚，沒有臉面去見您啊，我打算什麼時候把紀委的工作做出一點樣子來，把東江市的貪官污吏們都處理得差不多了，那時候我才敢在您的面前露面。否則的話，我感覺我很愧對白雲省各位領導對我的提攜之恩啊！」

李萬軍的話看似在責備，實則是在暗示柳擎宇不是自己這一邊的，同時也表示自己對柳擎宇非常不滿，暗伏殺機。

然而，柳擎宇的回答比之李萬軍的話更有力度，不僅指出東江市問題重重，並且明說他來東江市是因為省裡領導的提攜，跟李萬軍沒有一點關係。至於把貪官污吏處理得差不多了才去見李萬軍，自然是在暗示另外一層意思。

柳擎宇的弦外之音，李萬軍怎麼可能聽不懂呢？其他常委們聽了亦是對柳擎宇的大膽震驚不已。

很多人在李萬軍面前連大氣都不敢出一口，生怕李萬軍對自己留下不好的記錄，柳擎宇竟然當著李萬軍的面打他的臉：**說東江市問題重重，不是在指責李萬軍沒有領導好**

東江市嗎？說要把東江市的貪官污吏處理完，這豈不是直接向李萬軍宣戰嗎？

太囂張！太大膽了！簡直是不知死活啊！

所有人看向柳擎宇的目光，就好像是在看著一隻傻耗子鑽到了貓屁股後面非得要去舔一舔，這簡直是找死的節奏啊！

李萬軍不愧是老江湖，面色不改地繼續向下與別人握了過去，孫玉龍則是不滿的狠狠瞪了柳擎宇一眼。

對李萬軍，柳擎宇心中充滿了不屑。因為孫玉龍是李萬軍的人，他能夠帶出孫玉龍這樣的手下，說明李萬軍這個人眼光很有問題。

而且他這次來東江市的目的，柳擎宇也猜到了七八分，只不過需要時間來驗證，如果自己猜得不錯的話，李萬軍也存在著官德缺失的問題，這讓他對李萬軍更加不屑了。所以，當他聽到李萬軍話裡帶著刺的時候，他毫不猶豫的給予還擊。

和眾人一一握手之後，孫玉龍諂媚地說道：「李書記，咱們先去會議室吧，您先聽聽同志們的彙報，然後是午飯，午飯過後，您再去我們東江市各個地方調研一下，您看這樣安排行嗎？」

李萬軍笑著說道：「沒問題，就這樣吧，不過孫同志，我可跟你說，我這次調研的重點主要是紀委方面的工作，所以呢，這次視察以東江市紀委為主，其他地方你只需要安排一個就可以了。一會兒，安排柳擎宇同志第一個彙報工作，我想要聽一聽柳同志的想法。」

孫玉龍十分配合的說道：「我這裡保證沒問題，柳擎宇同志，你那邊怎麼樣？」

柳擎宇一笑：「沒問題，我們東江市紀委隨時隨地接受領導調研和視察。」

孫玉龍點點頭：「好，那我們先去會議室，由柳同志向李書記先彙報紀委的工作，隨後我們大家再彙報各自的工作。」

隨後，眾人簇擁著李萬軍來到第二會議室內。

第二會議室是一個中型會議室，會議桌比市委常委會議室要大一些，可以坐二十個人左右。

眾人入座後，李萬軍和市委領導們自然要坐在上位，東江市市委常委們則依次坐下。

由孫玉龍主持會議：

「下面，先請李書記給我們做一下指示。」

李萬軍也不客氣，臉色便是一沉，說道：

「各位同志，我今天來，不是來走過場，而是來找問題、找毛病來了，我聽說最近東江市非常不安靜啊，社會各界對你們東江市批評不斷，我們市委這邊也承受了很大的壓力，所以我過來看一看，問題到底是出在什麼地方？為什麼會變成這個樣子！」

原本還和諧的氣氛，因為李萬軍這番殺氣騰騰的話，一下子就變得嚴肅起來，李萬軍下來視察不是第一次，但是像今天這樣，一進會議室就立刻變臉卻還是頭一回，而且李萬軍話裡話外充滿了對東江市的不滿，大家都認為李萬軍這番話是衝著柳擎宇來的，目光都看向了柳擎宇。

誰讓柳擎宇一上來就挑釁李萬軍呢？李萬軍可是堂堂的省委大老，遼源市的老大，旗下嫡系人馬遍布整個遼源市，東江市市委常委中，也有一部分人是通過李萬軍這條線才登上常委寶座的。和李萬軍鬥，根本就是雞蛋碰石頭啊！

在眾人的注視下，柳擎宇仍是淡然自若，沒有絲毫的不安。

孫玉龍見勢，便對柳擎宇道：「柳同志，下面就由你先向調研小組彙報一下你們市紀委方面的工作吧。」

柳擎宇不疾不徐地說：

「既然李書記和孫同志都點名讓我發言，那我就當仁不讓了。自從我到東江市上任之後，我們東江市紀委主要工作是這四方面：

「第一，成立三人巡視小組，隨時督察東江市各個層級、單位存在的腐敗問題，將這些腐敗官員給予調查處理；

「第二，平反冤假錯案，還老百姓一個公道！這個工作已經做了一部分，但是還沒有做完，還有許多冤假錯案沒有被平反，主要是來自黑煤鎮方面的阻力太過強大，對我們市紀委的工作帶來了很大的阻礙，但是，我們會毫不猶豫地繼續推動此事，務必為老百姓解決他們的問題。

「第三，遵照孫玉龍同志的指示，終於爭取到省紀委新考核方案的試行點。

「第四，按照中央和省裡的指示，推動官員家庭情況申報，杜絕裸官現象。

「以上就是我們東江市紀委目前所做的工作，請您指示。」

柳擎宇的彙報很是簡潔，只提綱挈領的說完，而不是向其他人那樣，費盡心機的把和自己不著邊的事情都吹噓成政績，在領導面前展現自己的勤奮和努力。

柳擎宇的做法簡直和官場潛規則格格不入，實在是太囂張、太沒有把領導放在眼中了。**難道他不知道領導最喜歡聽的就是下屬們的吹噓嗎？因為下屬們吹噓的越厲害，這表明領導的功勞越大**，畢竟，下屬的政績也可以算是領導政績的一部分嘛！

在這一點上，大家都是心有靈犀的。

柳擎宇彙報完了，孫玉龍眉頭緊皺，臉色不太好看。

李萬軍臉上沒有任何表情，淡淡的看了柳擎宇一眼：「柳同志，你彙報完了？」

「是的，彙報完了。」

「好，那我提幾個問題。第一個問題，為什麼你們東江市的冤假錯案這麼多，其他縣區卻沒有呢？是你們東江市紀委把這個問題用放大鏡來看，還是真的東江市有這麼多的問題？如果真是問題很多的話，孫玉龍同志，你的責任重大啊！」李萬軍質疑道。

李萬軍語氣平淡，但是話中卻暗藏機鋒，布滿了陷阱。他只給柳擎宇兩個選擇，選擇前者，他要承擔責任；選擇後者，等於把孫玉龍往死裡得罪，這在官場上絕對是大忌。

會議室內，眾人的目光再次落在柳擎宇的臉上，想看他怎麼回答。

柳擎宇絲毫不留情面地說道：

「李書記，我認為你的提問有失偏頗。東江市的冤假錯案以黑煤鎮最為嚴重，幾乎百分之九十以上的冤假錯案都發生在黑煤鎮。從這一點來看，不能單純說是誰的責任，更不能把責任全都落在孫玉龍同志的身上。

「如果真的要追究責任的話，黑煤鎮的領導們才應該負起責任，尤其是黑煤鎮的鎮委書記、市委常委丁慶生同志，黑煤鎮冤假錯案這麼多，你們鎮委鎮政府方面拒不配合，甚至故意設置層層障礙。而這，恰恰是巡視小組要把巡視重點放在黑煤鎮的主要原因之一。

「我認為于慶生同志應該承擔主要責任，李書記，如果您需要資料的話，我可以立刻讓紀委那邊給送來，不知道市委會不會給我們東江市紀委、給東江市老百姓，尤其是黑煤鎮老百姓一個交代呢？」

柳擎宇竟然當著所有人的面向李萬軍要交代，這傢伙是不是瘋了啊！

東江市市委常委們看向柳擎宇的目光再次充滿了震驚。柳擎宇這小子竟然把愣頭青的勁頭從頭發揮到尾啊，當著和尚罵禿子，這根本就是硬生生地叫板啊！

于慶生此刻氣得臉色都白了，雙拳緊握，雙目怒視柳擎宇，恨不得衝上去狠狠揍柳擎宇一頓了。

孫玉龍也瞪大了雙眼望著柳擎宇，沒有想到一直和自己作對的柳擎宇竟然直接把目標對準了于慶生。你膽子也太大了吧？難道你以為于慶生你就得罪得起嗎？你以為他一個鎮委書記為什麼會成為東江市市委常委？背後沒有推手能夠坐在這個位置上嗎？

此刻，饒是李萬軍城府極深，喜怒不形於色，他的臉也在瞬間微微變了色，他清楚的感受到柳擎宇這根本就是在向自己叫板啊，自己想給他設個陷阱讓他往下跳，這小子倒好，不僅沒有跳進去，反而把于慶生給拉了進來。

李萬軍陰沉著臉說道：「柳同志，就算你們市紀委掌握的資料可以證明黑煤鎮的確存在一些冤假錯案，但是你也不能把所有責任都歸到于慶生同志的頭上吧，他只是鎮委書記而已，對這些冤假錯案並沒有辦法有多大的影響，柳同志，你的觀點有失偏頗啊，這對于同志來說有些不太公平啊。」

柳擎宇反駁道：「李書記，您錯了，我說于同志應該承擔責任是有理由的。根據我們所掌握的資料，那些煤礦在事故發生後，之所以能夠那麼快的擺平紛爭，是因為有人向媒體以及法院打招呼的原故，打招呼的人就是于慶生同志！

「就算于同志沒有打招呼，黑煤鎮出現那麼多冤假錯案，于同志身為鎮委書記，老百姓三番五次到鎮委鎮政府去上訪，難道于同志不知道嗎？不可能！但是他從來沒有親自出面解決過，難道這樣的鎮委書記合格嗎？

「為什麼黑煤鎮的上訪量在整個遼源市首屈一指？為什麼東江市會成為上訪大戶，

難道這還不足以說明于慶生這個鎮委書記當得不合格嗎？」

柳擎宇這番話說得字字鏗鏘，語氣強硬，充滿尖刺，直接指向了于慶生的軟肋。

于慶生聽得有些頭皮發麻，柳擎宇竟會在這時候突然向自己發難，讓他心中突然多了一絲不安的感覺。

會議室內一片沉寂，誰也不願意在這個時候去承受李萬軍的怒火，都默默地低下頭去。

李萬軍的確非常惱火！他不僅僅是遼源市的市委書記，更是白雲省的省委常委。論身分之尊貴，等級之高，豈是柳擎宇能夠比的，這傢伙卻敢當著這麼多人的面給自己出了一道難題?!

李萬軍不愧是大領導，哪怕心中怒火熊熊燃燒，臉上依然保持著平靜。

停了一會兒，李萬軍笑笑說道：

「嗯，柳同志說得的確很有道理，我看這樣吧，既然你說你們東江市紀委已經掌握了于同志違規的事證，那麼就把相關的資料移交到遼源市市紀委吧，畢竟你們東江市紀委級別有限，沒有權力對于同志展開調查。如果調查結果證明于同志有問題，我們市委市政府一定會處理，絕不姑息。」

然後李萬軍的目光從于慶生的臉上掃過，沉聲道：「于同志，希望你要積極配合市紀委的調查，不能有任何的隱瞞，否則後果自負。」

說完，李萬軍再次看向柳擎宇道：

「柳同志，你看這件事我這樣處理你可滿意？」

「李書記的處理我非常滿意，我們東江市紀委會儘快把資料移交給遼源市紀委。」柳擎宇點點頭道。

「好，既然你非常滿意，那麼這件事咱們就到此為止了。我再問你第二個問題，你們嚴查裸官，推動官員個人情況申報的事有沒有上常委會進行討論？在省報上刊登官員名單，有沒有通過常委會同意？」

柳擎宇暗道：果然李萬軍是針對此事來的。不過他早有準備，立刻回道：

「李書記，這件事我已經分別向市委書記孫玉龍同志、市長唐紹剛同志分別進行了彙報，告知我們的處理決定。而之所以沒有向上級有關部門進行彙報，是因為這件事完全是屬於我們東江市紀委權限範圍內的事，根據組織原則，我們有權決策我們權力範圍內的事，不需要向有關部門和領導請示。」

李萬軍眉毛向上一挑，嘴角露出一絲冷笑：

「不需請示？柳同志，你可知道，就是你們東江市紀委這麼一個小小的決定，可是將整個遼源市，甚至是白雲省都給攪得風風雨雨，給我們遼源市的形象帶來了極其負面的影響，而且這件事還在持續發酵，影響恐怕會越來越大。有鑑於此，市委決定暫時停止你的職務，等待進一步的處理。柳同志，對此你有沒有異議？」

柳擎宇抗議道：「李書記，我當然有異議！我認為市委所作出的決定是草率，不公平的！但是既然市委已經作出了決定，我身為下屬自然要服從。不知道市委打算下一步如何處理我？」

「這一點需要市委上會討論之後再確定，我暫時也不知道。現在的重點是：柳同志，你究竟有沒有意識到自己的錯誤？如果有的話，我可以在會議上替你向其他常委們求情，讓他們對你的處理能夠寬容些。」李萬軍假意好心地說。

柳擎宇笑了：「多謝李書記的好意，不過，我認為我並沒有做錯任何事，我們東江市紀委也沒有做錯任何事情，所以我是不會認錯的。」

李萬軍心道：這小子果然是茅坑的石頭，又臭又硬，不過這樣也好，收拾起他來更加簡單了！

「既然如此，那就算我自作多情了。今天的會議你就參加到這裡吧，接下來，是市委常委們彙報工作的時間……」

柳擎宇爽快地站起身道：「沒問題，既然我已經被免職了，自然沒有理由賴在會議室，就不打擾大家了。」說完，便準備向外面走去。

卻不想市委秘書長戴衛平突然說道：

「哎呀，對不起啊柳同志，我忘了告訴你一件事，遼源市紀委接到民眾舉報，說你利用職權之便，對那些不聽從你招呼的官員蓄意打擊報復，並且在紀委內獨斷專行，一手遮天，遼源市紀委對此十分重視，所以派了工作人員過來準備找你談談話，現在他們已經在會議室外面等著了，你一會兒就直接跟著他們走吧。希望你和市紀委的同志們好好的溝通一下，把你的問題交代清楚。」

戴衛平說完，眾人都心中一凜，誰也沒有想到，這一次李萬軍出手竟然這麼狠，不僅停止了柳擎宇的職務，還埋伏好市紀委的工作人員在外面，如此一來，柳擎宇想再回來恐怕就難了。

這時候，眾人更加感受到孫玉龍這個人的狠辣之處。

一直以來，孫玉龍對柳擎宇的所作所為聽之任之，然而，孫玉龍不出手則已，一出手就直接把柳擎宇給拿下，這老狐狸果然出手不凡。

第四章

四種手段

嚴力強心頭一顫。孟慶義所說的這四種手段，第一是不讓睡，第二是不讓吃，第三是用藥，第四是溺水。這是遼源市紀委最近開發出來的新的審訊手段。就是鐵打的漢子在這四種手段相逼下，也得把祖宗十八代給交代清楚了。

柳擎宇走出會議室，便看到四名一臉嚴肅的便衣男站在門口外等著了。

看到柳擎宇，其中一個男人從口袋中拿出工作證，先表明身分：

「柳同志，我是遼源市紀委監察二室主任徐天成，因為接到舉報，現在請你跟我們走一趟。」

柳擎宇配合地說：「沒問題，大家都是紀委系統的。我會跟你走，不過我希望你們最好能夠按照流程辦事。」

徐天成一笑：「柳同志，這一點你儘管放心，我們一定會照流程辦事的。走吧，車就在外面。」

柳擎宇跟著徐天成上了車，直奔省會遼源市而去。

柳擎宇這次來市委開會並不是一個人，而是帶著秘書龍翔來的。龍翔因為級別不夠，沒有進市委常委會的資格，所以一直在車上等候。

柳擎宇進去開會不久，他便看到一輛掛著遼源市牌照的汽車駛入市委大院。由於車子就停在龍翔車子左前方的位置，所以他將車號看得一清二楚。

身為紀委系統的人，尤其是身為柳擎宇的大秘，對遼源市紀委他可是下了不少功夫，見到車牌就知道來的是遼源市紀委監察二室的人，他心頭一沉，感覺到情況有些不妙。

果不其然，過了一會兒，四個人下了車，走進市委辦公大樓，十幾分鐘後，就見柳擎宇被他們裹挾上了汽車，悄然離去。

看到這個狀況，龍翔趕忙撥通鄭博方的電話：「鄭書記，大事不好了，柳書記被遼源市紀委的人給帶走了。」

鄭博方聽了大吃一驚：「什麼？柳書記被遼源市紀委的人給帶走了？這是怎麼回事？為什麼會這樣？柳書記可是個克己奉公的好官啊，他們居然要把柳書記帶走？他們怎麼能這樣做呢？」

龍翔苦笑著說：「誰說不是呢？我跟了柳書記這麼多年，對柳書記的官德和人品是最瞭解的，柳書記不可能會犯任何錯誤的，他的心中想著的全都是老百姓，我認為這應該是一次有預謀、策劃周密的行動，而且這次行動還得到了市委書記李萬軍的支持……」

接著，龍翔便把自己所看到的一一告訴了鄭博方。

鄭博方聽完，氣憤地說：「看來我們得為柳書記做點事了。」

龍翔點點頭：「是啊，混跡官場這麼多年，我就沒有見過一個像柳書記這樣真心真意為老百姓著想的幹部，所以，我們絕對不能讓柳書記含冤受屈，不過，我們只是小卒子，沒有關係沒有背景，咱們該怎麼做呢？」

鄭博方眼中露出兩道寒光，冷冷地說：「輿論壓力，這個時候，**只有讓輿論和媒體介入**，把這件事放在全國人民的面前，遼源市紀委才能感受到真正的壓力，否則，以我們兩個人的力量，恐怕聲音還沒有傳到別人耳裡，就被有心人給控制起來了。」

龍翔心領神會地說：「好，我明白了，這件事我來安排。」

掛斷電話後，龍翔立刻忙碌起來。

讓龍翔沒有想到的是，柳擎宇被抓走還不到二十分鐘，龍翔便接到市紀委辦公室打來的電話，說是之前提交甲報資料的官員都聚集到市紀委辦公室，要求拿回填寫的資料。

龍翔聽了大怒，他知道這肯定是有些人故意透露出去的，他立刻對工作人員說：「不能給他們，告訴他們，等柳書記回來再說。」

卻聽工作人員哭喪著臉說：「龍主任，這些人簡直就像是一群強盜一樣，那些資料都被搶走了。」

龍翔忿忿地說：「太過分了！這些人根本就沒有把我們紀委放在眼裡啊，小陳，這件事你有沒有向嚴書記報告？」

小陳回道：「報告了，嚴書記說他需要調查調查，確認之後再說。」

龍翔更怒了：「調查？資料都被搶走了還要調查？這個老王八蛋，簡直就是一個官痞！」

從來不爆粗口的龍翔這次徹底被嚴衛東和那些人的舉動給激怒了。然而，這也更激發了他的鬥志，他當即指示道：

「小陳，既然嚴衛東不管這件事，你立刻向鄭書記、姚書記以及葉書記報告，我就不信紀委裡面沒有人來管這件事！」

小陳是龍翔拉攏的人馬，立刻按照龍翔的指示去辦了。

鄭博方、姚劍鋒和葉建群得知此事，立刻找到嚴衛東，要求召集紀委常委工作會議討論此事。

哪知嚴衛東一臉得意地說道：「各位同志，我不久前接到市委書記李萬軍同志的指示，由於柳擎宇同志涉嫌違紀，目前人被紀委給帶走了，由我暫代市紀委書記一職，現在就差正式任命下來了。」

嚴衛東揚起頭，做出一副俯視眾人的樣子，還故意停頓了一下，好讓別人意識到他才是東江市紀委的真正主人。

鄭博方等人立時一愣，沒想到李萬軍這麼快就指定嚴衛東來暫代柳擎宇的職務。

如果是一般人，在這時候大概就會考慮一下自己的立場問題了，畢竟一朝天子一朝臣，如果柳擎宇真的垮臺了，就必須好好思索未來的出路，至少不敢和嚴衛東作對。

不過，鄭博方是個做事極有原則的人，他不為所動地說：

「嚴同志，既然市領導指定由你來主持市紀委的工作，那就更好了，希望你立刻召開市紀委常委會，討論一下那些官員強行拿走申報資料一事，這些人根本就沒有把我們紀委放在眼中啊，必須要給予這些人嚴厲處分。」

嚴衛東臉一沉，打著官腔說：

「處分？處分什麼？這件事還沒有調查清楚呢，處分誰啊？而且這次的申報引起了這麼強烈的反彈，給上級市委領導、給我們東江市惹來了這麼大的麻煩，難道這還不夠嗎？我已經決定，從現在開始，有關柳擎宇所推動的個人申報的事立刻停止，從今之後，沒有上級的特別要求，東江市紀委不再推動此事。

「對了，既然你們三個都在這裡，我再宣布一件事情，從現在開始，巡視小組全部取消，你們看看，從巡視小組成立到現在，你們成天看起來忙忙碌碌的，實際上啥屁事都沒做，錢卻是花了不少，勞民傷財嘛，以後就不要再搞什麼花架子的巡視了，我們是紀委部門，不用做那些沒用的事。好了，如果沒有別的事，我要忙了。」

說完，嚴衛東便低下頭，拿起公文看了起來，直接把鄭博方三人給晾在那裡。

此刻的嚴衛東心中那叫一個爽！心氣那叫一個高！他終於體會到當一把手的爽快感！這才是真正的頤指氣使啊！這才是真正的一言九鼎啊！

這三個人全都背叛了自己，投靠到柳擎宇的陣營中，這絕對不能原諒。我一定要找機會把這三個人給清除出東江市紀委的隊伍，以免他們作怪。

看到嚴衛東這種做派，鄭博方三人的臉上都露出了不屑之色，轉身就往外走去。

一走出嚴衛東的辦公室，姚劍鋒立刻罵道：「奶奶的，這個嚴衛東真是個小人，他不過剛剛當上代理書記就吆五喝六的，真把自己當成市紀委書記了。」

鄭博方冷冷一笑：「哼，他這個代理書記也只能是代理而已，想要轉正，他在做夢！我相信柳書記一定會回來的。你們怎麼看？」

姚劍鋒沒有絲毫懷疑地說道：「我相信柳書記肯定會沒事的，就算是省紀委出馬也不可能找得出柳書記任何問題。反倒是這個嚴衛東，如果真要調查的話，他早晚都得進去。」

葉建群點點頭說：「如果柳書記真的出問題，我也打算辭官不做了，如果連柳書記這樣的好官都被處理，那這個官當得也沒什麼意思。」

三人很快再次結成共進退同盟，決心把柳擎宇部署的工作堅持下去。

與此同時，龍翔也沒有閒著。三個小時後，網上便出現柳擎宇被遼源市紀委給帶走的消息，同時在帖子裡，發帖人火力猛烈地發出一連串的質問：

「柳擎宇到底犯了哪條法律？為什麼會被帶走？為什麼李萬軍對此事不過問？為什麼柳擎宇被帶走是發生在官員個人情況申報名單被公布之後？為什麼已經申報的資料又被當事人強行拿走？為什麼這件事沒有人管一管？」

這個帖子出現幾乎不到兩個小時，便在網路上引起了軒然大波。

龍翔等人並不知道，柳擎宇一被遼源市紀委的人給帶走，遠在北京的劉飛便得到了消息。消息是諸葛豐在電話中告訴他的。

諸葛豐彙報完，立即問道：「老大，要不要我找人過問一下此事？我看這明顯是李萬軍、孫玉龍等人故意要整擎宇啊？」

劉飛沉吟了一下，搖搖頭道：「咱們暫時不要插手，再看一看這件事會朝哪個方向發展，我總感覺這小子做事不會沒有後手，如果他連這點小事都搞不定的話，我看他也不適合在官場上待了。」

諸葛豐擔心地說：「老大，這次很有可能是李萬軍親自主導的，下面又有孫玉龍這個東江市市委書記配合，我怕擎宇就算有後手，能不能奏效也是問題啊，畢竟他們之間級別差得太多了。」

劉飛依然沒有動搖地說：「沒事，清者自清，濁者自濁，如果擎宇沒有什麼問題，就算是李萬軍他們再羅列罪名也無濟於事，根據我的分析，李萬軍應該是想要玩一招**移花接木、李代桃僵之計罷了！**」

「移花接木、李代桃僵？」諸葛豐疑惑的問道。

劉飛點點頭：「沒錯，先是用一招移花接木，把罪名安在擎宇的頭上，造成既定的事實，通過紀委的約談和調查，將擎宇的名聲給搞臭，然後順勢李代桃僵，拿下擎宇這個東江市紀委書記的職務，換上他自己的人，這樣一來，就算是其他常委對於他的做法有意見也不能說什麼；通過此舉，擎宇在東江市的威信徹底掃地，就算是再回去，也很難有所作為了。這才是李萬軍的真實目的。

「這一招屬於**陰謀**，卻**又帶著一絲陽謀的性質**，讓人明知道他的招數，卻很難破解，尤其是像擎宇他們這種級別的下屬，只能吃悶虧。現在就看白雲省那邊曾鴻濤會怎麼出手了，因為李萬軍所有的動作都是衝著他去的，畢竟擎宇是他親自點名從蒼山市調到東江市去的，如果曾鴻濤解決不了這個局面，我看他以後要想再進一步，基本上很難啦。」

諸葛豐聽完劉飛的分析，不由得豎起大拇指：「老大，看來我的思路要想跟上你，已經有些費勁了。」

劉飛笑了：「你就別謙虛了，那是你身上的擔子實在是太重了，留給你思考的時間少了些。再堅持幾年吧，等擎宇他們那一代的年輕人成長起來，你就可以好好的鬆一口氣了。」

兩人相視一笑，一切盡在不言中。

人一生中的黃金時期也就是短短的四五十年，而諸葛豐跟在劉飛身邊卻將近二十年，這二十年，他親眼看到劉飛從一名普通的官員逐漸成長為國家棟梁，也看到劉飛一路走來為老百姓所做的每一件事。跟在劉飛的身邊，諸葛豐無怨無悔。

「對了，擎宇被刺那件事現在調查得怎麼樣了？」劉飛突然問道。

諸葛豐面色凝重地說：「老大，這件事還真是有些名堂啊！根據我和柳家那邊所掌握的資訊，花錢雇殺手來刺殺擎宇的，是一個外國人。這個人是在美國透過互聯網和殺手組織聯繫上的，殺手組織也不知道他到底是什麼身分，而且這個人具有超高的反偵察能力，即便是梅老那邊動用關係，到現在也沒有查到此人的身分。

「而且殺手自從刺殺擎宇失手後，就像在人間蒸發了一般，我和柳家派了很多人明察暗訪也沒有找到，所以我們推測，他們在國內應該是有人負責掩護。現在調查陷入僵局，迷霧重重。據我的推測，**這裡面絕對有著驚天的陰謀**！就是不確定這個陰謀到底是不是和美國人有關。」

劉飛眉頭緊鎖，眼中閃過一道寒光。

……

東江市因為柳擎宇突然被紀委帶走，人心惶惶。

尤其是東江市紀委方面，自從嚴衛東被指定暫時主持市紀委的工作後，他立刻下達了一連串指示，將那些「自己人」提拔到重要的位置上，把鄭博方這幾個向柳擎宇靠攏的都給調去了閒職。

這個時候，也是考驗人的意志的時候。

有些跟從柳擎宇和鄭博方的人，發現他們所做的每件事都是身為紀委工作人員應該做的，感覺到生活非常充實，所以被嚴衛東調整之後，雖然會發發牢騷，卻沒有打算向嚴衛東靠攏。因為對照之後，他們發現嚴衛東的嘴臉顯得是那麼醜陋，那麼卑鄙無恥。

但是，也有一些投向柳擎宇的，看到他大勢已去，便立刻開始活動起來，在嚴衛東的刻意營造下，有兩名副主任再次獲得了重用。

然而，嚴衛東卻鬱悶的發現自己拉攏的舉動收效甚微，基本上他所看重的那些能幹事的人，大部分都跑到了柳擎宇的陣營裡，寧可待在閒職上，也不願意向自己靠攏，這讓他十分生氣。

……

白雲省。省會遼源市。

柳擎宇被帶走三個小時後。

有關柳擎宇被帶走的帖子已經在白雲省的網路論壇上火爆起來，省委書記曾鴻濤也得知了這個消息。

他是在兩個多小時前就知道了，只不過他一直按兵不動，但是時刻都在關注著柳擎宇的最新動態。

省委秘書長于金文暫時在曾鴻濤辦公室外間，和曾鴻濤的秘書一起辦公，所有關於柳擎宇的訊息源源不斷的向這邊彙集，包括柳擎宇什麼時間被帶到遼源市、什麼時間被帶到了哪個賓館，進去多久，都有誰進去過等等，這些細節，于金文都掌握得一清二楚。

于金文顯得很是興奮，因為他知道這次李萬軍雖然表面上出的是一招妙棋，實際上，在老闆曾鴻濤看來，卻是一招臭棋，因為自從曾鴻濤派柳擎宇去東江市擔任紀委書記那一天開始，便一直在等待李萬軍出這招棋。

以曾鴻濤對柳擎宇的分析和瞭解，曉得以柳擎宇的能力早晚會將東江市的局面給攪渾，將孫玉龍逼到非得將他一腳踢開的地步。

而孫玉龍要想將柳擎宇踢開，以他的能力，在柳擎宇沒有犯任何錯誤的情況下，根本是不可能的；而且柳擎宇為人極其聰明，也不可能被孫玉龍給抓住把柄，在這種情況下，孫玉龍只能求助於李萬軍，而李萬軍只要出手，肯定會獲得暫時的勝利，但是，李萬軍出手的同時，他的破綻也就擺在了曾鴻濤的面前。

此刻，柳擎宇被雙規，表面上只是一件和柳擎宇有關的小事，實際上，卻**牽動到白雲省兩位，甚至數位大老間的權力交手與較量**。

這時，于金文得到彙報，說是網路上出現有關柳擎宇被雙規的帖子，並且裡面提出了許多尖銳的問題，矛頭直接指向東江市市委書記孫玉龍和遼源市市委書記李萬軍。

看到這個消息，于金文立刻意識到機會來了，趕忙起身進曾鴻濤辦公室做了彙報，曾鴻濤聽完，點點頭：

「柳擎宇這個年輕人真是非常厲害啊，人都被抓了，還埋下了這麼一招後手。這一招用得好啊，輿論攻勢看似綿軟無力，實際上卻是厲害無比。畢竟人民的眼睛是雪亮的，柳擎宇為老百姓做了那麼多的事，他到底是個什麼樣的人，老百姓心中都有數啊！

「最重要的是，遼源紀委雙規柳擎宇的理由十分牽強，恰好是柳擎宇才因為裸官申報這個問題向孫玉龍發難的這個敏感時機，這給我們留下了充分的操作空間。

「聰明！柳擎宇這小子實在是太聰明了！金文，立刻通知韓儒超，現在是他活動活動筋骨的時候了，他這個省紀委書記已經有段時間沒有下去巡視啦。」

于金文立刻給韓儒超打了電話。韓儒超接到電話，二話不說，立刻帶著白雲省紀委三位副書記、三大監察室的正副主任，一行八人浩浩蕩蕩前往東江市。

如果韓儒超等人是悄悄離開的，東江市也許不會感到害怕，因為不知者無畏；如果韓儒超等人是公開離開，東江市方面也照樣不會害怕，因為有準備者無畏。

而韓儒超是屬於半公開的方式離開的，當車子開上前往東江市的高速公路時，他便故意留下破綻，洩露自己的身分，讓別人得知他的行蹤。

這個消息很快便傳到遼源市市委書記李萬軍的耳裡。

李萬軍在白雲省多年，他對韓儒超相當瞭解，知道韓儒超這個人輕易不會親自出動，但是一旦出動，絕對不會空手而歸，他前往東江市，也就意味著東江市肯定有人要被雙規了。

那麼，**他針對的對象到底是誰呢？**

李萬軍雖然在白雲省紀委也有一些眼線，但是這些眼線並沒有能夠打入到韓儒超的身邊，所以對於韓儒超的動向，他無法完全掌握，令他頗為頭疼。

高速公路上，韓儒超一行人離東江市越來越近。李萬軍這邊卻越來越感到情緒焦躁。他很清楚像韓儒超這種級別的官員，絕對不會無緣無故的跑到東江市去溜達一圈的，肯定是帶著一定的**政治含義**，**自己必須讀懂他要表達的意思**。

東江市方面，孫玉龍也已經得到李萬軍秘書的通知，得知韓儒超正在趕往東江市，急得猶如熱鍋上的螞蟻。

他對韓儒超的恐懼要遠遠高出李萬軍，畢竟李萬軍和韓儒超級別一樣，不存在誰怕誰的問題，而他的級別是副廳級，雖然他知道自己被雙規的可能性微乎其微，但是如果哪個市委常委被雙規的話，對他來說絕對不是好事，唇亡齒寒啊。

韓儒超在當天晚上七點多趕到了東江市。

讓李萬軍和孫玉龍兩人感到更加焦慮的是，韓儒超和他所帶的那些人馬到了東江市之後，並沒有通知任何人，只是找了家普通的賓館住了下來，十分低調。

孫玉龍派出手下秘密監控著這些人，發現韓儒超他們自從進了賓館之後，除了吃晚飯之外，就再也沒有出來。

這更加令人焦慮了。到目前為止，李萬軍和孫玉龍還不知道韓儒超到東江市到底為了什麼。兩個人擔心了一夜，孫玉龍幾乎整夜未眠，直到凌晨四點多才迷迷糊糊的睡去。

第二天上午，上班時間都過了，孫玉龍還躺在床上沒有起來。

他是被電話鈴聲給驚醒的，抓起手機，孫玉龍迷迷糊糊的說道：「誰啊？不知道我在睡覺嗎？」

電話那頭，市委秘書長吳環宇聲音有些焦慮的說道：

「孫書記，市委辦剛剛接到通知，說是省紀委書記韓儒超已經到了咱們東江市，將在半個小時後到市委視察，您得趕快過來主持大局啊。」

孫玉龍一聽嚇了一跳，連忙爬起來說道：「老吳啊，你先通知所有常委們立刻到會議室集合，研究一下如何迎接的問題，我馬上趕來。」

孫玉龍動作飛快，簡單的洗了把臉便衝出家門。

當孫玉龍趕到市委大院的時候，東江市的市委常委們已經在大院門口外面等著了，孫玉龍立刻站在人群中第一排第一個位置。

孫玉龍剛剛站好，韓儒超的車隊便駛了過來，孫玉龍的心一下子懸到了嗓子眼。

韓儒超下車後，孫玉龍連忙帶頭迎了過去。

韓儒超滿臉含笑地一一和常委們握手，看到韓儒超滿面笑容，眾人原本擔憂的心一下子緩和了很多，看來韓儒超這次並沒有動作的打算。

然而，眾人的心才剛放下，便看到韓儒超皺起眉頭，看向孫玉龍問道：

「孫同志，柳擎宇這小子去哪裡了，難道我這個省紀委書記下來視察，他忙得連過來和我打個照面的時間都沒有嗎？看來我這個省委領導分量還是不夠啊！」

韓儒超字裡行間透出了濃濃的不滿。

孫玉龍久混官場，豈會不明白韓儒超的意思，如果自己不給出個理由的話，柳擎宇缺席的責任就有可能要由自己這個市委書記來擔了。

所以，孫玉龍這個時候不敢有所隱瞞，連忙解釋道：「韓書記，是這樣的，柳擎宇同志昨天被遼源市紀委的人給帶走了，據說是有人舉報他存在一些違紀問題。」

韓儒超故意做出一副錯愕的表情，驚訝地說：「哦？原來是被舉報啦，我說呢！對了，孫同志，根據你的瞭解，遼源市紀委方面掌握的證據充足嗎？能不能確定柳擎宇存在問題呢？」

孫玉龍搖搖頭說：「韓書記，這個我還真是不瞭解啊！這得問遼源市方面。」

就在這時候，省紀委副書記滕建華突然從口袋中拿出厚厚的一疊資料，遞給韓儒超說道：「韓書記，這是我今天剛剛接到有人舉報孫玉龍和吳環宇兩位同志的資料，我看上面寫的問題似乎十分嚴重啊！」

誰也沒有想到滕建華突然來這麼一手，所有人的目光都看向了韓儒超。

韓儒超接過舉報資料仔細的看了起來，現場頓時鴉雀無聲，不知道接下來這位省紀委的一把手會如何做。

韓儒超看完之後，臉色陰沉地說道：「孫同志，吳同志，我看這舉報資料上說得有鼻子有眼的，今天的視察先進行到這裡，你們跟我們省紀委的同志走一趟吧，我有話要和你們談一談。」說完，省紀委監察室的正副主任立即站在孫玉龍和吳環宇的身邊。

這一下，孫玉龍和吳環宇嚇得差點沒有尿褲子。

所有人都傻眼了，事情竟然如此演變，**這是什麼節奏啊？難道省紀委要對孫玉龍和東江市下手了嗎？**

孫玉龍故作鎮定的說：「韓書記，根據紀委的工作條例，在沒有掌握確鑿證據的前提下，紀委部門是不能隨便雙規幹部的，你們這樣做似乎有些不妥吧？」

韓儒超沒有理會孫玉龍。

滕建華在一旁冷冷說道：「孫同志，韓書記有說要雙規你嗎？只是要跟你談談而已，這和遼源市紀委帶走柳擎宇的過程應該是一模一樣吧？不要廢話了，我們走吧！」說完，便邁步向前走去。

孫玉龍這下沒話說了，只能和吳環宇一起上了紀委的車。

孫玉龍他們前腳剛離開，便有人把孫玉龍和吳環宇被帶走的消息告訴了李萬軍。

李萬軍一聽，頓時氣得狠狠一拍桌子：「韓儒超，你欺人太甚！」

然而，憤怒過後，李萬軍卻又不得不接受這個殘酷的事實。

很明顯，韓儒超採用的，便是遼源市紀委把柳擎宇帶走時所用的相同邏輯，意思是：既然你們遼源市紀委可以用舉報的資料帶走柳擎宇，為什麼省紀委不可以用同樣的方式帶走孫玉龍和吳環宇?!

李萬軍雖然憤怒，但是思維卻極其清晰，現在他終於相信一個傳聞，那就是柳擎宇和韓儒超之間關係十分密切，不然韓儒超又怎麼會如此興師動眾的帶人前往東江市呢？

韓儒超這明顯是在給自己施加壓力啊！如果遼源市這邊不把柳擎宇給放了，看樣子韓儒超就不會把孫玉龍和吳環宇給放出去。

怎麼辦？難道對柳擎宇的計畫就這麼半途而廢嗎？如果真是那樣的話，恐怕就不能把柳擎宇從東江市給一腳踢走了，以柳擎宇那種折騰勁，沒準會鬧出什麼花樣來，到時候自己將更難收場。

那孫玉龍和吳環宇能夠堅持多久時間呢？一時間，各種想法在李萬軍的腦海中升騰著，過濾著，權衡著。

思慮良久之後，他決定冒一次險，暫時先不考慮孫玉龍和吳環宇兩人的問題，先想辦法把柳擎宇給擺平。

他之所以做出這樣的決定，是因為他對孫玉龍和吳環宇等人的自信，他相信這兩人不可能向省紀委有任何妥協，吐露任何問題的。

基於此點，李萬軍立刻給遼源市市紀委書記郭天明打電話：

「老郭，柳擎宇那兒進展怎麼樣？」

郭天明苦笑道：「李書記，柳擎宇對我們的質問一直保持沉默，不說一句話，還真是有些棘手。」

李萬軍聲音中有些不高興了：「老郭啊，目前省紀委已經到了東江市，把孫玉龍和吳環宇給約到他們住的地方去談話了，你們這邊要加快點進度啊，否則的話，我們遼源市壓力會非常大的。」

聽到李萬軍這麼說，郭天明便知道李萬軍的意思了，趕忙說道：「好，李書記，我們會加快進度的。」

掛斷電話後，郭天明立刻給遼源市紀委副書記孟慶義打了個電話：「老孟啊，剛才李書記打電話來，說在柳擎宇的問題上，市委壓力很大，要求咱們要儘快結案。」

孟慶義一聽，馬上秒懂：「好，郭書記，我知道該怎麼做了。」

孟慶義立刻回到市紀委設在「天安賓館」的審訊室內。

此刻，柳擎宇正坐在椅子上閉目養神，他的旁邊，兩名工作人員正不斷的要求柳擎宇認清形勢，及早交代問題。

柳擎宇對兩人的話充耳不聞，甚至還發出微微的鼾聲，彷彿他們的話是柳擎宇的催眠曲一般。

這兩人雖然心中憤怒，卻拿柳擎宇沒什麼辦法，因為柳擎宇的級別不比他們低，而且手中也沒有掌握任何足以拿下柳擎宇的證據，更別提他們所得到的那些「舉報資料」都是模稜兩可，含糊其辭的理由。

這時候，孟慶義走了進來，看了酣睡中的柳擎宇一眼，突然狠狠的一拍桌子，怒聲道：「柳擎宇，快醒醒，也不看看這裡是什麼地方？誰讓你睡覺的？」

孟慶義以為重重的拍案聲能夠把柳擎宇給敲醒呢，誰知他手都拍得有些疼了，柳擎宇卻是鼾聲依舊，而且似乎還皺了皺眉頭，原本朝著他們這邊的臉換成向旁邊扭了扭。

看到這種情況，孟慶義氣得火冒三丈。

實際上，他的內心相當焦慮，因為他很明白找柳擎宇約談已經違背了紀委的相關程序了，遼源市紀委也沒有資格對柳擎宇展開審訊，現在省紀委那邊已經採取措施，明顯要針對遼源市紀委出招了，如果他不儘快把柳擎宇擺平，一旦省紀委那邊發力，自己這方就被動了。

所以，和郭天明溝通完後，他立刻趕回審訊室內，決定親自坐鎮對柳擎宇的審訊。看到柳擎宇如此不配合，他怎麼能不怒？立刻對旁邊的工作人員說道：

「老嚴，立刻找盆涼水來，讓柳擎宇清醒清醒，我們這裡可不是真正的賓館，不是讓他睡覺的地方。」

老嚴二話不說，立刻去洗手間，從裡面端了一盆水，朝著柳擎宇的臉上便潑了過去。

其實，柳擎宇根本就沒有睡著，一直都在裝睡，對孟慶義和老嚴的話聽得清清楚楚，只不過他一直按兵不動，他有自己的打算。

柳擎宇迷迷糊糊的睜開雙眼，抹了把臉上的水珠，不解的說：「下雨了嗎？怎麼我身上這麼濕啊？」

老嚴拿著水盆晃了晃說：「柳擎宇，你看清楚這裡是哪裡！誰讓你睡覺的？」

柳擎宇臉色一沉：「嚴主任，根據紀委工作程序，對於未被雙規的國家幹部，不應該使用這種過分的手段吧？你身為紀委工作人員，這明顯是知法犯法啊，我保留向上級部門反映你粗暴執法的權力。」

老嚴聽了一愣，臉上露出猶疑之色，還帶著一絲的畏懼。

他可是早就聽說過柳擎宇在省紀委有著相當的人脈，否則遼源市各個縣區也不可能在省紀委主持的考核機制試行點上敗給一個小小的東江市。

這也是他一直沒有對柳擎宇採取超常規手段的原因。對紀委部門而言，如果真的想要收拾一個人，是有很多手段的。

這時，孟慶義看到老嚴的目光不對勁，立刻喝道：

「嚴力強，你在怕什麼？柳擎宇存在嚴重的犯罪嫌疑，我們只要按照規定辦事，還怕任何打擊報復不成？你不要忘了，你是一名紀委，讓犯罪分子交代他們的罪行是我們的職責。」

嚴力強立刻醒悟，孟慶義親自督陣，如果不能快點讓柳擎宇交代承認，就會失去孟慶義的信任，自己可就前途堪憂了。

所以他的臉色立刻顯得猙獰起來，陰聲說道：

「柳擎宇，你最好快點交代你的問題，否則我們上些手段了，你能不能熬得過去，你自己可要好好的琢磨琢磨，你也是紀委系統的，應該知道我們的手段。」

柳擎宇兩手一攤，裝糊塗道：「不好意思啊嚴主任，我還真的不明白你在說些什麼，我們東江市紀委的工作人員從來都是嚴格遵照規定實施審訊的，手段也都是按照規定去操作，而且每次審訊都有監控系統進行監控，我感到很好奇，你們這裡為什麼沒有監控系統呢？」

孟慶義冷冷的說道：「柳擎宇，既然你知道我們這裡沒有監控系統，就曉得我們可以對你採取一些超常規的手段，但是我們不願意這樣做，希望你最好不要逼我們。」

柳擎宇道：「超常規手段是什麼手段？孟副書記，這話真的不應該從你嘴裡說出來啊，這可是實實在在的把柄啊，你就不怕我把你這番話向上級進行控訴嗎？」

「控訴？」孟慶義不屑地說：「柳擎宇，你能不能有機會見到上級領導還是一回事呢，就算你見到了又能怎麼樣？我們所採用的手段都是十分文明的。」

說到這裡，孟慶義站起身來，臨走時對嚴力強吩咐道：「老嚴啊，四種手段隨便你用，一定要在明天天亮前審出個結果來。」

嚴力強心頭一顫。孟慶義所說的這四種手段，第一種是不讓睡，第二是不讓吃，第三是用藥，第四是溺水。這是遼源市紀委最近開發出來的新的審訊手段。就是鐵打的漢子在這四種手段相逼之下，也得把祖宗十八代給交代清楚了，讓他說啥就得說啥。

柳擎宇雖然不知道這四種手段是什麼，但是話裡話外的意思他卻聽得很明白，警告道：「孟副書記，我再次鄭重地提醒你，我是東江市市委常委、市紀委書記，你們沒有掌握足夠雙規我的證據之前，是不能對我進行審訊的，更不能隨隨便便對我使用任何非法、不人道的手段。」

孟慶義一陣冷笑：「不能？誰說不能⁈這裡是我的地盤，我的地盤就由我做主！如果你想要舒服點，就早點交代你的問題。現在你只要按照我們的要求，將《我的自首》、《我的思想認識》、《我與相關人員的不正當經濟往來》這三分供罪書寫完畫押，承認你的罪行，那就不用承受任何痛苦。如果不寫的話，這四種手段你將會輪流享受到！」

柳擎宇絲毫不為所動地說：「我柳擎宇行得正，坐得端，有何罪需要供認？反而是你們這樣做已經涉嫌嚴重違紀，是要受到法律制裁的，你們最好考慮清楚！」

「考慮清楚？我們已經考慮得非常清楚了，反正不搞定你，我們也不會有好日子過的，嚴力強，開始吧！」說完，孟慶義便向外走去。

孟慶義一走，嚴力強便打電話又叫了幾個身強力壯的手下來。

這幾個人直接抓住柳擎宇的身體，讓柳擎宇動彈不得，然後將一個裝滿水的大臉盆放在柳擎宇的身前。

嚴力強滿臉猙獰的說道：「柳擎宇，本來我是想要跟你慢慢熬來著的，但是考慮到你剛剛吃飽喝足，前面這些手段對你沒有用，為了節省時間，我就只能直接從後面的手段開始上了。我最後再問你一次，你到底交不交代你的問題？」

柳擎宇嗤了聲：「我本無罪，供認什麼？嚴力強，我勸你最好不要採用非法手段，否則後果非常嚴重。」

「後果？在遼源市，有李書記在，這天是翻不過的。」見柳擎宇沒有任何妥協的意思，嚴力強大手一揮：「動手！」

幾個身強力壯的小夥子立刻掐胳膊的掐胳膊，按頭的按頭，直接把柳擎宇的頭按進了臉盆裡！冰涼的水立刻淹沒了柳擎宇的鼻子和臉龐，柳擎宇暫時陷入了窒息的狀態。

嚴力強坐在椅子上，拿出手機，調到碼錶的狀態下開始計時，一邊抽著菸，一邊看著柳擎宇說道：「柳擎宇，聽說你很有些本事啊，就是不知道你水中憋氣能夠憋多久？」

柳擎宇就那樣把臉扎在臉盆裡，一動不動，也沒有任何的掙扎。

其實，以柳擎宇的能力，別說是這麼幾個小夥子，就算再多來幾個，如果柳擎宇不想被他們制住，他們也根本不可能按住柳擎宇的。柳擎宇之所以不做抵抗，目的非常明確，就是想要看看這些人到底想要怎麼收拾自己。

時間到了三十秒左右，嚴力強命令：「行了，把他給我弄上來！」

嚴力強雖然想收拾柳擎宇，但是也害怕出人命，畢竟柳擎宇可是正處級幹部，而且還有後臺，真要是把他給弄死了，後果的確不是自己能夠承受得了的。

柳擎宇的頭剛抬起水面，嚴力強便喝問道：

「柳擎宇，你到底是招還是不招？」

只見柳擎宇朝著嚴力強的方向一張口，頓時一道水箭直噴向嚴力強，嚴力強一時不查，立刻被這道水箭給噴了個正著。

這時，柳擎宇說話了：「招？我招個鬼啊！老子一沒偷二沒搶，三沒貪污受賄，要老子招什麼？嚴力強，你最好立刻停止這種行為，我可以既往不咎，否則後果非常嚴重。」

「嚴重？嚴重個屁啊！給我再弄！」

嚴力強大手一揮，柳擎宇的臉立刻再次被按進了水中。

這一次，嚴力強也發狠了：「奶奶的，柳擎宇，你都這樣了還跟我囂張！老子這次淹你一分鐘，看你還能不能再嘴硬！」

嚴力強的確是夠狠的！一般人能憋氣三四十秒已經相當厲害了，至於一分鐘，只有體能非常不錯的運動員才能達到！

嚴力強被柳擎宇給氣壞了，這時，他的腦袋發熱，已經顧不得柳擎宇的死活了。

一分鐘後，柳擎宇的頭被從水裡拎了出來，眾人卻驚恐的發現柳擎宇的頭垂了下去，一動也不動，雙臂也無力地擺在一旁，這下子大家都傻了。

第五章

鬧出人命

孟慶義皺著眉頭說：「什麼大事不好了，嚴力強，你說話怎麼結巴了？」

嚴力強聲音顫抖起來：「孟……孟書記，柳擎宇……柳擎宇被我們給溺死了！」

「什麼？溺死了！嚴力強，你們是怎麼辦事的？」孟慶義質問道。

嚴力強也嚇壞了，以為柳擎宇死了，這時他開始後悔了。

為了穩妥起見，他慢慢走到柳擎宇面前，把手指放在柳擎宇的鼻尖感受柳擎宇的氣息，發現柳擎宇已經沒有了呼吸。

這一下嚴力強可真的害怕了，嚇得接連退後兩步，臉上充滿了惶恐。

一名工作人員說道：「毛主任，你看看柳擎宇的心跳還有沒有？」

嚴力強伸出手來向柳擎宇靠近，想要試探柳擎宇心臟還有沒有跳動。

就在這時候，柳擎宇的頭突然抬了起來，在嚴力強剛剛靠近他，把臉低下來的那一剎那，柳擎宇大嘴一張，噗的一口吐出一道水箭，再次噴了嚴力強一臉。

嚴力強先是一愣，隨即大怒，自己又被柳擎宇給耍了！

這把嚴力強徹底激怒了，生氣地喊道：

「淹！接著給我淹！直接淹死拉倒！」

這一次整整淹了柳擎宇兩分鐘！

兩分鐘後，當柳擎宇被拉上來時，嚴力強發現柳擎宇又跟上次一樣，頭耷拉著，雙臂無力的垂著！不過，這一次嚴力強以為柳擎宇又想耍他，所以沒有走上前去查看。

等過了三四分鐘後，他才靠近柳擎宇，用手摸了摸柳擎宇的鼻子，沒有呼吸！他又把耳朵靠近柳擎宇的心臟仔細聽了聽，也聽不到一點心跳！

這一下，嚴力強可真的嚇壞了。

柳擎宇真的死了?!

嚴力強也急了，沒想到會鬧出人命來！

一個工作人員顫聲道：「嚴主任，我們還是趕快向孟副書記報告一下這件事吧！」

嚴力強使勁的點點頭，立刻拿出手機撥通了孟慶義的電話：

「孟……孟書記，大……大事不好了！」

孟慶義皺著眉頭說：「什麼大事不好了，嚴力強，你今天說話怎麼結巴了呢！」

嚴力強雙腿抖動著，聲音都顫抖起來：

「孟……孟書記，柳擎宇……柳擎宇被我們給溺死了！」

「什麼？溺死了！嚴力強，你們是怎麼辦事的？怎麼讓他死了呢？」孟慶義質問道。

嚴力強顫聲道：「孟……孟書記，我們把他的頭放在臉盆裡的時間可能稍微長了一點。」

「你們溺了他多長時間？」孟慶義問道。

嚴力強說道：「有一分多鐘吧？」

孟慶義聽了說：「一分鐘？一分鐘應該不至於溺死啊？到底是一分鐘多多少？」

嚴力強吞吞吐吐地說：「一分……零五十多秒！」

孟慶義罵道：「那根本是兩分鐘了好不好，嚴力強，你腦袋進水了吧，把腦袋按進臉盆裡兩分鐘，你問問你自已能做到嗎？以前你們最長才按多長時間，有超過九十秒的嗎?!你做事怎麼不動動腦筋呢！你說吧，現在我們怎麼向外界交代？」

嚴力強的大腦飛快的轉動起來，這時候，為了逃避責任，他眼前一亮說：「孟書記，您看我們可以不可以說柳擎宇是喝水喝死了？」

「這種理由你都想得出來，你當別人都是傻瓜啊！」孟慶義罵道。

不過在罵完後，孟慶義卻又自言自語道：「嗯，雖然這個理由牽強了一點，但也不是不可以用，以前出現類似事件的時候，那些人都可以用一些光怪陸離的理由，為什麼我們就不能用喝水撐死來開脫呢？」

決定好後，孟慶義立刻下令道：「嚴力強，這件事就這麼定了，我會盡力幫你開脫，但是責任跟我一點關係都沒有，聽清楚了沒有？」

嚴力強連忙說道：「明白，明白，孟書記，您放心吧，這件事保證跟您一點關係都沒有。」

遼源市市委書記李萬軍正在批閱公文。

這時，手機響了，他拿起來一看號碼，立刻接通道：

「曾書記您好，我是李萬軍。」

曾鴻濤冷冷說道：「李萬軍，柳擎宇在哪裡，我有事情要見他！」

李萬軍被問得一愣，曾鴻濤說話語氣怎麼這麼衝？

「曾書記，柳擎宇在哪裡我也不清楚。」

曾鴻濤的聲音又變得溫和許多，徐徐說道：「不知道？李萬軍同志，你確定你不知道嗎？」

李萬軍突然感到脊背上冒起一股寒意。對這位省委書記的脾氣，他太瞭解了，他輕易不動怒，但是一旦動怒，必將雷霆萬鈞，動作起來也是大開大合，絕不留情。

曾鴻濤會問起柳擎宇，這代表曾鴻濤一定是聽到了什麼，李萬軍這時真的有些頭疼，因為他才說自己不知道，如果馬上改口，不就前後不一了嗎?!所以他立刻說道：

「曾書記，我真的不知道柳擎宇在哪裡，我趕緊去瞭解一下再回覆您……」

還沒等李萬軍說完，曾鴻濤便掛斷了電話。

聽到電話裡傳來嘟嘟嘟的忙音，李萬軍臉色刷的一下沉了下來，看來事情有些麻煩，曾鴻濤顯然對自己已經失去了耐性。

為了掌握主動權，李萬軍馬上打電話給市紀委書記郭天明：

「老郭，柳擎宇現在在哪裡，交沒交代問題？立刻弄清楚告訴我。」

郭天明立即連絡孟慶義：「孟慶義，柳擎宇的情況怎麼樣了，他交代了沒有？」

孟慶義此時正急得滿頭大汗，柳擎宇就那樣靜靜地躺在地板上，一動也不動，他在苦苦思考該怎麼樣向郭天明回報呢。

見郭天明打電話來問了，他只能硬著頭皮說道：

「郭書記，我剛接到嚴力強打來電話，說柳擎宇在接受審訊期間，由於喝水過多撐死了。我已經趕到現場，正在對此事展開調查。」

郭天明一聽，當時就頭大了，劈頭狂罵道：「什麼？柳擎宇死了？孟慶義，你們到底是怎麼搞的？誰讓你把他給搞死了？你知不知道柳擎宇這個人有多重要？搞死他，你活得不耐煩了是吧？」

孟慶義連忙辯解道：「郭書記，您不是下令說要儘快讓柳擎宇交代問題嘛，所以下面的人就用了點手段，沒有想到柳擎宇這麼不禁折騰，三兩下就死翹翹了。」

見郭天明急眼，他也有些害怕了，他最擔心的就是郭天明為了保全自己，把責任推給他，所以他擺明了「如果沒有你的指示，我不可能這麼做」的態度，務必把郭天明給拖進來，反正要死大家一起死，要活大家一起活，大不了找個替罪羊了事！

郭天明自然聽得懂孟慶義的話中含意，雖然他的確想要撇清責任，但是他很清楚如果不管孟慶義，到時候孟慶義肯定會把自己咬出來的，所以他沉聲道：

「老孟啊，這件事我看不宜聲張，暫時也不要散播柳擎宇已經死了的消息，一會兒你立刻聯繫火葬場，先將柳擎宇直接送到火葬場火化了，同時調查一下到底誰應該承擔監管不力的責任，向市紀委打個報告，直接將這人開除了。記住！這件事必須要儘快解決，明白嗎？」

聽到郭天明做出指示，孟慶義的心放了下來。

他和郭天明通話的時候，也打開了擴音鍵，所以在場的人都可以聽到郭天明的話，那個負責把柳擎宇的頭往水裡按的年輕紀委立刻舉起手來說道：

「孟書記，是我監管不嚴，我願意承擔責任。」

雖然會被開除出紀委，但是只要孟慶義打個招呼，就可以把他安排進另一個肥缺崗位，而且按照潛規則，他還可以得到一筆數目不菲的安慰金，足以讓他沒有後顧之憂的快樂過上後半輩子，這種替罪羊他自是當仁不讓。

孟慶義十分滿意，臉上露出笑意，看來自己不會有什麼事了，便交代嚴力強道：

「老嚴，立刻聯繫火葬場，把柳擎宇拉去火化了吧，省得屍體臭了引發疫情。」

與此同時，郭天明則是立刻給李萬軍打電話，回報他柳擎宇的事，以及自己的安排。

李萬軍聽了大驚：「什麼？柳擎宇死了？郭天明，你難道不知道柳擎宇是省裡大老點名派他到咱們東江市來的嗎？你不知道柳擎宇和韓儒超的關係十分密切嗎？你以為你安排個替罪羊就完了，我告訴你，你把省委領導想得也太幼稚、太簡單了！別說省委領導了，就算是我，隨隨便便就能把這件事給查出來！郭天明，你真是個大糊塗蛋啊……」

李萬軍衝著郭天明一陣發火，嚇得郭天明臉色蒼白，雙腿顫抖，卻不敢多說一句話，只能聽李萬軍一句接著一句的罵著。

李萬軍足足罵了有兩三分鐘，這才讓心中的怒火稍微洩了些，隨即問道：「柳擎宇你打算怎麼處理？」

郭天明顫巍巍地說：「我……我原來的打算是把柳擎宇儘快火化的……，不過您這麼一說，我還真不知道該怎麼做了。」

李萬軍一聽，郭天明顯然是想要自己給他出主意，他嘴角一撇，怒道：

「郭天明，這件事是你自己惹出來的，必須自己了結，我可告訴你，現在曾書記已經在關注此事了，如果讓他知道了柳擎宇的事，後果不堪設想，你自己好好琢磨琢磨吧！」說完，咯嚓掛斷了電話。

以李萬軍的級別，怎麼可能去幫郭天明出主意呢，如果自己給出指示，萬一事情鬧大了查出來，等於把自己也搭進去了，他混跡官場多年，怎麼會做這種傻事！他輕描淡寫的幾句話便已經給郭天明一些暗示了。

郭天明也不傻，暗罵了一句老狐狸，再次拿起電話打給孟慶義：

「孟慶義，你那邊的動作要快點，省委曾書記已經關注這件事了。」

孟慶義一聽，趕緊給嚴力強打電話，交代他儘快處理柳擎宇。

嚴力強知道這事無法再等下去了，立刻吩咐手下說道：「快，把柳擎宇給我抬上車，直接送火葬場去。」

幾個小夥子聽到指示，立刻走過去想要把柳擎宇給抱起來，然而，就在這時候，外面突然警笛聲大作，此起彼伏。

孟慶義從窗戶向外面一看，頓時嚇得腿都軟了，只見整個賓館已經被一輛輛警車給包圍了，到處全都是員警，粗略估計，足有上百人！

這下子，不僅孟慶義傻眼，隔壁房間的嚴力強也傻眼了。

孟慶義大感不妙，想到隔壁去想辦法先把柳擎宇給藏起來，然而，他剛打開房門，便看到兩名荷槍實彈的員警站在房門外，黑洞洞的槍口直接指在他的頭上。

冰涼的槍口讓頭腦有些發熱的孟慶義冷靜了下來，寒著臉道：

「你們是哪裡的員警？知不知道我的身分？我可是遼源市紀委副書記，誰讓你們把槍口對準我的，全都給我放下槍！」

然而，讓孟慶義沒有想到的是，這些員警只是冷冷地看著他，一句話都不說。

就在這時候，電梯門打開，緊接著一陣急促的腳步聲從遠而進，隨即走廊處人影一閃，一個高大的身影在眾人的簇擁下向孟慶義方向走了過來。

孟慶義抬眼一看，頓時呆住。

來人竟然是省委書記曾鴻濤！

此刻，孟慶義腦中充滿了恐懼和疑惑，不斷地反問自己：**「曾鴻濤為什麼會到這裡來？是偶然還是巧合？」**

這時，曾鴻濤走到孟慶義的面前，冷冷的瞥了他一眼，便繼續向前走去。

跟在曾鴻濤身邊的省委秘書長于金文衝孟慶義招了招手：「孟慶義，跟我走吧，一會兒有問題問你。」

孟慶義不敢耽擱，趕忙緊跟在于金文的身後，心中更多了幾分恐懼。因為曾鴻濤竟然直接走向關押柳擎宇的房間，這下可糟了，柳擎宇的「屍體」還在房間內沒有運出去呢！

曾鴻濤走進房間時，柳擎宇已經被用床單給包裹起來，放在審訊用的桌子上，嚴力強等人正在收拾東西，一邊用清水洗去臉盆、凳子上面的指紋，以免留下痕跡。

見曾鴻濤等人進來，不禁嚇了一跳。尤其是嚴力強，萬萬沒有想到省委一號竟然到這裡來了。

曾鴻濤開口便問道：「柳擎宇在哪裡？」

孟慶義嚇得渾身哆嗦，臉色鐵青，一言不發。

嚴力強雖然害怕，但是頭腦卻非常靈活，而且他平時撒謊早已習以為常了，聽曾鴻濤這麼問，立即故技重施，謊稱道：「柳擎宇被送到火葬場火化了。」

嚴力強一說完，孟慶義就意識到要壞事，但是，由於內心恐懼，他想要發言卻一時不知道說什麼好，再加上他認為柳擎宇已經死了，說什麼都是徒勞，所以他張了張嘴，卻一點聲音都發不出來。

曾鴻濤用手一指審訊桌上用床單包起來的柳擎宇道：「那是什麼？過去兩個人打開看看。」

兩名員警過去打開床單，露出了裡面的柳擎宇。

這下子，孟慶義、嚴力強以及那幾名工作人員都癱軟在地上。

曾鴻濤陰沉著臉，看向孟慶義：「誰能告訴我這裡到底發生了什麼事？為什麼柳擎宇會死了？」

嚴力強說話了：「曾書記，柳擎宇在審訊的時候因為喝太多水被撐死了。」

于金文立刻呵斥道：「你給我閉嘴，剛才是誰說柳擎宇被送到火葬場了？你的話還可以相信嗎？」

嚴力強恐懼的看了曾鴻濤和于金文，把頭低了下去，他知道自己徹底玩完了。

這時候，孟慶義知道自己得出面了，顫聲道：「曾書記，于秘書長，嚴力強剛才說得沒錯，柳擎宇的確是在我們審訊的時候，由於喝水喝得太多被撐死了。」

曾鴻濤冷冷的說：「哦？被撐死？這個死法很特別嘛，這件事你們向上面彙報了嗎？」曾鴻濤目光犀利，直接逼視著孟慶義，孟慶義有絲毫的內心活動都逃不過曾鴻濤的觀察。

孟慶義心中盤算著，如果說沒有彙報的話，這件事所有的責任就要自己擔了，反之，有事大家一起擔，他心裡比較平衡。所以他立刻說道：「我已經向紀委書記郭天明同志彙報過此事了。」

曾鴻濤質疑道：「難道你們就沒有打算叫救護車來搶救嗎？」

孟慶義回說：「因為我們檢查柳擎宇沒了呼吸，心臟也停止跳動，再送醫院也無濟於事，為了避免屍體污染環境，覺得還是及早送到火葬場的好。」

于金文突然問道：「把柳擎宇送到火葬場，是你們的主意還是郭天明的指示？」

孟慶義猶豫了一下，說道：「是郭書記指示我們這樣做的。」

于金文看向嚴力強等人：「你們說，到底是誰做主的？」

嚴力強立刻配合地說：「是郭書記指示我們這樣做的。」

其他人也異口同聲地附和嚴力強的說詞。這時候，誰也不會傻到去承擔責任，他們都知道今天在劫難逃，責任能夠減少一點是一點。

曾鴻濤看向于金文道：「把郭天明和李萬軍都給我叫過來，讓他們來現場看看這些人到底是怎麼工作的。」

于金文立刻給郭天明和李萬軍打電話，下達曾鴻濤的指示。

李萬軍接到于金文電話，便知道事情大條了，不敢有絲毫遲疑，火速趕到賓館。

李萬軍到的時候，郭天明也正好趕到，兩人一起走進了賓館。

曾鴻濤先質問李萬軍道：「李同志，難道這就是你們遼源市的做事風格嗎？郭天明有沒有向你彙報現場發生的事？」

曾鴻濤第一個問題便將李萬軍逼到了牆角。

李萬軍看向郭天明，發現郭天明低著頭，根本不敢看他的眼睛。

郭天明的內心十分恐懼，從接到于金文電話的那一刻起，他便意識到今天恐怕很難過關。所以當他感到李萬軍看向自己的時候，他立刻低下頭去，他要看看李萬軍這個人值不值得信任。

李萬軍極其聰明，看到郭天明的動作，便明白郭天明的想法，因此毫不猶豫的說道：「我的確有接到郭同志的彙報，說柳擎宇在審訊中意外死亡，也指示他們要儘快處理好。」

曾鴻濤接著又問道：「李同志，據我所知，柳擎宇是在你前往東江市視察的時候被遼源市紀委給帶走的，這是不是你指示的？是偶然還是巧合？」

李萬軍臉色難看起來。曾鴻濤這個問題算是問到了重點。如果承認是自己指示紀委這樣做的，那麼肯定要承擔柳擎宇死亡的責任；但是如果不承認，那麼郭天明就在現場，他肯定會知道自己是要把責任推給他，所以李萬軍為難了。

不過李萬軍也是狠人，乾脆說道：「曾書記，我想這個問題應該讓郭天明來回答。」

曾鴻濤冷笑一聲，對李萬軍的把戲他怎麼會看不透，不過他還是看向郭天明：「郭天明，你的答案是什麼？」

郭天明此刻只能硬著頭皮把責任給攬了下來，因為他知道，如果自己把李萬軍拖下水的話，到時候肯定必死無疑，於是悶聲道：

「把柳擎宇從東江市帶到遼源市來審訊，是我的命令，因為我們市紀委接到舉報，說柳擎宇在擔任市紀委書記的過程中，有多次違紀行為，所以才將他帶回來審訊的。」

曾鴻濤眯著眼道：「是這樣啊，那麼我想問一下，你們掌握的證據充足嗎？有沒有按照規定的流程操作呢？」

郭天明理直氣壯的說道：「曾書記，我向您保證，我們一切行動都是按照流程操作，絕不會存在任何違規的問題。」

曾鴻濤還沒有說話，于金文在一旁冷聲道：「沒有違規？郭同志，你是不是在睜著眼睛說瞎話啊？如果你們沒有違規，柳擎宇是怎麼回事？」

郭天明狡辯道：「于秘書長，柳擎宇是喝水沒有節制，自己喝太多才撐死的。」

這個時候，他也只能一條道跑到黑了。

于金文沒有再搭理郭天明，問向李萬軍道：「李同志，你認同郭天明的說法嗎？」

燙手山芋瞬間轉移到李萬軍的手中。

李萬軍猶豫了一下，道：「這個我不清楚，需要調查之後才能確定。」

李萬軍這隻老狐狸怎麼可能上當呢。

曾鴻濤便對郭天明道：「郭天明，那你就讓人把審訊的監控錄影拿過來吧。」

郭天明立刻看向孟慶義，孟慶義趕忙解釋道：

「曾書記，這個賓館是我們臨時選的審訊點，所以沒有配備監控設備，這一點是我們工作上的疏忽。」

曾鴻濤立即抓住郭天明話中的漏洞，質問道：「郭同志，這就是你說的嚴格按照流程辦事嗎？紀委的流程上有這樣寫嗎？」

郭天明的腦門一下子冒出冷汗，雙腿也顫抖起來，他看出今天曾鴻濤是準備把他死裡逼的節奏啊，這已經不是他能夠抵擋得了的了，只好用求救的目光看向李萬軍。

李萬軍立刻站出來說道：

「曾書記，我們市紀委的確在工作中存在一些問題，不過我相信他們的出發點肯定是好的，是希望在不被打擾的情況下儘快把案子給弄明白了，只是沒想到會發生這種事而已。柳擎宇的死是個意外，發生這種事我們也很遺憾。我認為可以讓省公安廳直接介入調查，必要時對柳擎宇進行解剖，以取得最權威的調查結果。」

李萬軍之所以這樣說，是因為如果繼續讓曾鴻濤借題發揮再追下去的話，他們這幫人恐怕都得被處理了，所以他打算用緩兵之計，先躲過眼前的危機再說。等調查展開後，自己就有充分的時間去斡旋，不管是找替罪羊也好，與曾鴻濤談交易也好，至少避免使自己的勢力遭到沉重的打擊。

李萬軍的這些想法，都是建立在柳擎宇已經死了的基礎上，在他看來，柳擎宇死無對證，現場又都是自己的人，只要大家眾口一詞，就算是省公安廳也不可能查出什麼的，到時候不管曾鴻濤出於何種考慮，都必須要想辦法把這件事的影響力降到最低，以免影響到白雲省的聲譽。

哪怕是這個藉口就算是最弱智的人都不相信，但是只要白雲省不再追究，那麼外界的質疑聲就沒有任何用處，這就是他的邏輯。

然而，李萬軍萬萬沒有想到，他的話剛落下，便聽到一陣幽幽的聲音猶如從九幽地獄裡傳出來一般：

「啊——，真是憋死我了，好——悶啊！」

聲音是從桌子十傳出來的。

這可嚇壞了郭天明、孟慶義這夥人，差點沒尿了褲子。

嚴力強更是驚呼出聲：「天啊，活見鬼了！」說完起身就要往外跑。

就見柳擎宇坐起身來，猛的一把拉住往外跑的嚴力強，幽幽說道：「嚴主任，你這是要去哪裡啊！你還我命來！」

這一下，嚴力強可真是嚇壞了，他是直接下令對柳擎宇施行酷刑的人，最為心虛，因此直接倒在地上，雙眼一閉暈過去了。

柳擎宇坐起來的那一剎那，除了曾鴻濤和于金文外，現場所有人都驚呆了，誰也沒有想到，之前還身體僵硬猶如死屍一般的柳擎宇竟然活了過來。

如此一來，李萬軍精心策劃的緩兵之計也泡湯了。

最為害怕的還是郭天明和孟慶義，他們精心掩飾的罪行也將呼之欲出了。

柳擎宇看了眼暈倒在地上的嚴力強，撇撇嘴，隨即對曾鴻濤道：

「曾書記，我現在正式向您舉報遼源市紀委主要幹部們沆瀣一氣，對我採用非法審訊手段，幾乎將我溺死。」

郭天明大聲反駁道：「柳擎宇，你不要胡說八道了，我們啥時候對你採用過非法手段審訊？明明就是你自己喝太多水撐的，你這是誹謗知不知道？曾書記，您可要給我們遼源市紀委主持公道啊！」

曾鴻濤怒道：「夠了，你還嫌不夠亂嗎？你們誰有證據能夠支持自己的說法駁回控訴？郭天明，你有嗎？」

郭天明立刻用手一指孟慶義等人說道：「曾書記，他們就是證人。」

曾鴻濤眉頭一皺：「你是以為我什麼都不懂嗎？他們屬於當事人，當事人算是證人嗎？」

郭天明瞬間無語了。

這時，柳擎宇拿出手機，遞給曾鴻濤道：

「曾書記，手機裡記錄了從我被帶到這裡，直到現在發生的所有事情，包括孟慶義向郭天明請示如何處置我，以及親自向嚴力強下達指示對我採取逼供手段，要視頻有視頻，要聲音有聲音，如果不是因為我的體質特殊，恐怕真的已經成為一具死屍了！」

當柳擎宇拿出手機的那一剎那，李萬軍的臉色變了，郭天明的臉色也變了，孟慶義更是渾身顫抖，體若篩糠。柳擎宇竟然藏了這麼一手！

尤其孟慶義更是百思不解，他記得明明逼著柳擎宇把手機給關了，關了機的手機怎麼可能還能夠錄下畫面和聲音呢？

孟慶義心中充滿了疑惑，他認為這根本就不可能。

然而，現實是殘酷的。

曾鴻濤接過手機，打開視頻檔，很快，柳擎宇到達後的所有事情全都一目瞭然。尤其是當柳擎宇把視頻拉到郭天明給孟慶義傳達李萬軍指示的那一刻，李萬軍的臉色刹時慘白起來。

李萬軍知道這次自己真的麻煩了，曾鴻濤絕對不會放過藉由此事打擊自己的機會的。

看著畫面，眾人發現視頻的拍攝角度應該是在柳擎宇的胸部，顯然不可能是用手機拍攝的，因為手機一直被柳擎宇放在褲子口袋。

看完視頻，曾鴻濤滿面寒霜，下令道：

「于同志，立刻通知所有省委常委趕到現場，我要召開一次現場辦公會，讓大家看一看遼源市市紀委的同志們到底是如何辦公的！」

于金文聽了，立刻拿出手機就要打電話。

李萬軍一看曾鴻濤這種架勢，知道他要把事情往大了搞，這可不是他願意見到的，所以立刻說道：「曾書記，我看召開現場辦公會就沒有必要了吧，現在事情已經非常清楚了，郭天明、孟慶義等人嚴重違紀，直接處理就行了，還需要驚動其他常委嗎？」

曾鴻濤堅持說道：「這次事件事關重大，我們所有的常委們都必須以此為戒，必須要讓大家知道，不管官居何處，一定要嚴格遵守國家的法律辦事！于金文，打電話！」

此刻，曾鴻濤將他強勢省委書記的性格展現得淋漓盡致。

李萬軍目光灼灼地直視柳擎宇，自己的挫敗都是源於這個年輕人。

柳擎宇毫不避退，同樣直視著李萬軍。

在柳擎宇眼中，這個李萬軍並不值得他去尊敬，因為在他看來，孫玉龍、郭天明等人之所以會如此肆無忌憚，和李萬軍絕對有著密不可分的關係。

正所謂上梁不正下梁歪，下梁都歪成這個樣子了，上梁還會正到哪裡去？俗話說得好，**上行下效，如果李萬軍為人正直，他的手下又怎麼會如此腐敗呢？**

看到柳擎宇絲毫沒有逼退的意思，李萬軍眼中怒氣更濃了幾分。

于金文看到柳擎宇和李萬軍間的對視，對柳擎宇的氣勢咋舌不已，在白雲省，敢和李萬軍直接對峙的，尤其是年輕下屬，柳擎宇絕對是獨一份，以他的年紀、這樣的心氣、鬥志非常可貴。

不過柳擎宇還是太年輕了，鬥志有餘卻經驗不足，他忽略了一個東西，那就是他始終是李萬軍的下屬，而且級別還差得很遠。

想到此處，于金文走到柳擎宇面前，說道：「柳擎宇，曾書記叫你，他有話問你。」

柳擎宇這才結束了和李萬軍的對視，邁步向曾鴻濤走去。

曾鴻濤帶著柳擎宇來到外面，找了一個僻靜的房間，關上門，這才關切的問道：「柳擎宇，你沒事吧？」

柳擎宇一笑：「曾書記，您放心吧，我沒事。」

曾鴻濤這才放下心來：「那就好，收到你發給我的視頻後，我嚇壞了，第一時間便往這邊趕，我真沒想到，郭天明那幫人竟然如此膽大包天，簡直是目無王法、知法犯法啊！」

柳擎宇長嘆一聲道：

「是啊，就像暴力拆遷毒打村民、城管打死人卻不需要承擔刑事責任、飆車撞死人，找人頂包之事屢屢出現。其實所有的問題都可以歸結成四個字——**權力、利益**。

「村民之所以被毒打甚至被燒死，背後是因為官商勾結、權錢勾結、權錢交易、坐地生財，至於村民的死活只不過是慘劇中的一個點綴而已；

「城管打死人卻不需要承擔刑事責任，其根源依然是權力和利益，如果城管要承擔刑事責任，那麼上面領導必然要承擔重大的管理責任，在這種情況下，只能上下聯動，從輕處罰，以減輕領導的責任；

「撞死人找人頂包就更容易理解了，敢在鬧區飆車的人，肯定不是普通老百姓，這些人非富即貴，一旦發生事故，只要出動人脈或者是砸出幾百萬給相關負責人，事情就可以輕鬆擺平，而這點錢對這些人來說不過是九牛一毛而已；至於人脈，不過是一通電話的事。**官場上不過是你好我好大家好罷了，這就是所謂的官官相護！**

「總之，權力和利益代表了一切，也操縱了事情真相，有些人掌握權力，卻不是用手中的權力去為老百姓做事，而只琢磨如何利用手中權力為自己獲取更大的利益，也正是這些敗類在破壞大部分官員用辛苦努力所營造出來的形象。」

柳擎宇算是有感而發，趁這個機會將心中長久的觀察藉此一吐為快。

曾鴻濤聽了，不禁陷入沉思之中。

良久，曾鴻濤嘆道：「擎宇，你說得很有道理，也很深刻，這是很多人當一輩子官都未必能夠悟透的。我相信大部分官員都是很盡職負責的，就像你所說的，是那些少數的老鼠屎肆意妄為，破壞了官場的良好風氣，既然你能夠看穿這一點，那麼你認為這種狀況該怎麼改善呢？」

柳擎宇聽曾鴻濤問自己這個問題，苦笑道：

「曾書記，我不過是個小小的處級幹部而已，以我的級別，根本不夠格談這種重大的話題，這是你們這些省委領導才有資格去討論的。」

曾鴻濤擺擺手道：「柳擎宇，這種問題的討論是不分級別的，我知道你是個很有想法的人，我今天就想聽聽你的想法。」

柳擎宇見曾鴻濤不是在跟自己客氣，沉吟片刻，這才侃侃而談說道：

「曾書記，我認為要想解決這個問題，第一個要做的是要加強對官員的思想道德教育，但其實思想道德教育一直都在進行，為什麼依然有那麼多的腐敗官員層出不窮呢？

「我認為只有提高官員的腐敗與違法成本，才能扼止這種現象。也就是在法律的框架內加強懲罰機制，事實上，我們的法律規章已經很健全了，問題是在執行的過程中真正落到實處的有多少？

「好在國家近年一直呼籲老虎蒼蠅一起打，如果我們白雲省也能夠加強對腐敗分子的打擊力度，不管蒼蠅還是老虎堅決一起打，就能很大程度上震懾和遏制腐敗。

「第三點，我認為應該加強決策過程的透明度，尤其是對一些握有大權的部門，比如說國土、礦產等部門，要加強對這些部門權力的制衡和監督，以確保公權力不會遭到私人濫用。

「第四點，加強責任追究機制，只要官員有貪腐行為，哪怕是退休了，該罰的還是要罰，該追責的還是要追責，真正體現我們對腐敗分子絕不姑息的原則。」

柳擎宇的長篇大論令曾鴻濤頗為吃驚。他原本只是想試探試探柳擎宇，並不認為柳擎宇的見識會有多深。畢竟柳擎宇還年輕，為官時間也不長，對官場的很多事還看不透，卻不想柳擎宇這番話讓他徹底改觀。

雖然柳擎宇所說的未必完善，甚至還有偏頗，但是他才廿四歲，就能有這樣的遠觀和透析，回想自己在二十歲的時候，恐怕連柳擎宇的三分之一見識都沒有。

曾鴻濤對柳擎宇的欣賞之情溢於言表，他暗下決心，一定要好好栽培柳擎宇！

到了曾鴻濤這個級別，都會有一套自己看人的方法，曾鴻濤首先看的便是人品，第二個看的是官員的見識，一個人的思想有多遠，境界有多高，他做事的時候，心胸就會有多寬闊。

曾鴻濤認為柳擎宇如果能夠好好發展下去，未來絕對會成為國家的棟梁之才。如果自己能夠為國家多培養一個人才，也算是為國家做出了一點貢獻。

不過，曾鴻濤自然不會把心中的想法說出來，換了個話題道：

「我發現你可是被淹在水裡長達兩分鐘，一般人早就溺死了，你卻沒事，這是怎麼回事？而且，為什麼嚴力強聽不到你的心跳呼吸呢？」

柳擎宇解釋道：「我在入官場前是特種兵，水中憋氣是我們的訓練項目之一，正常人在水中一兩分鐘就是極限了，對我來說，在水中憋三四分鐘的氣卻是輕而易舉，但是，我沒想到他們的狠辣超出了我的想像，竟是想置我於死地，所以我便決定裝死，而這些人可謂毒辣至極，以為我死了，絲毫沒有害怕與悔意，反而只顧著如何毀屍滅跡，真是喪盡天良！至於嚴力強聽不到我的心跳呼吸，是因為我的襯衣是用特殊材料製成的，具有相當程度的隔絕性，因而隔絕了我的心跳聲，如果他掀開我的襯衣去聽的話，就不會做出這種判斷了。」

聽了柳擎宇的說明，曾鴻濤震驚的問道：「萬一當時嚴力強掀開你的襯衣去聽，你打算怎麼辦？」

柳擎宇笑道：「那就接著裝暈吧，只要我拖延一段時間，您或是其他的救兵肯定會趕到的。」

曾鴻濤點點頭，對這個年輕人越來越欣賞了。他看出柳擎宇做事相當有手段、有謀略。曾鴻濤又問道：「那你的視頻是怎麼拍的？又是怎麼發到我那兒的呢？」

柳擎宇揭開謎底，說道：

「這個很簡單，玄機還是在我的衣服上，上面的幾顆扣子是特別訂作的，最中間的裝有針孔攝影機，另外一個是錄音功能，還有一個是負責傳輸影像。我早就設定好發送鍵，第一個發送的就是您，然後是韓書記以及我的朋友們。這是上回槍擊事件後，家人為了我的安全特別設計的。」

曾鴻濤聽了，心中震驚不已，能有這樣的裝備，可見柳擎宇絕對不是一般人家出身的孩子，這使曾鴻濤再一次對柳擎宇另眼相看。

「柳擎宇，事情發展到這種地步，你打算如何收尾？」曾鴻濤進一步問道。

柳擎宇激動地說道：「曾書記，我認為您可以重拳出擊了，絕對不能讓遼源市成為鐵板一塊，甚至成為某些領導的自肥之地，這種情況再繼續下去，容易形成尾大不掉的局面。東江市那邊，我相信韓書記肯定也會有所動作的。」

曾鴻濤點點頭，承諾道：「你放心吧，這次的事我一定會給你、給白雲省老百姓一個交代的。」

隨後，兩人又談了一會兒，回到審訊室。

其他常委們都已經趕過來了，便由柳擎宇親口講述自己被帶來並遭到非法審訊的過程，于金文並且找來一台筆記型電腦，把拍攝到的視頻在現場播放出來讓眾人觀看。

曾鴻濤面色凝重地說：

「各位同志，這次事件十分嚴重，可以說是紀委系統的恥辱，遼源市紀委負有不可推卸的疏失，尤其是李萬軍同志更有連帶的領導責任，所以我提出以下幾點：

「第一，立刻免去遼源市紀委書記郭天明、市紀委副書記孟慶義等參與此事件幹部的職務，並移交省紀委，進行進一步的調查。

「第二，全省紀委系統展開自我查核及批評工作，並組成暗訪調查小組，對全省各個地市、縣區的紀委系統展開查巡，掃除一切違法違紀問題，務必確保紀委系統的紀律與廉潔。

「第三，裸官問題日益嚴重，加強落實裸官申報刻不容緩。以前省委也就此事多次召開會議，要求下面各個地市貫徹執行此事，但是實際上卻成效不彰，這是為什麼呢？

「在這裡，我再次對李萬軍同志提出嚴肅批評，身為省委常委，遼源市市委書記，遼源市的工作推進如此緩慢，甚至是停滯，李萬軍同志責無旁貸，而柳擎宇同志會遭到如此非人道待遇，也是與他積極推動此事有關，因為某些勢力想要借機把柳擎宇從東江市給踢出去，可見其中還藏有更多不為人知的不法情事。」

就見李萬軍一言不發，沉默不語。這個時候，他不敢再和曾鴻濤辯解什麼。

這時，白雲省省委副書記關志明卻提出質疑道：

「曾書記，你最後這句話說得有些過了吧？什麼叫某些勢力想要借機把柳擎宇從東江市給踢出去，如果不是遼源市紀委接到舉報，又怎麼會對柳擎宇採取審訊措施呢？」

曾鴻濤面色不改地說：

「老關，這個問題我不想跟你做深入討論，但是，柳擎宇同志在東江市的作為的確引起了很多人的強烈不滿，至於為什麼，我相信大家都心知肚明，我也不想點破。

「但是我再強調一次，那就是柳同志前往東江市任職，是在常委會上集體討論的結果，只要柳同志沒有犯錯，也沒有提出想要調離的情況下，某些人最好不要動腦筋想把柳擎宇給整走。否則事情可沒有這麼容易了結了。這一次，我曾鴻濤可以顧全大局，但是下一次，別怪我曾鴻濤鐵面無情。」

曾鴻濤的話令關志明和李萬軍聽了，眼神不禁收縮了一下。他們很清楚，這是曾鴻濤對他們的最後通牒。

這次事件的處理上，曾鴻濤雖然雷厲風行，但是並沒有借題發揮，如果曾鴻濤真的向上級領導上報此事，那麼李萬軍肯定是要背上處分的，那樣也相當於大家的臉面徹底撕開，並不利於整個班子的團結。曾鴻濤把這件事按在白雲省，也算是給李萬軍面子，顧全了大局。

至於遼源市紀委書記和副書記的人選，關志明和李萬軍自然也不敢去想了，如果自己還想動這個腦筋，恐怕曾鴻濤真的會發飆，到時候誰都不好收場。

這時候，曾鴻濤接到省紀委書記韓儒超的電話，說他已經將嚴衛東給雙規了，曾鴻濤當眾對韓儒超的行動給予了肯定。

韓儒超的這個電話，讓李萬軍剩下的只有慘笑了。他知道，這是韓儒超對自己無聲的警告。

散會後，第一次出席這種級別會議的柳擎宇覺得感觸很深，他發現，這種級別的會議比起東江市的常委會來少了幾分火藥味，但是卻更充滿了智慧和鬥爭。只不過鬥爭的手段早已上升到另一種高度了。

隨著柳擎宇返回東江市，柳擎宇布局的第二階段也徐徐展開，而他和孫玉龍等利益集團的鬥爭將更加白熱化。

柳擎宇平安歸來。

嚴衛東被雙規，孫玉龍、遼源市市委書記李萬軍被省委書記直接點名批評，這些消息在一夜之間傳遍了整個東江市。

這些消息的持續傳播，使柳擎宇在東江市的威望再次上了一個臺階。

那些把申報資料搶走的官員們在得知柳擎宇回來後，全都心急火燎的把他們的資料又送回到龍翔這兒，然而，這一次龍翔卻拒收了。

龍翔寒著臉告訴他們：「對不起，現在我並沒有收到柳書記的指示，要我第二次接收你們的申報資料，一切還是等柳書記的指示下來之後再說吧！」

那些官員只好灰溜溜的回去。

有些人還想用公關手段希望龍翔能通融一下，但是龍翔意志極其堅定，這些人根本找不到任何機會。

讓這些人最害怕的事情出現了。

就在當天晚上，東江市紀委突然展開雷霆行動，將三名帶頭鬧事的裸官代表全部雙規，並且從三人住處查抄了數千萬的資產。那些搶回申報資料的官員們全都嚇壞了。

這一夜，許多貪官無法入眠。

市紀委的舉動向東江市的官員發出了一個訊息，那就是東江市紀委是一個戰鬥力很強的部門，是一個絕對不會手軟的部門。

第二天，東江市官場沸騰了，東江市紀委辦公室外面，排起了一溜長長的隊伍，這些人全都是排隊等待提交申報資料的幹部們。

那些操守清白的人臉色顯得十分從容，因為他們不貪不占，沒有做虧心事，不怕鬼敲門，更不怕紀委調查。

而那些裸官們的表情可就嚴峻多了，他們臉上看似平靜，其實內心早已波濤洶湧。雖然並不是每一個裸官都是貪官，也不是每個貪官都是裸官，但是相比於一般人來說，裸官是貪官的機率要大出很多倍。所以，排隊隊伍中的那些裸官們大多是心驚膽戰的。

不過讓他們欣慰的是，柳擎宇親自指示，為了給官員們悔過自新的機會，公布了廉政帳戶，只要貪官們將自己所貪的錢財轉到廉政帳戶去，將來進行調查時，將會酌情寬大處理。

這個動作起到了一定的作用，在一天不到的時間內，就有幾十個人上繳了不義之財，廉政帳戶內瞬間多了八百多萬。

這天晚上，東江市一家高檔會所內。

東江市市委書記孫玉龍、常務副市長管汝平、市委書長吳環宇、市委組織部部長廖敬東、黑煤鎮鎮委書記于慶生五個人齊聚在包間內。

「孫書記，柳擎宇這次把事情搞得很大啊，照這樣下去，他在東江市的威望恐怕都快要超過您了。」于慶生語帶挑撥地說。

孫玉龍的臉色顯得十分難看，沒有說話。

廖敬東接著說道：「孫書記，我也有這種感覺，柳擎宇回來後，把申報動作搞得這麼轟轟烈烈的，這讓我們組織部非常難堪啊。」

孫玉龍的臉更加暗沉了。

管汝平火上加油地說道：

「我最擔心的是柳擎宇接下來會不會還有大的動作，要知道，這次柳擎宇可是非常強勢的展現出了他的實力，據說他之所以能被遼源市紀委放回來，是因為省委曾書記親自趕到了審訊現場把他給救了出來，現在這個消息在咱們東江市傳得沸沸揚揚的，人心思動，很多人都想要去抱柳擎宇的大腿啊。我們必須得提前做好應對才行。」

聽完管汝平這番話，孫玉龍拿出自己的手機，撥通了市長唐紹剛的電話：

「老唐啊，現在能來一趟鴻運茶館嗎？我有些話想要和你當面談談。」

唐紹剛回道：「孫書記，我這邊有些應酬，所以不方便過去，有什麼事你直接在電話裡說吧。」

其實，唐紹剛就待在家裡，並沒有什麼應酬，他之所以不打算去見孫玉龍，是因為他知道鴻運茶館是孫玉龍和他的嫡系人馬聚會的場所，所以不願意過去，畢竟官場上爾虞我詐，萬一被孫玉龍給設計了，那可就鬱悶了。

孫玉龍見唐紹剛這樣說，也不勉強，便道：「老唐啊，你有沒有感覺到柳擎宇回來之後和以前有些不同了？」

唐紹剛嘆道：「是啊，我也感覺到了，這個柳擎宇似乎比之以前更加囂張啊，弄得東江市人心惶惶的，這小子很有手段啊！」

「是啊，我也感受到了，老唐啊，我給你打這個電話就是想跟你商量商量，看來咱們得聯合起來給柳擎宇點厲害看看了，要讓他知道，在東江市還輪不到他來指手畫腳，讓他給我們老實點。」

唐紹剛沉吟了一下，說道：「孫書記，您打算怎麼做？」

第六章

冷面女總裁

說話間，辥玉慧氣場十足，尤其是眼神讓人不敢逼視。柳擎宇不禁笑出了聲，點點頭道：「嗯，不錯不錯，就是這樣，看來我們家的玉慧妹妹真的長大了，剛才的確有那麼一股冷面女總裁的氣質。看來你真是下功夫了。」

孫玉龍道：「我看我們可以召開一個常委會，在常委會上，咱們以加強對紀委部門的監管為由，提出紀委部門也要加強對自身的學習，成立一個學習小組，然後借著這個小組的名義，對柳擎宇的權力進行牽制。

「現在常務副書記位置由於嚴衛東的被雙規空缺出來，我們絕不能讓這個位置落在柳擎宇的手中，最好活動一下，把市紀委的人事格局變動一下，將柳擎宇三個巡視小組的組長給搞掉一個，換上我們的人。」

唐紹剛聽了，思索道：「嗯，這個主意倒是不錯，不過我認為這個主意還有些不完善的地方，我們好好的琢磨琢磨，將其完善一下，過幾天再商量這件事。畢竟柳擎宇剛剛回來，正是鋒芒畢露之時，而且省裡的領導似乎對他十分重視，我們這時候去找他的晦氣頗為不智，我們讓他再鬧騰鬧騰，等他的鋒芒漸落後再出手，那時咱們直接來個狠的，這樣一來，既不容易引起省委領導的注意，又能達到效果。」

孫玉龍一聽，感覺也有道理，便點點頭道：「好，那我們就先等幾天。」

掛斷電話後，管汝平突然說道：「孫書記，我最近聽到一件很重要的事，得向您彙報一下。」

「什麼事？」

「是這樣的，前段時間，新源集團與省地勘局的人一起來我們東江市，在我們東江市進行資源探測，他們選的地點在黑煤鎮旁邊的撫遠鎮，當時我也沒有在意，只派了一名工作人員隨行協調相關事宜。

「可是就在今天下午，據這名工作人員傳回來的消息，說是新源集團和地勘局的人從外面調了不少的保安，封鎖了整個探勘區域，似乎有了重大的發現。

「撫遠鎮的鎮長曹天佑告訴我，他們鎮最近突然多了很多陌生人，其中有不少是外國人，或是外資礦業公司的員工，他們開著豪華越野車，還帶著各種探測儀器。」

孫玉龍瞇起眼來。他是個具有高度政治敏感性的官員，聽管汝平這麼一說，立刻就意識到事有蹊蹺，因為正常情況下，新源集團是不會採取如此謹慎態度的，但是他們卻突然間異常小心起來，再結合趕來的外國人，這說明很有可能新源集團和省地勘局在東江市有了重大的發現。

「哦，那撫遠鎮為什麼如此緊張？」孫玉龍趕緊問道。

「據那名工作人員分析，很有可能是新源集團在我們東江市發現了儲量巨大的可燃冰。」（編按：這是天然氣及水在高壓低溫條件下形成的結晶物，因為外觀似冰，遇火即燃燒，所以稱作可燃冰。它的能量比石油多十倍、燃燒沒有殘渣，被視為「未來的能源」。）

「什麼？可燃冰？」

聽到這個名詞，孫玉龍驚呼起來，因為一旦某個地方發現可燃冰，就意味著那裡將會輕輕鬆鬆的出大政績。

管汝平點點頭道：「是啊，不過這只是一面之詞，目前還不能確定。」

管汝平的話剛落下，孫玉龍的手機便響了起來。電話是李萬軍打來的：

「孫玉龍，你們東江市到底發生了什麼事，為什麼最近總是有大型能源企業的管理者頻頻跟我套交情，說準備在東江市進行投資呢？而且我還得到消息，說是省能源局最近非常忙碌，頻頻和新源集團以及國際大型能源企業進行會談。」

孫玉龍聽了就是一愣，沒想到遼源市那邊也已經風起雲湧了，立刻說道：

「李書記，根據我得到的消息，我們東江市可能發現了儲量巨大的可燃冰資源。」

「什麼？可燃冰？儲量巨大？」

孫玉龍的話，讓李萬軍也大吃一驚。

身為白雲省省委常委，他非常清楚可燃冰資源對一個地方意味著什麼。不僅東江市將會獲得發展的機會，整個遼源市和白雲省也會因此受益匪淺，從前期的開採、提煉，到後期的壓縮、灌裝、運輸，可以形成一整套產業鏈，代表遼源市的發展將會走上一飛沖天之路。

想到這裡，李萬軍的眼中射出兩道熊熊的火焰，命令道：「孫玉龍，現在交給你一項重要任務，立刻想辦法接觸新源集團駐東江市的主要負責人，弄清楚確切消息，得到準確消息後第一時間通知我，哪怕是半夜也要立刻通知我。」

孫玉龍連忙說道：「好的好的，李書記，您放心，我保證第一時間通知您。」

掛斷電話後，李萬軍趕忙透過自己的人脈打探相關的消息，孫玉龍這邊也立刻行動起來，並指示市委秘書長吳環宇在明天約見新源集團在東江市的負責人。

就在孫玉龍這邊緊鑼密鼓部署的時候，柳擎宇這邊卻是風平浪靜。

東江市一個普通的民宅內。一二〇二室是龍翔為柳擎宇租的房子。

客廳沙發上，柳擎宇的對面坐著一個女孩，年齡二十多歲，身上穿著一套簡單的運動衣，繫著馬尾，看起來就像是鄰家女孩。

只不過這個鄰家女孩有些漂亮得不像話，一張標準的鵝蛋臉，增一分則胖，減一分則瘦，皮膚白皙，明眸皓齒，往那裡一坐，看向柳擎宇的大眼睛滴溜溜左右轉動著，顯得十分古怪精靈。

「柳哥哥，那些壞蛋真是太可惡了，我一定要為你報仇！我要讓他們知道，我的柳哥哥可不是誰都可以欺負的。」女孩揮舞著一雙粉拳憤怒的說道。

柳擎宇淡淡一笑：「薛玉慧，你可不能胡亂行動啊，一定要聽我的指揮，這次我把你叫來可不是讓你來幫我報仇的，而是配合我的布局，收拾東江市的殘局。」

「知道啦知道啦，柳哥哥，你也太看不起小妹了，你可別忘了，現在我可是新源集團的管理者，而且是憑著自己的本事升上來的。」

說到這裡，薛玉慧突然坐直了身體，臉色板正，剛才那個可愛撒嬌的鄰家妹妹立刻消失不見，出現在柳擎宇面前的，是一個充滿冷酷氣質的職場女強人。

「說吧，這次你準備讓我怎麼幫你？你該知道，我是生意人，做事情一向是等價交換，把我們新源集團折騰得這麼凶，你怎麼也得給我們一個交代才行，否則我明天立刻撤走！」

說話間，薛玉慧氣場十足，尤其是眼神讓人不敢逼視。

看到薛玉慧瞬間轉變成正經八百的樣子，柳擎宇不禁笑出了聲，點點頭道：「嗯，不錯不錯，就是這樣，看來我們家的玉慧妹妹真的長大了，剛才的確有那麼一股冷面女總裁的氣質，看來你真是下功夫了。」

薛玉慧眼神一變，臉上那種冷漠氣質瞬間消失，又換成一副婉約的表情，長嘆一聲道：「哎，柳哥哥，我不努力不行啊，老媽對我要求那麼嚴格，如果我不努力，將來新源集團會後繼無人啊。其實我也很像你和劉小胖他們一樣，去追尋自己的夢想，但是我不能！因為我是薛氏家族唯一的繼承人，我如果不努力，薛氏家族將會衰敗下去，新源集團未來也有可能會成為西方列強瓜分的目標，我知道老媽撐得也非常辛苦，那些金融巨頭和大財團無時無刻不算計著想要吞併我們新源集團。」

聽到薛玉慧這番交心的話，柳擎宇心頭一軟，看向薛玉慧的目光中多了幾分憐惜，不禁柔聲道：「玉慧，你太辛苦了，平時不要太拼了，做為一為高明的管理者，你必須學會用人。」

薛玉慧嫣然一笑，聲音卻有些哽咽，眼眶中淚珠緩緩滑落：

「柳哥哥，我知道了，你的話我一直都記得的。你放心吧，我已經組成了一個十分值得信賴的管理團隊，有那些人在，我會輕鬆很多的。」

薛玉慧心情舒緩後，換了個話題道：「柳哥哥，你再跟我仔細說一下，你讓我帶著新源集團的人過來，主要的目的是什麼？」

柳擎宇當即把自己的思路從頭到尾又詳細說明了一遍，薛玉慧聽完，深吸了口氣，有些擔心地說：「柳哥哥，你這次玩得也太大了吧，那可是幾百億啊，這麼龐大的數字，我來操盤萬一要是失敗了怎麼辦？」

雖然薛玉慧身為薛氏家族的掌上明珠，新源集團的小公主，錢對她來說僅僅是個數字而已，她主管的業務，也都是幾千萬甚至是上億的資金流向，但是和眼前柳擎宇交給自己的任務完全不一樣。這一次，可是金額高達幾百億的案子，甚至可能上達到千億，這種規模不是自己能夠掌控得了的。

柳擎宇鼓勵道：「玉慧啊，不要那麼沒有自信嘛，幾百億也好，幾千億也好，你就把它當成是幾百萬的案子去看待就成，不管多大的案子，最關鍵的還是人，只要你把這點掌握好了，把心態擺正，其他的都是小意思，你剛剛畢業的時候，可想過你能夠操控現在這麼大規模的企業？沒有吧？但是你做到了，而且做得很好。未來你可能會遇到更難、更為凶險的事，只要勇敢的面對，一定能迎刃而解。」

「柳哥哥，還是你對我好。」薛玉慧撒起嬌來。

柳擎宇笑道：「誰讓你是我最疼愛的小妹妹呢。咦，你也不小了，另外一半有眉目了嗎？」

聽柳擎宇提到這個話題，薛玉慧俏臉一下子就紅了，嬌嗔道：「柳哥哥，我不理你了，總是問人家這個問題，無聊死了。」

說著，便轉過臉去，目光盯向電視，不再搭理柳擎宇了。

柳擎宇慈愛地搖搖頭，這個妹妹平時在談及事業或者其他事情上，十分有魄力，但是一談及愛情，這個小丫頭卻畏縮不前，都廿二歲了竟然還沒談過一次戀愛。柳擎宇真的有些為這個妹妹擔心了。

事實證明，柳擎宇的預感是正確的，日後，薛玉慧在愛情上遭遇了巨大的坎坷，柳擎宇為此怒髮衝冠，冒著丟官罷職的風險，做出了許多令人瞠目結舌的事情出來。

不過這是後話，暫且不提。

因為可燃冰資源的發現，各方勢力紛紛進入東江市，誰都想要在這塊巨大的肥肉上咬上一口。**整個白雲省、遼源市、東江市再次不平靜起來。**

五天後。

東江市紀委。柳擎宇辦公室內。

龍翔正在向柳擎宇彙報最近這段時間以來紀委的工作情況。

「老闆，自從您這次從遼源市回來之後，咱們東江市紀委的威信大大的提高了，之前沒有申報的官員們已經紛紛提交了個人資料，申報率達到百分之八十，效果驚人，根據這些資料進行統計之後發現，僅僅是我們東江市，這些科級以上幹部的裸官率就高達百分之八，實在太讓人震驚了。看來，以後我們紀委的監督工作擔子不輕啊。」

「是啊，裸官存在嚴重腐敗的機率非常大，一旦發生裸官外逃的情形，就會給國家和人民的財產造成巨大的損失，對我們東江市的形象也是一種抹黑，所以加強對這部分的監察必須要提上日程，同時對權力和利益比較集中的部門領導也要不時督察，時常給他們敲一敲警鐘。

「尤其是還有兩成的官員沒有提交個人資料，這些人當中很有可能存在著相當數量的裸官，等今天下午的紀委常委會上，我會召集所有常委們研究一下這個事情，拿出一個強硬的措施來，對這些人進行震懾。你一會兒出去之後，就把這個消息散播出去，看看在下午開會之前，還有沒有人過來提交資料。」柳擎宇交代道。

龍翔點點頭：「老闆，除了這件事之外，還有一件事得向您報告一下。」

「你說吧。」

「最近很多外資能源巨頭紛紛派人到撫遠鎮去，而且頻繁的與唐市長那邊的人聯繫，說是準備在咱們東江市進行投資。我感覺這件事情有些蹊蹺啊。」

龍翔能夠觀察到這一點，柳擎宇頗為滿意，畢竟對龍翔來說，他的主要精力是放在紀委的工作上，新源集團的事如果不是特別關注的話，很少有人會發現異狀的。

柳擎宇淡淡說道：「嗯，這件事我知道了，你和巡視小組的人聯繫一下，讓他們多多注意撫遠鎮的情形。尤其是撫遠鎮那些外國人以及撫遠鎮鎮委鎮政府的情況，有什麼發現要及時通知我。」

龍翔點點頭離開了。

柳擎宇站在窗前，望著窗外，嘴角露出得意的微笑：「孫玉龍啊孫玉龍，不知道你到底什麼時候上鉤啊？你現在在忙什麼呢？」

此刻，孫玉龍正在頭疼著呢。

因為經過這幾天的調查和打探，他掌握到新源集團和省能源局的人的確是在東江市對可燃冰資源進行探勘。而且基本上已經可以確定東江市絕對存在著儲量巨大的可燃冰資源，只不過由於現在探勘時間尚短，無法對整個可燃冰資源的地下分布情況進行一個詳細的預測和分析，不過這些要想弄明白只是時間問題，據說新源集團那邊已經開始籌畫著如何來開發這些資源了。

就在這個時候，有三家聲名顯赫的外資能源巨頭通過各自的關係聯繫到孫玉龍，表示要在東江市進行投資，這三家巨頭分別是英國ＢＸ集團，美國美帝亞集團以及日本三靈集團。

孫玉龍也抽時間和這些巨頭的負責人展開了秘談。

通過交談，孫玉龍發現這些巨頭們言辭閃爍，絕口不提與可燃冰有關的事，只是向孫玉龍開出一個個十分具有誘惑性的條件，好比出價最低的日本三靈集團，決定出資四十四億美元買下撫遠鎮周邊方圓兩公里山地的使用權，說是準備在那裡建設大型工廠，生產在國際上具有領先技術優勢的高科技產品。

對小日本的奸詐狡猾，孫玉龍恨不得罵娘，不過表面上卻依然和他們虛以委蛇。

而另外兩家能源巨頭出價，一個是五十二億美元，一個是五十八億美元，不過他們的要求幾乎和三靈集團一樣，就是要取得撫遠鎮周邊大面積土地的使用權，期限最少都在四十年以上。

瞭解到各家的底線之後，孫玉龍立刻向李萬軍進行了彙報。

李萬軍聽完彙報，十分興奮，因為從這三家能源巨頭的出價中，他已經看到了東江市和遼源市的光明前景。

不過李萬軍是個十分謹慎之人，略微沉思了一會之後，吩咐孫玉龍道：

「玉龍啊，這件事你先不要著急，再觀察觀察，我總覺得新源集團突然進駐咱們東江市有些太過突然，似乎有哪裡不太對勁，畢竟以前新源集團曾經來我們東江市考察過，都沒有什麼收穫，但是這一次這麼短時間就發現了可燃冰，可別是什麼陰謀，我們還是小心些的好。」

孫玉龍連忙說道：「好的，李書記，您放心吧，我會加倍小心的。」

掛斷電話，孫玉龍思考起來，他不知道李萬軍在擔心什麼，但是他卻感覺到了東江市所蘊含的巨大商機，他心想，只要東江市有可燃冰資源這件事確定，那麼自己絕對可以在可燃冰資源的開發過程中攫取巨大的利益。

一想到這兒，孫玉龍不禁渾身熱血沸騰。

這時候，孫玉龍的手機響了起來，看到號碼來自國外，孫玉龍奇怪地接通了手機。就聽裡面傳來一個熟悉的聲音：

「老孫，你小子混得不錯啊，都在東江市當市委書記啦！」

「吳量寬，你居然還記得我的電話號碼，真是不容易啊，你這個華爾街金融天才怎麼有時間給我打電話了。」

聽到是老同學打來的電話，孫玉龍十分興奮。

這個吳量寬可是他們大學同學中混得最好的一個，三年前，在畢業二十年的同學聚會時兩人再次重逢，相互留下了聯繫方式。

那次同學會中，孫玉龍才知道吳量寬竟然在華爾街從事金融投資的工作，手裡資金動輒數億美元，而且在一家金融公司混到了高級總監的位置，年收入上千萬美元。

最重要的是，吳量寬一直替他打理著自己在官場上所獲得的那些贓款，在老同學的盡心操盤下，他的那些贓款，三年時間已經升值將近一倍了，這種報酬率絕對是非常驚人的。

由於工作和時差的關係，兩人之間聯繫不多，反正孫玉龍可以透過網路，隨時知道自己海外銀行帳戶的情形。

「老吳，前陣子投資大賺的事真是多謝你了，啥時候你要是到東江市，一定要找我，我得好好謝謝你。」孫玉龍真心的說道。

吳量寬哈哈大笑說：「老孫啊，咱們之間還用說這些嘛，幫你投資只不過是順手的事，不算什麼。不過告訴你一個好消息，我人已經到東江市了，你做好準備好好接待我吧。哈哈！」

孫玉龍聽了一愣：「啥？你到東江市了？你不是在開玩笑吧？你來東江市做什麼？」

吳量寬嘿嘿一笑：「孫玉龍啊，你這個市委書記當得也太不合格了吧？難道東江市發現了儲量巨大的可燃冰資源你都不知道？」

孫玉龍嚇了一跳，他沒有想到遠在美國的老同學竟然也得到了這個消息。

吳量寬又接著說：「我跟你說啊，這可是一個天大獲取暴利的機會，如果能夠在可燃冰資源開採前投進去一億美元，一定能在三五年後獲利十億甚至更多，我之所以親自過來，就是想要實地考察一下這個項目，看有沒有切入的機會，而且我的公司已經給了我五十億美元的投資許可權，準備在這個案子上試一下。」

聽到吳量寬的話後，孫玉龍的熱血再次沸騰了。對這位老同學的本事，他早就佩服得五體投地了，所以，吳量寬這麼一說，他便意識到自己這次真的是撞到大運了，東江市市委書記這個位置絕對是香餑餑啊！

想到這裡，孫玉龍立刻說道：「吳量寬，你在哪裡，我立刻去接你。」

就在孫玉龍與吳量寬見面交談的時候，柳擎宇也正在和省委書記曾鴻濤密談。

「柳擎宇，這回的動靜你搞得夠大的啊，我再問你一句，對於這次東江市的天大布局，你到底心中有底沒底？要知道，這可是被那些利益集團掌控著的五百多億資金啊，如果你的這次布局失敗了，不僅巨額資金要外流，恐怕就是我這個省委書記也要因此承擔重大的責任啊！」

柳擎宇老實地回道：「曾書記，說實在，對這次布局我的把握只有一半，但是，既然您和省委派我到東江市來執行這次艱巨的任務，不管是為了國家也好，為了東江市的老百姓也好，我都必須要盡全力來完成省委交給我的任務，盡可能的為國家挽回損失。

「不成功便成仁，我已經做好了心理準備。至於會不會給您帶來麻煩，說實在，我無法去預想，請您原諒。當然，您也可以選擇叫停我這次行動，我會按照您的指示行事。」

曾鴻濤沉默了片刻，隨即沉聲道：「就按你的想法去辦吧，哪怕只有百分之五十的機率能夠成功，為了挽回那筆巨額的國家財富，將東江市存在的龐大利益集團打掉，我個人承擔一些政治風險又算得了什麼！你一個小小的縣級市的市委常委都有這種覺悟，我這個省委書記又怎麼能夠落後呢？國家和人民的利益高於一切，儘管放手去幹，一切有我給你撐著！」

柳擎宇感動地點點頭說：「曾書記，謝謝您，有您執掌白雲省，是我們白雲省老百姓的福氣。」

柳擎宇小小的拍了一記馬屁！

曾鴻濤今天的表現讓柳擎宇發自內心的欽佩，不管是拍馬屁也好，真心流露也好，柳擎宇對曾鴻濤真的非常佩服。因為他非常清楚，一旦這次布局失敗，意味著曾鴻濤將可能因此斷送大好的仕途之路，可說是賭上了他整個人生。

此時，東江市、遼源市波濤洶湧，但是柳擎宇卻偏偏穩坐一隅，不慌不忙的做著自己的工作，對於這一次的能源盛宴，表面上沒有任何參與的意思。

和柳擎宇不同，孫玉龍對這次盛宴卻是雄心勃勃，異常忙碌。

由於老同學吳量寬的到來，孫玉龍對可燃冰項目充滿了信心，之前因為李萬軍的話，懷疑新源集團和省能源局的探勘是陰謀的疑慮徹底消除了，畢竟，如果不是真的，華爾街的金融巨頭是不可能把老同學派來尋找機會的。

當天晚上，孫玉龍便帶著吳量寬秘密與李萬軍見面。

在秘密會談中，吳量寬以他專業的投資者眼光發表了自己的意見：

「李書記，我這次之所以帶來五十億美元的資金趕來東江市，主要有三個原因，第一，可燃冰作為一種環保新能源，已經在全世界得到了快速的推廣，現在這個項目依然處於蓬勃發展階段，距離巔峰還有至少十五年到二十年左右的時間，所以現階段投資可燃冰前景巨大，說是一本萬利也不為過；

第二，可燃冰的利潤率相當高，只要投資得當、探勘準確的話，報酬率達到十倍以上絕對沒有問題。這也是為什麼那麼多能源巨頭一直盯著可燃冰項目的原因了。

第三，也是我不遠萬里來這裡的原因，那就是我透過金融系統內部的情報得知，新源集團目前陷入了資金困境，正在四處籌措資金想要啟動這個項目。」

李萬軍聽到第三個原因，臉上露出不可置信的表情：「吳先生，你該不會是在開玩笑吧，新源集團可是大財團，他們會陷入資金短缺的局面？」

吳量寬臉色一寒，不高興地說：「李書記，如果不是看在玉龍的面子上，這件事我是絕對不會告訴你的，而且你對我的質疑也讓我十分不爽，不過為了老同學，我破例忍你一次，如果以後再有類似的事，可就別怪我直接甩開你們單幹了。」

吳量寬說話時，語氣嚴厲，氣場十足，哪怕李萬軍是遼源市的老大，他也毫不怯場。

李萬軍見吳量寬快要變臉的樣子，連忙說道：「願聞其詳。」

吳量寬沉聲道：「李書記，你可知道為什麼中國在國際貿易市場上處處受制於美國嗎？原因很簡單，因為對他們而言，你們中國沒有任何秘密可言，你們所制定的應對政策，都在他們的掌控之中。

「美國的監控監聽無時不刻在進行，幾乎全世界的大型企業都在美國的掌控之下，新源集團這麼大的能源企業，自然也在名單之中，凡是有用的資訊都會在第一時間轉交到利益相關的企業。

「新源集團資金短缺的消息也是因為這樣，而被華爾街的一些核心巨頭所獲悉，我所任職的公司恰恰屬於其中一家，據傳新源集團之所以資金短缺，是因為他們目前正集中精力在頁岩氣（編按：一種天然氣）項目上，由於投資金額相當巨大，週期又長，所以一直處於保密階段。」

李萬軍不由得說道：「新源集團可是相當大的企業啊。」

吳量寬解釋：「正常情況下，新源集團隨隨便便拿出幾百億是不成問題的，但是如果他們要運作東江市的這個項目，恐怕就有所不足了。

「根據我們所取得的商業情報顯示，新源集團內部對東江市這個項目相當重視，打算投入兩千億的規模，但是他們手裡能夠拿得出來的流動現金只有五百億左右，其餘的一千五百億則是用各種融資管道獲得。

「以新源集團的操作習慣，他們做事向來喜歡爭取主動，畢竟他們在可燃冰開採技術上，水準是屬於領先的，所以在談判中，他們肯定會利用這一點來作為籌碼，拿下主導地位。」

聽到吳量寬的解釋，李萬軍陷入了深思。

雖然他對吳量寬的解釋沒有完全相信，但基本上已經信了八成，尤其這次機會十分難得，他不想錯失了。

這時，吳量寬又說話了：

「李書記，我之所以同意跟孫玉龍來見你，是因為我得到準確的消息，省能源局和新源集團正在積極接觸國內的銀行巨頭，希望獲得融資，他們最不想看到的就是各方勢力加入，瓜分他們在這個項目上的收益，而我這次的任務就是想以入股的形式把這五十億美元，連同我自己以及一些朋友的資金投入進去，只是這件事如果沒有你們的幫助，恐難如願。」

說完，吳量寬便站起身來，托詞道：「李書記，我去方便一下，你們先聊。」走了出去，好讓剩下的兩人做私下的商議。

等吳量寬離開後，孫玉龍便說出自己的親身經歷，除了省略他投入的金額數字，他把自己三年來資產增加了一倍的事告訴了李萬軍。

李萬軍聽完不禁咋舌，三年內就能增加一倍，這不能不讓他心動。此刻，他對吳量寬的懷疑又再減少了百分之十五，只剩下一絲絲的猶疑了。

孫玉龍接著說道：「李書記，還有一件有趣的事，吳量寬並不是他的本名，你知道為什麼他會改成這個名字嗎？」

「為什麼？」

孫玉龍神秘地說道：「據他說，美國實施第二次量化寬鬆政策，他是這個政策的參與者之一。當然啦，這是他在醉酒後說的，真實性尚不可知，不過可以肯定的是，他在公司深得老闆賞識，而且他的大老闆恰恰可以接觸到很多一般人接觸不到的高級機密。」

這回，李萬軍的懷疑基本上消失得無影無蹤了。

這時，吳量寬回來了，李萬軍馬上問：「吳先生，你認為我們在可燃冰項目上應該如何操作才能獲得最大利益呢？」

吳量寬嘿嘿一笑，說道：

「李書記，其實只要有您和玉龍的支持，我們要想獲得最大利益十分簡單，那就是先想辦法把新源集團探勘的那塊土地，除了探勘點以外，附近方圓五公里的土地以一定的價格賣給歐美日三大能源巨頭，並儘快與之簽訂投資轉讓協議，讓他們承諾在那塊土地投入鉅資，建造高科技工業產業園區。

「簽訂合同後，我們再和他們簽訂秘密協議，先取得百分之三十的股權收益。另外百分之七十由其他三家按照投資比例進行瓜分。而且要儘快讓這三家投資商把土地出讓金交到你們遼源市。如此一來，就可以造成既定事實，一旦三家巨頭掌握了這塊土地，那麼將來不管可燃冰是由哪家企業來進行開發，我們都已經獲得了最穩定的利益保障。

「更重要的，我們要和三大能源巨頭簽訂保密協定，他們要確保不能對外洩露我們的身分，並且必須任何時刻保證我們的利益穩定。」

聽到吳量寬提出這個建議，李萬軍和孫玉龍心中都是一動。

雖然李萬軍隱隱覺得吳量寬的建議還存在著一些風險，卻不能不承認這的確是穩定獲益的最好辦法；至於誰掌握主導權，對整個白雲省甚至是整個國家最為有利、是否會威脅國家的能源安全，完全不在孫玉龍和李萬軍兩人的考慮之內，因為對他們而言，利益高於一切，**在利益的面前，他們可以數典忘祖，他們可以出賣所有可以出賣的東西**，包括良心、道德、祖宗……

「好！就按照吳先生的這個意見辦吧。不過這件事得由吳先生和玉龍你們兩個去找那些巨頭談，我因為身分所限，並不適合出面，不過我的利益必須要獲得保證。」李萬軍說道。

吳量寬一笑：「李書記，這一點您儘管放心，只要我們能夠談下來這百分之三十的股權，那麼我可以保證，在最終投入資金上，您確保您所投入的資金達到一定的數額，就可以獲得相關的股權。」

李萬軍眉頭一皺：「我還需要投入資金？」

對他來講，**他做任何生意一向都是無本買賣的，因為他手中有權力**。

吳量寬揚著頭說：「李書記，恕我直言，以您的身分、權力，的確可以獲得一定的股權，但是最多不能超過我們這百分之三十股權中的百分之一，因為根據估算，整個項目要想啟動，最終的投資額差不多在三千億左右，百分之三十的股權，至少需要九百億，甚至更多，所以，即便是這百分之三十股權的百分之一也是九億，您認為您手中的權力所帶來的能量能夠超過九億嗎？

「而且我可以明確的告訴您，我還需要向總部提交申請，因為我的許可權是六億，超過六億就不在我的權限範圍內了，然而一旦我向總部提交申請，您的身分也就曝光了。而且我也不敢保證超過六億，總部會不會批准。因為您知道，我的老闆是資本家，做任何事都有其利益考量的。」

李萬軍一聽，思索了一下說道：「這樣吧，我動用一些關係，籌集五百億左右，但是我必須要獲得這百分之三十股權的十五趴的股權！」

吳量寬搖搖頭：「對不起，李書記，五百億您最多只能獲得十二趴的股權，因為為了確保能夠拿到和歐美日三大能源巨頭談判的主動權，我們集團將會追加六十億美元，也就是我們公司最終的投資會達到一百一十億美元，加上我代理的一些朋友的資金也有幾十億，所以您最多只能占股四成，這是我的底線。因為這其中還需要很嫻熟操作技巧，這些技巧的含金量並不比您的權力差多少。」

李萬軍眉頭一皺，他沒想到自己堂堂的市委書記，對方竟然只給自己四成的股權。

這時，吳量寬又說：「李書記，請恕我直言，您不能太貪心了，一旦我們與三大巨頭的談判成功，就意味著在三五年後，您的五百億將會收益十倍以上，換句話說，五百億將會變成五千億甚至更多。再跟您說句實話，我現在還不能保證我是否能夠和三大巨頭談成百分之三十的股權，因為他們心腸之黑，全世界都知道。」

聽吳量寬這麼說，李萬軍想了想，終於點頭說道：「好吧，那就按照這個比例來吧。」

吳量寬便從隨身手提包中拿出一份合同，說道：「李書記，這是咱們三人之間的合同樣本，您先過目一下，等資金到位之時，咱們再簽訂正式的合同。」

李萬軍接過合同道：「好吧，暫時就先按這份合同操作，我儘快籌錢去。」

解散之後，吳量寬立刻和歐美日三人能源巨頭的負責人取得了聯繫，並且在深夜展開了密室會談。

第二天上午，柳擎宇剛到辦公室，便接到市委辦的電話，通知他九點半到市委常委會議室參加緊急常委會，說是有重要事情需要進行討論。

九點廿五分，柳擎宇準時來到會議室。其他常委也陸續到齊。

會議由孫玉龍主持。

「各位同志，今天召開緊急常委會，主要是有件事情需要大家投票表決一下。

「最近這段時間，陸續有歐洲、美國、日本三大投資商看上了我們東江市的發展前景，並且打算投資一百二十億，在撫遠鎮建設大型高科技產業園區，到時候，這個產業園區將會給我們東江市帶來許多的就業機會。

「我和唐市長經過和對方的多次接觸，認為這對我們東江市來說，是一個十分難得的發展機會，雖然對方提出了一些條件，但是我們認為，這些條件相比於我們東江市將會獲得的巨大發展機會，幾乎可以忽略不計。」孫玉龍說得天花亂墜。

柳擎宇突然插嘴道：

「孫書記，我想請問您一下，對方提出的是什麼條件？那可是一百二十億啊，別說建設一個高科技產業園了，就是建三個五個十個八個的，也是綽綽有餘。撫遠鎮地勢那麼偏僻，值得他們為此投入如此巨資嗎？」

孫玉龍冷冷的看了柳擎宇一眼，很是不滿，不過還是解釋道：

「對方提出的條件很簡單，那就是他們要得到撫遠鎮附近一塊方圓五公里左右的區域作為工業園的園區，使用權為五十年，他們負責所有村民土地和拆遷的補償。好了，下面大家投票表決一下吧。」

「孫書記，等一等，我想，在表決前，您能不能把您與唐市長和這些外資企業間談判的相關文件給在座的常委們看一下，總不能讓我們這樣稀里糊塗的就投票表決吧，我們至少要知道你們到底和對方談了什麼，對方是否只有這麼簡單的一個條件吧？」

孫玉龍臉色變得十分難看。他本來是想要快刀斬亂麻，將這個提案迅速通過，這個柳擎宇偏偏跳出來攪局。難道他聽到了什麼風聲不成？

不過孫玉龍早有準備，立刻拿出準備好的資料發給眾位常委，說道：「給大家五分鐘的時間，看完之後立即投票。」

柳擎宇拿起文件仔細的看完後，臉上不由得閃過一絲寒意，沒想到孫玉龍竟然喪心病狂到如此地步！

如果按照孫玉龍和對方所達成的初步談判協議去執行的話，相當於把撫遠鎮那塊方圓五公里，總計廿五平方公里的土地作價十億元交給對方使用五十年，平均一年連兩千萬都不到！要知道，那可是廿五平方公里啊！

最重要的是，這五十年中，東江市不能以任何理由干擾對方的生產和經營行為。這幾乎可以稱之為喪權辱國的不平等條約了！

柳擎宇徹底被激怒了！他狠狠地一拍桌子，用手指著孫玉龍質問道：

「孫玉龍，你拍著自己的胸脯問問自己，你的心中還有沒有一點良心，你還配擔任東江市市委書記這個職務嗎？

「孫玉龍，你不要忘了，你的肩膀上擔負著維護東江市數十萬老百姓的權益和幸福的重任，但是你竟然和外資擬定了這樣一份喪權辱國的條約，你的良心是不是叫狗給吃了啊?!

「那可是廿五平方公里的土地啊，而且對方的目標顯然還不只是這廿五平方公里，他們還要求以這塊土地為核心，方圓十公里範圍內的老百姓必須進行搬遷，而且未來十年交給他們無償使用！雖然咱們東江市占股百分之四十，但是他們可是無償使用啊，出的僅僅是幾億的拆遷補償款而已。

「我想請問：如果他們不對這塊土地進行開發，那麼按照上面的約定，其他勢力都不可以對這塊土地擁有使用權，這塊土地豈不是要荒廢了？

「孫玉龍，你自己看看，這樣一份對我們東江市來說沒有多少好處，卻有著諸多牽制的合約，你竟然想要在常委會上通過，你到底是不是東江市的市委書記啊！」

柳擎宇臉色鐵青地怒視著孫玉龍，只差沒有上去揍他了。

孫玉龍聽到柳擎宇如此不留情面的批評，也被激怒了，呵斥道：

「柳擎宇，你給我坐下，這裡是常委會，不是你們市紀委，更不是你柳擎宇吆三喝四的地方，你給我老實點！現在就開始表決，用最民主的辦法來看看到底什麼才是民意！」

孫玉龍說完，第一個舉起手說道：「我同意這個方案！」

接著，常務副市長管汝平、市委秘書長吳環宇、市委組織部部長廖敬東、黑煤鎮鎮委書記于慶生等一干鐵桿表示支持，隨後市長唐紹剛、市委副書記耿立生、宣傳部部長徐建武也投票表示支持，只有柳擎宇說道：「我堅決反對這個方案通過！」

孫玉龍冷笑地看了柳擎宇一眼，說道：「柳同志，由於同意的常委數量遠遠超過七人，根據組織規定，超過七人的表決結果即為有效，現在我宣布，表決通過！下午市委市政府會正式與三大外資企業簽訂合作協議，我相信，合作協議簽署後，我們東江市的發展必將會走上一條快車道！散會吧！」

孫玉龍正準備要走，柳擎宇一拍桌子，站起身來說道：「孫同志，請等一下再散會，我現在要打電話向省紀委舉報，舉報你涉嫌出賣國家利益！」

聽到柳擎宇居然如此說話，孫玉龍氣極了，也拍著桌子吼道：「柳擎宇，你不要血口噴人，這是我們東江市市委集體的決定……」

「市委集體的決定？那麼我想問問你，你可曾向在座各位常委們解釋為什麼這些外資會和我們東江市簽訂這些協議，你可曾告訴大家，東江市已經發現可燃冰資源，這些可燃冰的價值遠遠超過幾千億甚至更多？你真的以為那些外資是慈善家啊？你以為在座的常委們全都是傻瓜，什麼事情都不知道嗎？這件事你還想要隱瞞大家到什麼時候？」

說到這裡，柳擎宇環視眾人說道：

「各位常委們，人家可一定要想清楚一件事情啊，一旦這份合同簽訂了，將會成為一份遺臭萬年的條約，等於拱手把我們東江市的未來、東江市老百姓的權益送給那些外國人，而同意這份合同的人，也將註定會被別人所唾棄！」

孫玉龍聽了更加憤怒，威嚇道：「夠了，柳擎宇，你從哪裡聽來的小道消息？你不能用一些未經證實的消息去蠱惑人心。」

柳擎宇冷笑一聲：「小道消息？孫同志，我想問問你，新源集團和省能源局的聯合探勘隊伍到底有沒有進駐你和那些外國人所簽訂合同的撫遠鎮附近進行探勘？那些外國人為什麼偏偏要拿下撫遠鎮的土地？為什麼最近有很多外國人跑到東江市？難道我們東江市有那麼大的魅力吸引外國人嗎？憑什麼那些外國人開出那樣的條件？」

柳擎宇連番的質問，問得孫玉龍啞口無言。

這時，柳擎宇撥通了省紀委書記韓儒超的電話：「韓書記，我現在要向您舉報東江市市委書記孫玉龍同志涉嫌嚴重出賣國家利益……」

整個會議室一片沉寂。

在座的常委們都沒有想到柳擎宇竟然當著孫玉龍的面把他給告了，告得十分徹底，一點情面都不留。

柳擎宇的行為在眾人看來實在是太瘋狂了。**孫玉龍可是東江市的一把手啊！柳擎宇竟然敢告他的狀，簡直是不想混了！根本無視官場規則啊！這屬於越級上告，這種行為是官場大忌！**

柳擎宇說完，電話那頭韓儒超沉默了一會兒，說道：「柳擎宇，你把手機調成免持聽筒模式，我要和東江市的市委班子們說幾句話。」

柳擎宇立刻把手機調成免持狀態。

韓儒超面色嚴肅地說道：

「孫玉龍同志，各位東江市的市委常委們，柳擎宇剛才的話我已經聽到了，就此事，我先做出兩點指示，第一，東江市立刻停止針對撫遠鎮與土地有關的一切事宜，凡是東江市與土地有關的一切事宜，都必須向遼源市市委請示之後，上報省委批准之後才能執行，我會馬上向省委彙報此事；

「第二，關於東江市發現可燃冰資源這件事，我暫時不想進行任何評論，但是根據目前各方面得到的消息，東江市很有可能存在著儲量巨大的可燃冰資源，所以，東江市和土地有關的各種項目都必須暫停。等待可燃冰一事證實之後省委的具體指示。

「第三，孫玉龍同志必須要注意一下自己的行為，你是東江市的市委書記，你所做的一切事情必須要以東江市的整體利益為出發點，任何把國家利益拱手送人的行為，都不是省委、省紀委能夠容忍的，希望你好自為之。」

孫玉龍傻眼了，眾位常委們傻眼了，省紀委書記居然叫停此事。而且如此果決。

市長唐紹剛說道：「孫書記，我認為今天的會議結果還是先按無效來算吧，之前我不知道可燃冰這件事，如果真的有可燃冰資源再繼續執行這份合同，那可真是喪權辱國了。」說完便轉身向外走去。

隨後，市委副書記耿立生、宣傳部部長徐建武等人相繼表態後紛紛離席。

事情弄到這種地步，孫玉龍簡直鬱悶到不行。因為柳擎宇的攪局，讓自己策劃得幾乎完美無瑕的方案竟然徹底失敗了，而且東江市有可燃冰這件事很有可能直接彙報到省委那邊去，那樣的話，自己想要渾水摸魚的難度可就要增加不少了。

散會後，孫玉龍立刻向李萬軍彙報了此事，隨後又和老同學吳量寬湊到一起商量對策。

吳量寬聽孫玉龍說完之後，皺著眉頭想了一會兒，然後陰險笑道：

「玉龍，我看這件事得交給那些外國人，讓他們去和柳擎宇談，也許會有意想不到的收穫。因為那些人為了巨額的利益，什麼事情都敢做，我們要善於借刀殺人嘛！」

孫玉龍一聽，覺得很有道理，畢竟這件事，外國人也是受益的一方，讓他們出點力去擺平柳擎宇也是應當的，他使勁的點點頭道：

「嗯，這個建議不錯，我立刻和老外們聯繫。」

孫玉龍便直接聯繫三大巨頭的代表們，分別是英國ＢＸ集團的中國區總裁夏洛特、美國美帝亞集團中國區總裁菲力浦，以及日本三靈集團總裁安培撒野。

三人以視訊會議的方式與孫玉龍見了面，孫玉龍把常委會上的情形簡單的向三人說了一遍，隨後說道：

「三位，我們李書記指示，由於我們和柳擎宇存在著複雜的官場關係，所以如果由我們出手擺平柳擎宇恐怕很難，身為合作夥伴，你們也得出一份力啊。你們看你們誰來負責擺平此事？」

三大能源巨頭的總裁們你看看我，我看看你。

英國ＢＸ集團的夏洛特說道：「孫書記，這件事按理說應該是由你們來處理吧，我們是外國人，由我們處理的話恐怕比較敏感。」

「夏洛特先生，我們的國情你可能不太瞭解，崇洋媚外是中國人的劣根性，在你們國家，外國人地位比較低，但是在中國，這種情況恰恰相反，地方政府把你們外國人當成爺爺一般供著，不敢得罪你們，怕引起不必要的國際糾紛。所以，由你們來出面恰恰是最合適的。而且，我們李書記已經指示得十分明確了，如果要想合作順利，你們必須要出面，否則的話，我們大家都要失去這次能夠獲得巨大利益的最好時機了。」孫玉龍十分堅持地說道。

孫玉龍說完，三個老外沉吟了一下，最終安倍撒野說道：「嗯，我們出手倒不是不可以，不過，我想在一些合作條件上，我們恐怕得好好談談。」

孫玉龍冷笑道：「安倍撒野先生，如果你們連這麼一點小事都和我們談條件的話，那麼我看我們需要另外尋找合作夥伴了。我想有一點你沒有想明白，我現在代表的是自己的利益，而不是國家和地方的利益，在自己的利益上，我們是不會有絲毫讓步的。」

雙方陷入僵持，氣氛有些冷場起來。

這時，菲力浦立刻緩頰道：「孫先生，既然如此，那這件事就由我們三家接下來了，你就等好消息吧，我們一定會把柳擎宇給擺平的。他不過是個小小的處級幹部而已，就算是那些省廳級幹部，我們也擺平過不少。」

視訊會議結束後，孫玉龍的臉上抹過一絲冷意：

「哼，你們這些外國人總想要千方百計的占我們的便宜，真以為我們是傻子嗎?!」

第七章

三巨頭

會議室裡坐了三個人，正是英國BX集團的中國區總裁夏洛特、美國美帝亞集團中國區總裁菲力浦、日本三靈集團中國區總裁安培撒野。會議室靠近門口的地方，還站著六名身材彪悍的保鏢，這些保鏢渾身肌肉，氣勢十足。

而三大能源巨頭的總裁們在結束視訊會議後，很快就湊在了一起，因為他們就住在同一家酒店的三個相鄰房間內。

三大巨頭在安倍撒野的房間內聚齊。

安倍撒野不爽的說道：「八格牙路，這個中國人也太狡猾了。」

菲力浦笑道：「這很正常啊，就如同剛才孫玉龍所講的，在公家利益上，很多官員總是十分豪爽，只要能夠拿下政績，可以做出很多讓步；可是一旦關係到自己切身的利益，他們就會斤斤計較，寸步不讓，這恰恰反映的就是中國人的劣根性。

「如果他們不改變這種植根於靈魂深處的利己主義潛意識，中國永遠不可能像我們美國人一樣稱霸世界！我們美國人雖然每天嘴裡在喊著什麼中國威脅論，但實際上，就算是傻子都知道，對我們美國人來講，中國真的不是什麼大的危險！」

說話間，菲力浦臉上寫滿了驕傲，就好像他們真的可以在世界上為所欲為、高人一等一樣。

夏洛特聽了，也說：「嗯，菲力浦說的這個劣根性我很贊同，從我們這麼多年和中國官員打交道的經驗來看，雖然其中有些官員能夠堅守民族尊嚴，但是我們總能找到一些投機鑽營的小人幫忙，把那些不聽話的官員以各種理由搞下去，讓我們的代理人控制核心的重要位置。劣幣驅逐良幣，這是萬年不變的道理啊。」

安倍撒野沉聲道：「沒錯，中國人的劣根性是他們民族能夠堅持到現在的一個動力，但這同時也是他們永遠都無法佔據世界主導地位的致命弱點，我們日本人對中國是瞭解最深的，因為日本一直在夢想著控制中國，我們日本人還把中國人的劣根性總結為十種心理狀態，日本企業在和中國人打交道的時候，都會以這十種心理為基礎去換位思考，總能順利地達成目的又不吃虧。」

「哦？十種劣根性心理？都有什麼？說來聽聽。」夏洛特十分感興趣的問道。

「第一種是旁觀心理。這在魯迅的小說《藥》中十分深刻的指出過。

「第二是過客心理。許多當官的，一有機會就拚命刮地皮，刮得寸草不生，為什麼那麼狠呢？因為他的子孫不會在這裡長住，早就安排到國外留學移民，憑著刮來的錢，在國外逍遙快活。就有人曾經說過：『我死後，哪管他洪水滔天。』中國為什麼污染這麼嚴重，和這種心理也有一定的關係。」

菲力浦便使勁的點頭：「嗯，說得非常好，我完全認同，對於一些官員而言，他們根本沒有名垂青史的打算，唯一關心的就是自己的私利。那第三種是什麼心理？」

安倍撒野繼續說道：

「第三是官本位心理。中國人老講『官大一級壓死人』，從古到今，官主宰了一切，就形成了唯官位馬首是瞻的心理。

「第四是狗苟心理。中國人把沒有品質的活著，貶斥為蠅營狗苟，對這樣的人很不屑，但是很多人卻很熟練地掌握著狗苟的技巧，一有機會就狗苟起來。」

「第五種劣根性是從眾心理。中國人有句俗話叫槍打出頭鳥，出頭的椽子先爛，所以當有老百姓的利益受到侵犯的時候，誰也不說話，大家都在等著別人出頭，到最後的結果就是大家都蒙受損失，心態反而平衡了。

「第六是例外心理。在中國，尤其是官場上，不管什麼法律、道德，總有鑽漏洞逃避刑罰的人。就算是再大的罪，只要關係夠，就能法外開恩，重罪變輕罪，輕罪變無罪，就看你是否具有足夠大的人脈與關係。」

菲力浦一拍大腿道：「中國早就有刑不上大大的古語啊！」

安倍撒野嘿嘿一笑：「我們日本人在中國之所以總是能夠佔便宜，看中的就是中國人的這種心理，那些出賣國家利益的官員根本無視道德和法律的約束，為所欲為。

「中國人的第七種劣根性就是奴性心理。一旦取得一點地位，見到自認為比自已低等的人，總會不由得擺出一副主子的姿態，彷彿別人的生死就全靠他的賞賜。這一點最直接的反應就是官本位現象。

「第八種則是勢利心理。窮在鬧市無人問，富在深山有遠親，就是十分寫實的形容，所以才說成王敗寇，也是同樣的意思啊。

「第九種是中國人的馬屁心理。當官的人都喜歡下屬拍馬屁，因為拍馬屁的話聽起來十分舒服順耳，古往今來，多少直言上諫之人死於非命，多少馬屁精步步高升?!

「第十種是懷舊心理。中國人對新的東西總會排斥，其實也是利益關係在作祟，我們日本人常利用中國人的這種心理，把過期、廢舊的技術丟給中國人，只要說服那些企業的掌權者，許諾給他們充分的好處，他們就會把這些廢舊的技術重新包裝，當成新技術來用，哪怕是有比我們這技術先進十倍、百倍的國產新技術出現，他們也不用。」

安倍撒野頗有心得的把這十種劣根性說完，菲力浦和夏洛特都情不自禁的鼓起掌來，眼中充滿了欽佩。

菲力浦豎起大拇指道：「安倍啊，我算是明白為什麼日本人可以在中國肆無忌憚的原因了，你們對中國人的瞭解真是深刻到了骨子裡啊！」

安倍撒野得意一笑：「那是自然！我們日本人無時無刻不在思考著怎麼樣從中國攫取利益，哪怕我們每天都對著中國人笑臉相迎，但是轉過身來就能捅他們一刀，中國人太老實了，哈哈哈。」

菲力浦看安倍撒野吹噓起來，立刻說道：「得了，你不要再吹牛了，既然你對中國人那麼瞭解，你說，我們該如何對付柳擎宇？」

安倍撒野不屑地嗤道：「柳擎宇只是個毛頭小夥子而已，對付他還不手到擒來?!我們可以這麼做……」

安倍撒野把自己的主意說了，菲力浦和夏洛特再次豎起大拇指，佩服地說：「高，真是高！」

隨後，夏洛特便撥通了柳擎宇的電話。

柳擎宇的辦公室。

「柳先生你好，我是ＢＸ能源集團中國區總裁夏洛特，我有重要事情想和你談談，你看一個小時之後見面，你方便嗎？」電話撥通後，夏洛特滿臉含笑說道。

接到夏洛特的電話，柳擎宇並不感到意外，因為他知道這些外國能源集團早晚都會找到自己，不過他故意裝出一副意外的樣子說道：

「ＢＸ能源集團？不好意思啊，我不知道你們，也不認識你，我現在很忙，如果你有什麼公事的話，可以直接去找東江市市委市政府相關部門和領導，我是主管紀委的，除非你是有什麼官員違紀之事要舉報。抱歉啊，我沒有時間。」

說完，柳擎宇便掛掉了電話。

電話那頭，夏洛特氣得臉色發青。以他的身分，即便是一省的省長都對他恭敬相迎，如今自己親自打電話，柳擎宇竟然直接拒絕，這簡直太不給自己面子了。

看到夏洛特遇挫，安倍撒野嘲笑道：「夏洛特，你對中國人的思維方式還是不太瞭解，他們官場人做事一向是事不關己高高掛起，咱們和他們打交道，必須要虛虛實實，想達到目的就要不擇手段，你看著，我打給他。」

安倍撒野撥通了柳擎宇的電話：「柳書記你好啊，我叫賈明，我有關於東江市官員嚴重違紀的事想要向您當面舉報，不知道你是否願意給我一些時間談談呢？」

安倍是個中國通，中文說得十分流暢，不過依然帶著一絲外國腔。所以柳擎宇聽安倍介紹完自己，立刻就猜到說話的是個外國人。

一般而言，除非關係到自己的切身利益，外國人是不會參與到中國的政治鬥爭中來的，順著這個思路去推理，很可能這個外國人應該和剛才給自己打電話的那個夏洛特是一夥的。

柳擎宇也想見識見識他們到底想要跟自己玩什麼把戲，便說道：「好啊，你把資料準備得充分一點，一個小時後我們在新源大酒店十二樓一二〇八會議室見。」

「搞定了。」安倍放下電話，滿臉得意的看向夏洛特。

夏洛特狗腿地說：「安倍，你們日本人果然是最瞭解中國人的啊，我服了！」

電話那頭，柳擎宇掛斷電話後，坐在他對面的龍翔、鄭博方都呵呵的笑了起來。

龍翔讚嘆不止地道：「老闆，你真是太有先見之明了，你怎麼知道肯定會有人找你談話的？」

柳擎宇一笑：「這沒什麼，只是一種預感和分析而已，當你處在某個位置思考事情的時候，只要多向前思考幾步便會有所收穫的。」

鄭博方接口道：「龍翔啊，柳書記說得不錯，你今後工作中必須要走一步看三步，養成習慣之後會獲益良多的。我們人就在新源大酒店，只要在這裡等著他們就可以了，時間還非常充裕，我們接著討論剛才的那個話題。柳書記，對於網路上最近討論的十分火熱的有關中國人劣根性的話題，你怎麼看？」

柳擎宇說道：「其實，這個話題一直都有人討論。在我看來，那些所謂的中國人劣根性的說法都有失偏頗。首先，從這種所謂劣根性的成因來講，那只是幾千年封建奴役文化浸潤的結果，也是西方強盜持續百年的屠殺、掠奪和凌辱的產物。一般而言，劣根性常常屬於弱者，這就好像那些生活在最底層的人們，還有那些表面上看起來生活得不錯的人，這些人如果沒有那些特點，根本無法生存下去。」

「柳書記，我研究過日本人，日本人也總結過咱們中國人的十大劣根性，包括旁觀心理、過客心理、奴性心理等等，對他們的說法，你又是怎麼看的呢？」鄭博方又問。

「日本人總是認為中國人有許多劣根性，難道他們日本人就沒有嗎？恰恰相反，既然鄭同志你研究過日本人，那麼你應該看過《曖昧的日本人》這本書，在這本書中，對日本人的性格進行了深入的剖析，日本人的劣根性在書裡也可以看得非常清楚。

「我認為，不管任何民族，都有其劣根性，包括美國和歐洲國家亦是如此，這些劣根性的存在很正常。是各個民族基於不同的國情和實際環境，在爭取生存的過程中逐漸養成的習慣而已，說穿了，一切都是為了生存和利益。」

聽柳擎宇提到《曖昧的日本人》這本書，鄭博方點點頭：

「嗯，這本書我看過，它對日本人性格的剖析的確十分深刻，你說的生存使然的這個觀點我非常認同，不過，現在有很多聲音認為是我們國民的劣根性導致中國在和西方列強的交手中總是失利，對此你怎麼看？」

柳擎宇沉思良久後才說道：

「我認為，國人的劣根性，都只是人性缺陷的一部分，這種缺陷在其他民族中也都可以看到。之所以很多人在反思這個問題，這和西方列強在進行殖民掠奪的過程中，大肆宣揚歐美中心論、優越論有著不小的關係，西方列強甚至不惜製造文明與野蠻的對立，進而虛構了人性的二元論。歐美列強更是採取各種意識形態的手段對中國進行侵染，包括他們的文化產品、影視作品，現在的年輕人不是都很愛看好萊塢電影嗎？為什麼？

「不可否認，那些電影大片有時候的確比國片要好看，但是這在另一方面也說明了列強對我們進行的文化侵略是成功的。又好比西方的速食文化等進入中國，逐漸影響到人民的思想和習慣，從而達到他們經濟利益與文化利益共同獲利的目的。」

柳擎宇的分析，令鄭博方和龍翔陷入了沉思，原來歐美大片、西方速食這些生活中習以為常的東西竟然含著如此的陰謀。

柳擎宇接著嘆道：「不知道你們平時逛不逛超市，比如說食品和飲料吧，有沒有注意過一個十分有意思的現象，大部分架上的食品和飲料中都含有各種各樣的添加劑或者添加物，最廣泛的有兩種，一種是大豆組織蛋白或大豆提取物，一種是玉米澱粉，問題是，這兩種東西真的是食品和飲料中必須添加的嗎？

「更嚴重的是，玉米和大豆這兩種產品恰恰是基因改造最為氾濫的東西，目前政府並沒有要求廠商要標注他們所使用的大豆提取物和玉米澱粉到底是不是來自於基因改造產品，如果某些不肖商人使用的玉米澱粉或者大豆提取物是基因改造的產品的話，豈不是我們的老百姓在不知不覺中就食用了這些商品？

「這難道不屬於西方列強對我們中國進行的另一種形式的侵略嗎？食品和飲料業中，中國的企業占多少的分額，為什麼他們偏偏要在這些關係到國計民生的食品和飲料中加入這樣的添加物呢？」

說到這裡，柳擎宇再次長嘆一聲：「哎，我真的很擔憂啊！」

鄭博方和龍翔聽到這裡，全都凜然一驚，腦門上的汗劈里啪啦的往下掉。尤其是龍翔，平時很愛吃泡麵和喝飲料，聽柳擎宇這樣一說，瞬間有種毛骨悚然的感覺。

鄭博方顫聲道：「柳書記，難道您所說的這些也屬於西方列強對我們進行的另一種侵略嗎？」

柳擎宇沉聲道：「我認為這就是列強對我們進行侵略的一種手段。一百多年前，美國一個名叫史密斯的傳教士，根據自己在中國生活二十二個年頭的經歷，寫了一本名叫《中國人的德行》的書。

「在書中，作者從廿七個層面對中國人的人性進行了論述，包括講究面子、處處節儉、忽視精確、漠視時間、拐彎抹角、因循守舊等等，許多內容都是負面的，甚至是嚴重的偏見，因為他是從西方人的觀點來看中國人，中西方文化本就存在巨大差異，才會對中國人有所誤解。然而，這種誤解卻常常構成強權侵略中國的理由。西方人的劣根性透過這本書便可窺見一斑。不過，史密斯在這本書裡也確實深刻揭示了中國人在一些領域上的不足之處。」

「現在很多精英分子對中國舊有文化嗤之以鼻，大力提倡全面西化的說法，是不是不對呢？」龍翔提出自己的疑問。

柳擎宇回道：「我認為，我們身為中國人，要想真正不受制於人，必須要大力加強對民族文化的傳承和學習；中國文化博大精深，現在很多西方軍事家、政治家都在研究中國戰術，譬如《孫子兵法》《三十六計》，對西方文化，我們不能一面倒的去抵制，也不能啥都吸收，應該**學會取捨和抉擇**，擇其優而學之。」

鄭博方問：「那你認為我們應該怎麼做，才能讓中國在未來世界變化的考驗中走得更加穩健呢？」

柳擎宇笑道：「第一，就是加強經濟建設，讓老百姓生活更富裕。第二，加強精神文明建設，目前國學文化的持續發熱就是很好的現象。第三，當然還是要持續對民族文化的傳承和發揚。我認為，只要做到這些，我們的國力增強，人民的文化水準也提升了，很多問題就可以迎刃而解。」

柳擎宇剛說完，他的手機響了起來。是安倍撒野打來的。

安倍語帶不滿地說：「柳書記，你現在在哪裡啊？離我們約定的時間都過了一個多小時了！我已經到達會議室，你怎麼還沒有過來啊？」

柳擎宇站起身道：「哦，真是不好意思啊，我有點事稍微耽擱了一下，馬上就到了。」

掛斷電話後，柳擎宇看向鄭博方和龍翔道：「今天只能先聊到這裡了，我得去見見那些人，看看他們到底想要玩什麼把戲。」

柳擎宇來到約定的會議室內。

會議室裡坐了三個人，正是英國ＢＸ集團的中國區總裁夏洛特、美國美帝亞集團中國區總裁菲力浦、日本三靈集團中國區總裁安培撒野。

會議室靠近門口的地方，還站著六名身材彪悍的保鏢，這些保鏢個頭最矮的都在一米九五左右，渾身肌肉，氣勢十足。

柳擎宇淡定的坐在椅子上，問道：「是誰說有重要的檢舉資料要向我舉報的啊。」

安倍撒野嘿嘿一笑，說道：「柳先生，不好意思啊，是我給你打的電話。今天約你出來，主要是想跟你溝通一些事情，之前夏洛特約你出來你不肯，所以我們只能用這種方式把你約出來了，還請你不要見怪。」

柳擎宇冷冷回道：「哦？誑我出來？如果不是和紀委工作有關的事，恕我不再奉陪。」說完，站起身來就要走。

那六名彪形大漢立即一字排開，擋在柳擎宇的身前。

這時，菲力浦跳出來說道：「柳書記，不要急著走嘛，你不僅是東江市的紀委書記，還是市委常委，我們是投資商，就投資之事和你談談，也是屬於你的工作範疇之內吧？」

不得不說，菲力浦這番話很有分量，柳擎宇聽了，目光在那幾個保鏢身上掃了一眼，轉身坐回椅子上：「不知道你們想要和我談什麼？」

菲力浦笑著說道：「這樣吧柳書記，我們先自我介紹一下，我是美國美帝亞集團中國區總裁菲力浦、這位是英國ＢＸ集團的中國區總裁夏洛特、這位是日本三靈集團中國區總裁安培撒野，我們找你來，是想要跟你談談我們三家集團聯合在撫遠鎮投資建廠的問題，根據我們得到的資訊，我們原本計畫好要在撫遠鎮投入上百億資金的項目因為你的攪和泡湯了，對這件事你怎麼解釋？」

菲力浦的臉上充滿了殺氣。其他兩人也目光不善地望著柳擎宇。

柳擎宇看著三人的表情，心裡不屑一笑，他知道這是西方人在談判時最愛用、也是最管用的伎倆，很多人往往在這種威逼下，心中充滿了畏懼，氣勢上就先弱了一分。

柳擎宇無懼地回道：「嗯，你們的消息沒錯，這件事的確是我給攪黃的，聽說你們準備和孫玉龍簽署什麼土地租用協議，我一看就知道你們肚子裡的算盤，你們明著是投資，實際上是打算拿下那塊地，好開發那裡的可燃冰資源，我怎麼能夠讓你們得逞呢。」

柳擎宇的強硬態度，讓會議室的氣氛一下子緊張起來，幾個保鏢更是殺氣騰騰的看著柳擎宇。

夏洛特陰沉著臉看向柳擎宇：「柳書記，你可知道你這樣做的後果是什麼嗎？」

柳擎宇呵呵一笑：「後果？能有什麼後果？我身為東江市的市委常委，維護國家和東江市老百姓的利益是我分內的事，如果連這種事都還需要考慮後果的話，那我還配稱得上是官員嗎？」

夏洛特眉毛一挑，陰森森地道：「柳擎宇，你可知道，出頭的椽子先爛，槍打出頭鳥，你就不怕樹大招風嗎？」

「怕？怕就不要當官！」柳擎宇說得斬釘截鐵。

安倍撒野見夏洛特和柳擎宇對峙起來，立刻笑著拿出一張銀行卡拍在桌面上，向柳擎宇的方向一推，道：

「柳書記，這張卡裡有五千萬，只要你答應不再作梗搗亂，這錢就是你的了。而且我們還可以保證你以後官運亨通，享盡榮華富貴，就算你要移民，我們也可以幫你輕輕鬆鬆做到。」

柳擎宇看到自己面前的銀行卡，毫不猶豫的把卡拿了起來。

安倍撒野見狀，心中一陣得意，暗道：「哼，柳擎宇，就算你嘴上說得天花亂墜，在金錢和權力這兩種誘惑面前，你也無法抵抗啊！這就是你們中國人，尤其是中國官員的劣根性啊，權力已經成為你們謀取錢財和官位的工具罷了。」

就在安倍撒野得意的時候，柳擎宇拿著銀行卡仔細端詳了一會，又用手指輕輕的彈了彈，說道：「這張銀行卡裡面真的有五千萬？」

安倍點頭道：「沒錯，如假包換。」

篤！柳擎宇輕輕一彈，那張銀行卡準確的落在安倍撒野的面前。

柳擎宇譏諷的說道：「真是令人心動啊，可惜我是國家任命的官員，我要是接了你的這筆錢，我豈不是成了貪官，成為金錢的奴隸了，我看我還是老老實實做我的官吧！」

這時，安倍才知道自己被柳擎宇給耍了，立刻怒視著柳擎宇。

菲力浦一看夏洛特和安倍的威逼利誘都失敗了，手輕叩著桌面，大腦飛快轉動著。據他與中國官員打交道的經驗，一般而言，官員分為三種，有的愛錢，有的愛權，有的愛色，既然威脅和錢權都無法打動柳擎宇，那就只能用色來試試了。

他從口袋中也掏出一張卡，放在桌上說道：

「柳書記，這是北京『美女俱樂部』的鑽石會員卡，持這張卡，你可以在這家俱樂部裡進行無限額的消費，所有的費用都由我們來買單，我相信你應該聽過這家俱樂部，這裡可是比當年的『天上人間』還要上檔次的高級俱樂部。

「俱樂部裡面的美女應有盡有，不管是小家碧玉還是警花、護士、空姐，溫柔型還是野蠻女友型的，各種國籍，美國、俄羅斯、烏克蘭，在這裡都可以找到。

「你可以選擇在俱樂部裡享受各種頂級的客製化服務，或是把她們帶回去金屋藏嬌，總之，只要你答應不再給我們搗亂，這張卡就是你的了。而且之前夏洛特和安倍跟你所承諾的金錢、權力，只要你需要，我們都可以幫你達成願望。」

菲力浦誠懇地說道：「柳書記，我們是帶著誠心和你進行交談的，希望你也能夠拿出你的誠意來，我相信，只要我們能夠齊心協力，我確保大家都可以從中受益，否則……」

菲力浦停頓了一下，突然說道：「你應該知道，林肯、甘迺迪這幾位美國總統是怎麼死的吧？」

話說到這裡，屋子裡充滿了濃濃的火藥味。站在門口的那幾個保鏢向前邁進了兩步，距離柳擎宇的背後只有不到兩米左右的距離。

殺氣，怒氣，正氣在會議室內蕩漾著、交鋒著。

柳擎宇與菲力浦對視著，雙方眼中都閃爍著冷冷的鋒芒，誰都不肯退讓。

竟然敢在中國的土地上對自己進行威脅，看來這個老外膽子已經大到一定程度了！

柳擎宇握拳道：「那幾位美國總統都是遇刺身亡的，難道你們也想對我採取類似的方式嗎？你們不知道你們現在是在哪裡嗎？這裡是中國，不是你們美國！」

菲力浦嘲笑說：「柳擎宇，你也不要忘了，只要有金錢存在的地方，就可以蔑視世界上任何的法律，你們中國有一句古話，叫有錢能使鬼推磨，你以為一個小小的官員之死，在金錢的運作下還會掀起什麼波瀾不成？」

柳擎宇真的震驚了，菲力浦居然膽大妄為到如此程度！

柳擎宇忿忿地道：「是的，金錢也許無往不利，但是你們也不要忘了一點，任何一個民族都不能容忍外國人在自己國家內為所欲為，在中國這塊土地上，你們必須遵守中國的法律。只要你們犯法，法律照樣收拾你們。」

菲力浦哈哈大笑道：

「法律？柳擎宇，你身為紀委書記竟然跟我談法律？你以為我對你們中國的官場不瞭解嗎？在你們中國，法律不過是為老百姓準備的，只要有錢和權，黑的可以說成白的，死的可以說成活的，飆車撞死人可以找人頂包、貪污收黑錢可以找人扛罪……我想你不會不明白吧？」

柳擎宇面色無懼，冷冷說道：「如果你真的要想採取那樣的方式對付我的話，你將會死無葬身之地。」

菲力浦哈哈大笑：「不好意思啊，我還真的想那麼做了。」

說到這裡，菲力浦大手一揮：「動手！」

隨著菲力浦一聲令下，站在柳擎宇身後的那幾個彪悍的保鏢立刻伸手，打算把柳擎宇給抱住。

然而，柳擎宇既然敢單身赴約，又豈會沒有準備。菲力浦聲音還沒有落下，柳擎宇整個人便騰空而起，一個翻身落在安倍和菲力浦的身邊，兩隻手分別掐住安倍和菲力浦的脖子，隨後一用力，直接把兩人從地上給揪了起來。

就見柳擎宇站在會議室的桌上，一手掐著一個老外，把兩人憋得滿臉通紅，想要說話卻又一句話都說不出來。

夏洛特一看事情發展到這種地步，立刻意識到柳擎宇這個人不好對付，沒想到這個當官的竟然會武功，這大大超出了他們的意料之外。

不過，能夠混到中國區總裁這個份上，夏洛特自然不是平庸之輩，立刻低聲下氣的向柳擎宇求饒道：

「柳書記，趕快放下他們，我們剛才不過是和你開個玩笑而已，請你千萬不要介意，我在這裡代表菲力浦向你道歉，還請你大人不記小人過，就不要和我們一般見識了。」

聽到夏洛特這樣說，柳擎宇這才一把鬆開兩人的脖子，把兩人丟回到椅子上。

不過安倍比較倒楣，柳擎宇扔他的時候力道稍微大了一點，這哥們來了個倒栽蔥，從椅子上翻了下去，狠狠的摔了一跤。

看到這裡，那六個保鏢立刻從腰間拿出三棱軍刺，從不同方向快速朝柳擎宇逼近。

柳擎宇感覺到身後形勢的變化，但不驚慌，猛的抓起桌上的兩杯熱開水反手向身後潑去，兩個老外從柳擎宇背後偷襲而來，正好被熱開水淋了個正著，燙得兩個老外熬熬直叫，臉上立時冒起水泡。

柳擎宇順勢又抓起熱水壺狠狠的朝距離自己很近的一個保鏢腦袋砸了過去。

這個保鏢腦袋一偏，很有自信地以為可以躲過熱水壺，心中頓時放鬆下來，卻不想這時候熱水壺的蓋子突然打開，水壺裡的開水一股腦的噴灑出來，頓時被淋得滿臉起泡，燙得他原地亂蹦。

他哪裡知道柳擎宇為了要好好教訓這些人，在扔水壺的時候故意使壞，用了一點暗勁，狠狠的陰了這小子一把。

另外三個保鏢很快被柳擎宇乾脆俐落的搞定，都直挺挺的躺在地上，猶如植物人一般動彈不得。

夏洛特三人整個傻眼，不敢相信自己看到的畫面。

柳擎宇轉過身來，用手指著菲力浦三人說道：「你們三個聽清楚了，這裡是東江市的地盤，如果你們想要做生意，我不攔你們，但是，如果你們要想對我使壞，動歪心眼，我有一百種方法讓你們三人從這個地球上消失。我柳擎宇從來不怕任何威脅，也不懼怕任何挑戰，你們儘管出招，我柳擎宇全都接著。」

接著，他又對安倍說道：「安倍撒野，我知道你們日本人做事一向喜歡玩弄陰謀，所以我特別提醒你一下，你要是再敢玩類似今天的陰招，我保證讓你變成太監回到日本，然後把你身上割下來的東西丟到你們的靖國神社去！」

說完，柳擎宇昂首闊步走了出去，只剩下房中菲力浦幾個望著柳擎宇的背影呆立無語。等柳擎宇離開，傳來匡噹一聲關門聲，三人這才回過神來。

安倍撒野心中瞬間對柳擎宇充滿了極度的怨毒，柳擎宇最後那番話對他的刺激很大，他是一個狂熱的激進分子，靖國神社在他的心目中具有十分崇高的位置，柳擎宇竟然敢對日本的聖地不敬，對他做如此侮辱，他暗下決心，今生和柳擎宇不死不休！

不過他的臉上卻沒有表現出來，看向菲力浦和夏洛特說道：「真沒有想到，柳擎宇這小子這麼囂張啊，你們說我們下一步該怎麼辦？」

突然菲力浦的手機響了起來。

菲力浦接聽之後，臉色暗沉的說道：「我剛剛接到內線通知，說是白雲省方面已經有省委領導介入了可燃冰項目中，由於新源集團與白雲省早就簽有合作協議，所以這次的可燃冰項目依然是由新源集團來操盤，白雲省、遼源市、東江市按照不同比例進行分紅，只派出相關的監督人員進行監督，但是不參與管理工作。」

安倍聽了之後，不由得眉頭一皺：「由新源集團來操盤？看來白雲省對新源集團很是信任啊！」

菲力浦苦笑說：「沒辦法，誰讓我們這些外國集團在中國劣跡斑斑呢，新源集團由於具有特殊的背景，雖然他們是私營企業，但是他們做生意一直秉承公平原則，所以，有良心的官員都會選擇與新源集團合作的。」

夏洛特臉上充滿憤怒之色：「那我們怎麼辦？難道毫無所獲的退出東江市？我們絕對不能白來一趟啊！」

菲力浦點點頭：「沒錯，我們絕對不能白來一趟。根據我的內線所提供的情報顯示，新源集團目前正在和白雲省方面談判具體的合作方案，不過新源集團提出，由於資金存在缺口，為了確保項目順利進行，建議採用募款的方式補足不夠的一千億左右。」

安倍頓時眼前一亮，道：「如果是一千億的話，對我們來說絕對是個好機會，我們每家可以分到三百億左右，以可燃冰項目的高報酬率，這生意絕對穩賺不賠。不過，現在唯一的風險就是這裡的可燃冰儲量到底有多少？是不是能夠給我們帶來足夠的報酬。」

就在菲力浦三人討論著如何操作的時候，新源集團資金鏈緊張的消息也在白雲省流傳開來，新源集團的股價應聲而落，不過新源集團對此並沒有給出任何解釋。

第二天上午，得到消息的孫玉龍和黑煤鎮鎮委書記于慶生、金融牛人吳量寬一起趕到省會遼源市，來到市委書記李萬軍的辦公室內。

關好房門後，孫玉龍焦慮的說道：「李書記，現在可燃冰的項目具體進展如何了？聽說我們東江市要把這個項目交給新源集團來操盤？」

李萬軍沉聲道：「嗯，昨天晚上省裡連夜召開了緊急會議商討此事，拍板決定由新源集團操盤，省裡、市裡及東江市按照不同比例三分其收益。這個方案已經確定了。」

孫玉龍瞪大了眼：「所以網路上盛傳的那些消息是真的？」

李萬軍點點頭道：「沒錯，大部分都是真的。唯一不同的是，為了確保這次合作順利，把那些沒有誠意的投資商給三振出局，省裡在和新源集團進行密談後，決定採取先募集資金再展開項目的方式，投資商必須要把想入股的資金匯到由新源集團和白雲省共同掌控的帳戶上。投資規模確定後，如果資金不足，仍可繼續增資，如果資金充裕，各方也可以按照比例減資。」

孫玉龍聽了，眉頭緊皺起來，道：「李書記，難道不能等整個項目探勘完畢後再投資嗎？」

李萬軍搖頭道：「這是不可能的，新源集團在談判的時候就提到了，說他們這次資金缺口雖然有一千多億，但是半年後，他們就有能力騰出手來把這一千億給補齊，所以，如果現在融資，他們可以讓出股份，但是等半年後資金才到位，那麼新源集團完全可以自己拿出這筆錢來。

「現在的方案也是我和一些常委們據理力爭，才敲定了提前融資的方式，新源集團的理由其實非常充分，首先，前期的探勘開發都是由他們負責進行的，而半年後他們又可以籌集到足夠的資金，憑什麼要在半年後再融資呢？」

于慶生問：「李書記，我有一個疑問，如果這個項目融資的話，我們有沒有機會？會不會有什麼風險？」

李萬軍淡淡一笑：「機會？當然有，只要我在這個位置之上，我們有多少實力，就可以投入多少；至於風險嘛，肯定是有的，不過這種風險主要是來自最終的探勘結果。」

說到這裡，李萬軍看向吳量寬：「吳先生，你怎麼看？」

吳量寬微微笑道：「我認同李書記的意見，真正的風險主要來自探勘結果，但是我相信，既然新源集團能夠在這個時候就確定這個項目的投資規模，說明他們對這個項目很有底氣，哪怕最後探勘結果與他們的預估有些差距，但是如果按照可燃冰項目的報酬率來說，我們投入的金額一定可以獲得豐厚的回報，現在唯一的問題是，我們到底能夠投資多少？」

孫玉龍聽到吳量寬的話後，看向李萬軍。

李萬軍沉思片刻，對孫玉龍說：「玉龍，讓各方儘量籌錢吧，總額在五百到六百億之間，能籌多少就籌多少。籌集後交給吳量寬來代理，相關的手續由你負責和吳量寬進行辦理。」

聽了李萬軍的指示，孫玉龍拍胸脯道：「沒問題，孫書記，您放心吧，我保證完成任務。」

李萬軍的心中也十分興奮，因為他為了確保東江市這個龐大的利益集團的利益，可謂殫精竭慮，花費了很多心血，平衡了各方利益，這才有最近幾年的高速發展。

然而，即便是發展再快，資產增值的速度依然趕不上物價上漲的速度，再加上各種開銷和市場因素，各方利益者的收益每年都在下降，已經有人開始發出聲音，如果不能儘快平衡利益，恐怕自己這個掌舵者也很難安撫各方的怨言，到那時候，整個利益集團很有可能因為利益問題而分崩離析。

身為官場中人，他深諳合則兩利，分則兩害的道理，所以他一直在費盡心血維護著整個利益集團的平衡，這也是為什麼這些年來，他在市委書記這個位置上沒有什麼建樹的原因，因為他的大部分精力都放在別的地方，而不是自己的工作上面。

這一次，吳量寬的出現讓他看到了光明前景。

當然，對於吳量寬，他也不是真正的完全相信，之所以直到今天他才同意籌集資金入股可燃冰項目，是因為他派出親信前往美國，對吳量寬展開了極其隱蔽的調查。

調查的結果與孫玉龍所說的基本上一致，網路上也有很多關於吳量寬的採訪和成功的報導，這才讓李萬軍下定決心。

不過李萬軍不愧是隻老狐狸，平時，雖然平衡各方關係的事都是他在處理，但是沒有人知道他是幕後指使人，因為所有的行動都是孫玉龍負責操盤，大家只知道孫玉龍，而不知道他李萬軍，李萬軍都是透過遙控孫玉龍來達到自己的目的。

三天後，在孫玉龍的積極協調下，一共籌集到了五百三十億的資金交給吳量寬去操作。資金到位，隨即孫玉龍、吳量寬便趕往新源集團駐東江市的辦事處，準備找薛玉慧進行洽談。

出發前，孫玉龍撫著胸口對吳量寬說：

「老吳啊，不知道為什麼，我突然感覺心中有些發慌，所以今天我們去找薛玉慧談判的時候，必須機靈一點，如果發現有什麼不對的地方立刻抽身，以免中了圈套，到時候這五百多億可就血本無歸了。」

吳量寬安慰他說：「老孫，你放心吧，我吳量寬見過的大場面太多了，這個項目到底是不是陰謀和騙局，我和薛玉慧接觸一下就知道了。據我所知，薛玉慧只是個小丫頭片子而已，對付她不過是小菜一碟。」

聽吳量寬這麼說，孫玉龍的心才踏實了些。

這一次，孫玉龍是以東江市投資商委託自己作見證人的名義來的，他的目的就是監控吳量寬，以免事情出現意外，畢竟，這可是五百多億，也是整個利益集團的全部身家，如果出現問題，自己恐怕會死無葬身之地。

當吳量寬和孫玉龍來到新源大酒店，發現這裡已經改造成一間間的辦公室，走廊內不時有各色辦公室職員穿梭往來，眾人都十分忙碌，手中拿著大疊的公文和資料。

樓梯入口處不遠便是公司櫃臺，在櫃臺後面寫著幾個大字——新源集團東江辦事處。

看到孫玉龍和吳量寬過來，漂亮的招待小姐立即笑臉相迎：

「兩位先生，請問你們找誰？有預約了嗎？」

吳量寬笑道：「我來找薛玉慧女士，沒有預約，不過我們有重要事情要和薛女士談，請你代為通報一聲。」

招待小姐聽了，臉上露出為難之色：「不好意思啊兩位先生，我們薛總現在正在與重要客人洽談業務。」

吳量寬微微一笑，從口袋中摸出兩包巧克力放在桌上，笑道：「美女小姐，能不能告知一下薛總到底是和哪位客人商談呢？我們有十分緊急的事要找薛總。」

招待小姐看到那兩包精緻的巧克力，立時露出開心之色，透露說：「聽說是來自是英國、美國和日本的總裁，具體叫什麼我可記不清了。」

「他們在哪問會議室？」吳量寬又問。

「在二二一二室，就是最頂頭的那間大會議室。」美女回道：「不過你們得先等一會兒，等他們出來，我立刻給你們通報。」

吳量寬點點頭：「好吧，那我們等一會兒。」

說完，吳量寬把孫玉龍拉到一旁，左右看看無人，小聲說道：

「真沒想到，三大能源集團的人也來了，他們在資金上的實力極其雄厚，要是讓他們搶先一步和新源集團達成合作協議，恐怕我們就拿不到份額了。」

孫玉龍聽了，點點頭說：「是啊，這次的資金缺口就那麼大，他們投入的多了，我們可就少了。」

此刻，孫玉龍腦中的疑慮已經完全消失，只產生一種濃濃的危機感，深怕好處被三大能源巨頭的人拿走。

孫玉龍立即看向吳量寬說道：「老吳，你說我們現在該怎麼辦？」

吳量寬想了想說：「我看我們想辦法闖進去好了，否則，一旦新源集團和三巨頭的談判完成，我們就被動了。你是東江市市委書記，地頭蛇，你出面對我們比較有好處。」

「好，那我們先想辦法闖進去。」

兩人稍微謀劃了一下，便由吳量寬拿著手機假裝打電話，一邊往會議室方向走去，孫玉龍緊隨其後。

經過櫃臺時，吳量寬聲音故意提高道：「哦，是薛總啊，你現在在公司是吧？好，我馬上進去找你。」接著轉頭對招待小姐說道：「美女，我正在和薛總通電話，她叫我們馬上進去，她在裡面等我們。」

一邊說著，兩人便自顧地邁步往會議室裡走。

招待小姐連忙跟上前阻止道：「先生，先生，請您等一下，我得跟薛總確認……」

然而，吳量寬和孫玉龍卻已經硬闖進會議室了。

會議室內，裡面果然坐著菲力浦、夏洛特和安倍撒野三位巨頭，靠門的方向，則坐著薛玉慧和幾名公司的高層，雙方正在唇槍舌劍的交鋒著。

孫玉龍兩人的突然出現，讓雙方都是一愣。

薛玉慧皺著眉頭看向招待小姐，質問道：「小孫，你是怎麼回事？我不是交代你不要讓任何人進來打擾我們嗎？」

招待小姐孫婉茹委屈的說道：「薛總，對不起，他們說是你讓他們進來的，我根本攔不住啊。」

「你們是……」薛玉慧不解地看向孫玉龍和吳量寬。

孫玉龍趕緊遞上自己的名片說道：「薛總，這是我的名片，這位，是東江市市委書記孫玉龍。」

薛玉慧的臉上露出震驚之色，納悶地說道：「不知道二位過來有何貴幹？」

孫玉龍解釋道：「薛總，是這樣的，我和吳量寬是代表我們東江市的投資商過來和新源集團進行談判的，相信薛總應該知道，可燃冰項目位於我們東江市，我們聽說貴集團資金鏈有些緊缺，所以東江市的一些財團對此事十分感興趣，委託吳量寬先生全權代理他們和貴集團進行談判，準備投資五百億參與這個項目。」

薛玉慧聽了，毫不猶豫的說道：「對不起，我們資金籌集的差不多了，暫時不需要再籌集了。」

薛玉慧的話讓孫玉龍和吳量寬都是一愣。

吳量寬立即說道：「薛總，據我所知，白雲省與你們的談判中曾經提過，會優先讓白雲省的投資商參與到這個項目，你們新源集團不會說話不算數吧？」

「當然不會不算數，不過現在白雲省已經有其他地市的投資商向我們提交融資申請了，你們來得有些晚了。」薛玉慧抱歉地回道。

孫玉龍這下急眼了，他沒想到因為自己的一時遲疑，竟然讓天大的賺錢機會消失，立即變臉道：「薛總，恕我直言，這個項目是在我們東江市的土地上開發，後期還有很多事情需要我們東江市配合與審批，所以，我認為你們新源集團應該好好考慮一下，優先考慮我們東江市的投資商，如果我們無法滿足項目的融資要求，你們可以再去找其他投資商。」

孫玉龍臉上露出霸氣的樣子，話裡話外也是軟硬兼施，大有不達目的誓不甘休的勁頭。薛玉慧俊俏的臉上露出猶疑之色，又帶著幾絲憤怒。

看到薛玉慧的表情，孫玉龍心中暗暗興奮，在他看來薛玉慧還是太稚嫩了，被自己這麼一嚇唬就害怕了，真不知道新源集團為什麼要選擇這樣一個年輕人來負責這個項目。

想到這裡，孫玉龍立刻又補了一句：

「當然了，薛總，如果你們能夠優先和我們東江市的投資商合作，我可以向你保證，我們東江市在可燃冰項目的開發過程中會一路綠燈。」

這時，就聽一名高層附在薛玉慧耳邊低聲說道：「薛總，我看東江市的因素不能不考慮啊，否則我們很難在這個地方展開工作。」

吳量寬見狀，向孫玉龍使了個眼色，微微點點頭。他這是在暗示孫玉龍，這個人就是自己早就收買好的埋在新源集團的內奸。

孫玉龍看到這裡，心中底氣漸漸足了起來。

薛玉慧看了眾人一眼說道：「這樣吧，會議先暫停，我去和集團的人商量一下。」

過了二十多分鐘，薛玉慧和新源集團的高層才又回到會議室內。

薛玉慧宣布道：「讓各位久等了，經過我們集團高層的商議後，我們認為孫玉龍書記的話很有道理，既然如此，那我們就來舉行三方談判，由三方一起來確定這個項目的融資事宜吧。」

隨後，三方經過一番艱苦的談判之後，終於確定方案，由吳量寬代表的東江市投資商，加上吳量寬身後的財團，總計融資九百億；三大財團每家出三百億，總計融資九百億，雙方各獲得整個項目規定融資股權的百分之五十，資金現場匯到新源集團和白雲省共同掌管的帳戶上。

一個小時後，資金全部到位，三方在合同上簽字蓋章確認之後，整個項目塵埃落定。

當孫玉龍和吳量寬走出新源大酒店後，兩人對視一眼，臉上都露出了興奮之色，知道這一次是賺大發了。

隨後，孫玉龍立刻向李萬軍彙報事情的進展，李萬軍聽完彙報後，也非常興奮，把孫玉龍大大的表揚了一番。

第八章

反腐大幕

曾鴻濤聽興奮之色溢於言表：「你真是我的福星啊，把你派到東江市才半年多的時間，你就把我最頭疼的問題給解決了。好！從現在開始，東江市的反腐大幕正式拉開！柳擎宇，接下來，我還要看你的表演，你準備好了嗎？」

就在孫玉龍向李萬軍彙報的時候，薛玉慧也笑吟吟的撥通了柳擎宇的電話：

「柳哥哥，你交代小妹的任務我可已經完成了，你打算怎麼謝我啊？」

柳擎宇聽到這個消息，興奮的狠狠的揮了一下胳膊，叫好道：

「好，好，玉慧啊，你這個妹妹哥沒有白疼，真是太好了，這樣吧，你的生日還有兩個月就到了，到時候哥送你一輛訂製生產的頂級豪車，這款車的引擎絕對屬於頂級配置，動力超強，外形超級酷，保證你喜歡，你生日當天，會準時送到你的面前。」

薛玉慧聽了，非常開心，因為她聽得出來，柳哥哥為了給自己準備生日禮物，一定在讓自己幫他辦這件事情之前就已經著手準備了。

薛玉慧心裡十分感動，聲音有些哽咽著說：「哥，謝謝你。」

柳擎宇笑道：「跟哥還客氣啥，你開心哥就開心了，雖然你已經掌控一方了，不過千萬要注意休息，不要累著了。有時間多考慮考慮你的終身大事，找個喜歡的帥哥，到時候哥給你把關。」

薛玉慧點點頭：「我知道了，哥，你放心吧。」

掛斷電話，柳擎宇立刻打給省委書記曾鴻濤：

「曾書記，我剛剛得到消息，那筆五百多億的鉅款已經匯到咱們省和新源集團共同掌控的帳戶裡了。」

曾鴻濤聽到這個消息，饒是他城府極深，臉上也有些動容，興奮之色溢於言表：

「非常好，柳擎宇，你真是我的福星啊，東江市的問題我煩惱思索好幾年了，一直沒有解決，把你派到東江市才半年多的時間，你就把我最頭疼的問題給解決了。好！從現在開始，東江市的反腐大幕正式拉開！柳擎宇，接下來，我還要看你的表演，你準備好了嗎？」

柳擎宇大聲說道：「領導放心，我保證完成任務！」

和柳擎宇通完電話，曾鴻濤又給省紀委書記韓儒超打了個電話，雙方密談了足足有一個小時這才掛斷電話。

第二天上午，省紀委巡視小組進駐遼源市市委市政府，展開第一輪的巡視行動。

與此同時，東江市，市紀委召開嚴衛東下臺後的第一次常委會。

嚴衛東的常務副局長位置，經柳擎宇提議，由鄭博方來擔任，龍翔則遞補成為市紀委常委，同時兼任市紀委辦公室主任。

常委會會議室內。

柳擎宇的目光落在各位紀委常委們臉上，沉聲道：

「各位同志，今天我不得不嚴肅的批評各位幾句，我們市紀委之前也曾經展開過多次巡視行動，但是收穫寥寥，幾乎沒有任何成績，如果照這種趨勢發展下去，恐怕我們東江市紀委今年的試點項目要失敗了，這個項目的失敗，也就意味著咱們東江市紀委大部分人能力很低啊。

「根據我對東江市的瞭解，我非常清楚我們東江市存在著為數不少的腐敗分子，所以我決定，這一次由我親自帶隊，展開巡視行動，希望大家在這一次的巡視中能夠取得一定的成績。對於表現比較好的，我會積極向省紀委進行推薦。但是，對於成績很差的人，我會想辦法將他調離東江市紀委，我的話就這麼多，散會吧！」

整個會議的時間不到五分鐘，但是柳擎宇充分展現了自己的決心，也將東江市紀委眾人的氣勢給激發了出來。

畢竟，隨著嚴衛東的垮臺，東江市局勢，尤其是市紀委的局勢已經發生了根本性的變化，柳擎宇在市紀委的影響力達到了頂峰；那些和柳擎宇關係一般的人，也都意識到柳擎宇在紀委的影響力已經無人可以出其右。

即便是巔峰時期的嚴衛東也無法和此刻的柳擎宇相比。所以，大家對於柳擎宇如此恩威並濟的一番話不敢有絲毫的猶豫，只能想辦法去執行。

在這種大勢之下，整個巡視組以超高的效率展開了新一輪的巡視工作。

巡視工作進展不到兩天，便陸續將三名副鎮長級別的腐敗分子給雙規了。

這種聲勢浩大的行動給孫玉龍帶來了極大的震撼，但是，讓孫玉龍疑惑的是，柳擎宇和鄭博方的巡視小組卻一直按兵不動，黑煤鎮那邊也一直沒有巡視小組過去。

孫玉龍辦公室內。

黑煤鎮鎮委書記于慶生納悶地對孫玉龍說道：

「孫書記，您說柳擎宇這到底玩的是什麼把戲呢？為什麼他嘴裡說要親自督陣巡視，但是到現在卻一直按兵不動？是不是這小子憋著什麼壞水啊？」

孫玉龍臉色顯得有些暗沉，一直沉默不語。

此刻，他的腦子有些亂，心情十分複雜。

由於嚴衛東被雙規，他獲得消息沒有以前那麼快了，但是在市紀委那邊眼線還是有的，所以他很快就知道了柳擎宇在常委會上說的話，所以這些天來，他的神經一直高度緊繃，隨時密切關注著各個巡視小組的動向。尤其是柳擎宇以及前往黑煤鎮巡視的小組動向。

然而，奇怪的是，其他巡視小組都動作頻頻，唯獨負責黑煤鎮的巡視小組卻始終按兵不動，整天窩在各自的辦公室內，看起來十分清閒。柳擎宇也是如此，讓他感到很是不解。

孫玉龍設想過各種可能，但是到目前為止，卻一直無法證實他的設想。

聽到于慶生的問題，孫玉龍沉默良久後說道：

「老于啊，我猜柳擎宇很有可能在和我們玩心理戰，在玩弄陰謀，我認為他很可能是想搞突襲，所以你們黑煤鎮那邊絕對不能掉以輕心，一定要打起十二萬分小心，尤其是煤礦方面，該低調的低調，該隱藏的隱藏，那些證據，該銷毀的銷毀。」

于慶生點點頭：「嗯，您說得是，柳擎宇這小子總是喜歡玩弄聲東擊西那套把戲，我們必須時刻提防，您放心吧，我已經準備好多批的人馬，隨時盯著市紀委這邊的動向，柳擎宇他們有風吹草動絕對無法瞞過我們的眼線。」

孫玉龍滿意的點點頭。隨後，兩人又商量了一下後，這才離開。

不過，當于慶生上了車，新任辦公室主任張十天問他去哪裡的時候，于慶生卻說道：

「去龍騰社區。」

張十天立時一愣。眼前東江市紀委正在展開聲勢浩大的巡視行動，多個鄉鎮已經舉起了反腐的大刀，許多腐敗分子都被雙規了，現在黑煤鎮的氣氛更是十分詭異，這個時候于慶生竟然不親自坐鎮，難道他就不擔心嗎？

張十天是個敢於直言犯諫之人，這也是他在前任辦公室主任垮臺後，從副主任中脫穎而出的原因。因為他的建議雖然聽起來不入耳，但是讓于慶生受益匪淺，所以于慶生毫不猶豫的把張十天提升到鎮委辦主任這個位置上。

在張十天看來，于慶生這個領導雖然文化水準不高，卻善於用人，為人也足智多謀，頗有章法，唯一的缺點就是有時候太自以為是。

至於張十天為什麼要去龍騰社區他也知道，因為于慶生在龍騰社區那裡有一套別墅，別墅裡養著一對雙胞胎姐妹花，二十歲左右的年紀，長得十分豔麗，身材也十分火爆，幾乎每次到東江市來，于慶生都會去找這對姐妹花好好的風流一把。

不過現在時機不太對啊。張十天略微沉吟了一下，勸阻道：

「于書記，現在咱們黑煤鎮氣氛有些不太對勁，柳擎宇的巡視小組不知道什麼時候就到咱們黑煤鎮了，還是先回去吧，等有時間了再去龍騰社區，您看怎麼樣？」

于慶生不以為意地擺擺手道：

「老張啊，我知道你的想法，也知道你的心意，不過你放心吧，黑煤鎮出不了事的，那邊我都部署妥當了，那幾個大的煤老闆全都潛藏到東江市來了，即便是柳擎宇連夜偷襲也不會有任何斬穫的。

「至於鎮裡的那些官員就更不用擔心了，柳擎宇想抓住他們的把柄，沒有煤老闆的配合，根本是不可能的。而且我已經安排好人時刻監視柳擎宇的動向，稍有風吹草動我就會知道，隨時可以趕回黑煤鎮去。」

張十天擔心道：「于書記，我懷疑柳擎宇是不是在玩明修棧道、暗渡陳倉的把戲啊，萬一他這樣玩的話，恐怕形勢對我們不利。」

于慶生老神在在地說：「嗯，不排除這種可能性，不過東江市紀委就那麼幾塊料，柳擎宇啥事都辦不了，而且我在市紀委內部安排好內線了，柳擎宇只要稍有動靜，內線也會通知我的。你放心吧，柳擎宇雖然厲害，也不過是個毛頭小夥子而已，想玩三十六計，他還差得遠呢！」

聽于慶生這樣說，張十天也就不再說話了，只能暗嘆一聲，自己想辦法回去再彌補一下漏洞吧。

無奈之下，張十天只能吩咐司機先將于慶生送到龍騰社區，隨後立刻火急火燎的往回趕。

于慶生進入別墅後，兩個美女雙胞胎立刻迎了上來，美美的服侍起來，讓于慶生爽翻了天。

傍晚，柳擎宇和鄭博方準時下班。

這天晚上，柳擎宇和鄭博方的住處各自迎來了幾名客人，這些人在兩人家中逗留了足足有一個多小時，這才紛紛告辭，柳擎宇和鄭博方都只是送到家門口而已，隨後，兩人幾乎採取了同樣的動作，那就是在靠窗處，坐在書桌前看書、批閱公文。

在兩人的窗外，盯梢人員一直密切注意著柳擎宇和鄭博方的動向，一直到晚上將近凌晨的時候，柳擎宇和鄭博方才熄燈睡下，把這兩組盯梢的人熬得不輕。好在他們是三個人一組，這樣可以確保有一個人可以休息，兩個人盯梢，以減少誤差。

見柳擎宇和鄭博方的房間熄燈了，這兩個盯梢小組的人才稍微放鬆下來，改為一人值班兩人休息，三人每次值班兩個小時。

然而，就在他們盯梢的同時，在茫茫夜幕之下，東江市城郊前往黑煤鎮的省道邊一個停車場內，五輛普通的家用轎車已經聚齊。此刻，正是凌晨一點整。

這個時候，一輛加長型長城越野車駛入停車場內，從五輛汽車面前緩緩駛過，打亮燈號，五秒後熄滅，隨後五輛車便跟隨前面這輛加長型汽車魚貫駛出，在夜色中，浩浩蕩蕩向黑煤鎮方向進發。

另外一組隊伍也在另一輛加長型長城汽車的帶領下，連續轉了六個地方，汽車每一次停車，車隊內都會有一輛汽車下來四個人，趁著夜色進入一個個居宅內帶走一兩個人。

凌晨三點。

第一路人馬緩緩駛入東江市，其中兩輛轎車跟著領路的長城汽車繼續前行，消失在夜色中。

第五輛汽車內，柳擎宇就坐在裡面。

這時候，柳擎宇的手機突然響了起來。電話是柳門四傑之一的陸釗打來的，柳擎宇立刻接通了。

「老大，遼源市這邊行動結束，一切進展順利。」陸釗回報道。

「很好，陸釗，幹得不錯。」

掛斷電話後，柳擎宇得意的笑了起來。

隨後，柳擎宇讓司機把汽車停在距離黑煤鎮鎮政府不遠的一處路邊，隨後拿起手機撥通了跟在後面那輛汽車上的鄭博方的電話：

「老鄭啊，先眯會兒吧，天亮了還有重大行動呢。」

鄭博方笑道：「好的，明天還有一場硬仗啊！」

此時，窗外夜色深沉。

已經入冬了，白雲省的天氣很寒冷。不過為了防止車子引起別人的注意，柳擎宇和其他三輛汽車都關閉了引擎、空調，就在寒冷的夜裡默默的靠在座椅上呼呼睡去。

三輛車上坐著的都是東江市紀委的工作人員，包括柳擎宇、鄭博方和監察室的六名工作人員。

這天晚上，他們為了玩一招**金蟬脫殼**、為了能在不驚動任何勢力的情況下趕到黑煤鎮，耗費了很多心神，並且成功的趕到了黑煤鎮，也在中途完成了很多策劃好的事。

他們真的是太累了。

第二天早晨八點多，太陽都升得老高了，于慶生才從兩具活色生香的胴體中間爬了起來。

這時，電話響了起來：「報告于書記，柳擎宇和鄭博方昨天晚上沒有任何異常，不過現在還沒有去上班。」

于慶生迷迷糊糊中聽到這個彙報，立刻驚醒，問道：「你確定昨天晚上他們沒有任何異動？」

「我確定。」電話那頭報告道。

于慶生皺起眉頭：「你是說柳擎宇和鄭博方都沒有去上班？」

「是的。」

于慶生心中升起一絲不妙的感覺。

就在于慶生皺眉沉思的時候，手機再次響了起來。

電話是張十天打來的，聲音急促地說道：

「于書記，大事不好了，柳擎宇和鄭博方帶著巡視小組的人，在上班時間過了十分鐘後突然來到鎮委鎮政府大院，並且還帶著十多名員警隨行，警方已經封鎖了整個鎮委鎮政府大院，只准進不准出，我估計要出大事了，您趕快回來吧！我是抽空偷偷出來給您打電話的，我得趕快回去了。」

說完，就聽到電話裡傳來嘟嘟嘟的忙音。

于慶生把電話狠狠往床上一摔，氣得罵道：「我操你媽的，柳擎宇，我竟然中了你的金蟬脫殼之計！你這個王八羔子，實在是太奸詐了。」

罵完，于慶生立刻起身穿衣服，這時，一條粉嫩的玉臂從錦緞中伸了出來，摟住于慶生的胳膊嬌嗔道：「老公，這麼一大早你生啥氣啊，來，讓我們姐妹兩個再好好的伺候伺候你。」

于慶生看到錦緞下露出的那兩個白白胖胖的大饅頭，心動不已，狠狠的抓了幾把，充滿遺憾的說：「小妖精，今天可不行，我得趕快走了，黑煤鎮那邊有人要跟我使壞，我得趕快回去坐鎮。」

穿好衣服，在兩個美女深情的目光中，于慶生依依不捨的與兩人揮手告別，急匆匆的趕回黑煤鎮。

此刻的黑煤鎮鎮委鎮政府大院內，氣氛顯得空前的緊張，因為市紀委書記柳擎宇、市紀委常務副書記鄭博方，以及三大監察室主任和多名紀委工作人員全部出現在現場，這規格之高，在黑煤鎮的歷史上絕無僅有。

真正讓黑煤鎮的工作人員感覺到恐懼的，卻是在鎮委鎮政府門口負責守護的那些員警們。這些人全都荷槍實彈，臉色嚴峻，對每一個進入鎮委鎮政府大院的人都會仔細核查身分，似乎有什麼大事要發生。

這時，柳擎宇讓張十天和黑煤鎮鎮長周東華、鎮委副書記劉曄、新任常務副鎮長袁偉華等鎮委常委們，將人都喊到大會議室內。

柳擎宇又對張十天說道：「張同志，你立刻打電話給鎮委辦副主任呂攀峰，要他通知所有鎮委鎮政府各個部門以及下面派出所、財政所等單位的正副手們，讓他們在二十分鐘內趕到，逾時不候。遲到或者不來者，後果自負。」

張十天聽到柳擎宇的吩咐，便意識到情況已經嚴重到超出自己的預估了，但是在柳擎宇和其他紀委領導的注視下，他不敢作弊，只能撥通鎮委辦副主任呂攀峰的電話：

「老呂啊，你立刻吩咐下面的人通知咱們鎮委、鎮政府各個部門和下屬單位的一二把手們，在二十分鐘內趕到，否則後果很嚴重，辦完這件事情後，到大會議室集合。」

等張十天掛斷電話後，發現柳擎宇坐在主持席上閉目養神，其他紀委領導們則是神態各異，整個會議室氣氛顯得十分詭異。

各位常委們你看看我，我看看你，都顯得有些惴惴不安。誰也沒有想到，柳擎宇竟然玩了這麼一手，大清早的突襲黑煤鎮。

從柳擎宇趕到鎮委鎮政府大院的時間，便可以推斷出柳擎宇至少清晨六點便要從東江市出發了，如果再算上這麼多人集合的時間，至少還要再提前一個小時，那麼疑問來了，柳擎宇帶著這麼多人，甚至還帶著員警，如此興師動眾的到黑煤鎮來到底所為何事呢？總不會和上次一樣只是隨便看看吧。

越是順著這個思路想下去，鎮委常委們的臉色越是難看。

二十分鐘後，黑煤鎮各個部門和下屬單位的一二把手們也紛紛趕到。

柳擎宇看看時間，站起身來說道：

「好了，時間差不多了，龍翔，把會議室門關上，遲到的由你在外面等待，如果給不出遲到的原因，一律記錄下來，等待處理。」

柳擎宇說完，眾人再次變色。

此刻，橢圓形的會議桌兩側坐著的是黑煤鎮的鎮委常委們，在他們身後則站著浩浩蕩蕩三十多人，全都是趕過來的各個部門和下屬單位的一二把手們。此刻，眾人都在交頭接耳低聲議論著。

由於于慶生不在黑煤鎮，所以整個黑煤鎮沒有人敢和柳擎宇頂撞，畢竟，級別差得不是一點，再加上柳擎宇紀委書記的身分，所以這時候，誰都不願意去當那個出頭鳥。

柳擎宇坐直身體，目光掃了一下會議室的眾人，沉聲道：「既然于慶生同志去了東江市還沒有回來，那我們就不等了，現在正式開會。」

接著，柳擎宇的臉色刷的一下沉了下來，看到柳擎宇的臉色，眾人的心更是往上提了幾分。

張十天暗自在心中祈禱著希望不要出什麼事，同時期盼于慶生早點回來好對付柳擎宇，穩住陣腳。

只聽柳擎宇一拍桌子，怒聲道：「各位，今天在場的都是黑煤鎮的主要領導階層，就是你們這些人掌控著整個黑煤鎮的大局和走勢。然而，我想問問在座各位，最近幾年來，黑煤鎮的稅收增長率是多少？你們有人知道嗎？」

沉默。

沒有人說話。

柳擎宇的目光落在鎮長周東華的臉上：「周東華同志，你是黑煤鎮的鎮長，該不會連這個你都不知道吧？」

周東華自然清楚，只是不願意回答罷了，他想要拖到于慶生回來就好辦了。

不過柳擎宇都直接點名了，他只能硬著頭皮說道：

「柳書記，黑煤鎮的稅收增長率是百分之一。」

柳擎宇沉著臉說：「你確定是這個數字嗎？」

周東華點點頭：「我確定。」

柳擎宇沉痛地說：「百分之一啊，各位黑煤鎮的同志們，你們的稅收增長率只有百分之一，但是財政支出卻在連年增長，每年向市財政申請的財政資金逐年遞增，代表黑煤鎮收支嚴重失衡，每年市財政還要向黑煤鎮補貼大量的資金。

「但是，這裡面有一個十分有意思的現象，那就是黑煤鎮是我們東江市的產煤大鎮，每年從這裡運出去的煤炭價值幾十億甚至數百億，我就有一個疑問了，一個產值如此巨大的地方，為什麼財政收入居然連區區一百萬都不到呢？周東華同志，你能夠告訴我這到底是為什麼嗎？」

周東華的腦門上狂冒著汗。好在他早有準備，立刻說道：

「柳書記，形成這種狀況的原因很複雜，第一就是上一次煤炭市場疲軟的時候，當時鎮政府為了解決黑煤鎮老百姓的吃飯問題，將很多煤礦拍賣出去，並且許諾煤礦主可以二十年內免稅，只是誰也沒有想到不久市場回暖，情況大不相同。然而身為政府部門，不能說話不算數，所以也只能按照合約辦事，因此我們黑煤鎮財政收入一直上不來。」

柳擎宇冷笑一聲，反駁道：

「周同志，你這樣解釋雖然聽起來很有道理，但是實際上卻是漏洞百出。那麼我想問問你，除了那些拍賣出去的煤礦，黑煤鎮還有很多私營的煤礦，這些煤礦的規模並不比那些拍賣的煤礦數量少，為什麼這些煤礦也沒有繳稅呢？」

周東華立刻一臉苦笑道：

「柳書記，您真是誤會我了，您不知道，黑煤鎮雖然有不少私營煤礦，但是其中很多都是私挖濫採，根本就沒有登記，黑煤鎮的稅務部門也曾經做過很多工作，但是成效甚微，因為我們很難確定那些私營煤礦到底是誰的，而且這些人十分狡詐，喜歡打游擊戰，根本很難控制。」

柳擎宇突然問道：「各位同志們，我想問問大家，哪位在黑煤鎮的礦產中擁有股份？有股份的請舉手！」

整個會議室鴉雀無聲，沒有一個人舉手。

這時候，絕不會有人傻到當著紀委書記的面承認自己入股煤礦生意了。

柳擎宇看眾人不說話，也沒有人舉手，臉色難看地說道：

「好啊，看來黑煤鎮的官員們都是官清如水啊，居然連一個入股的都沒有。那麼我想再問一問大家，有沒有人在煤炭的審批到銷售、運輸環節中，曾經伸過黑手的啊？」

這句話說完，黑煤鎮的官員們更加沉默無言了。

開什麼玩笑，柳擎宇都已經用上「黑手」這個名詞了，誰會主動承認呢，那不是等著被雙規嘛?!

大家紛紛低下頭去，不敢與柳擎宇的眼神進行對視。

柳擎宇狠狠一拍桌子：「好一個沉默以對，既然沒有人主動承認，那麼就別怪我柳擎宇辣手無情，直接來個大起底了。」

隨著柳擎宇一聲令下，頓時原本站在柳擎宇身邊的紀委工作人員，除了鄭博方以外全都站了起來，從隨身手提包中拿出一疊文件。

柳擎宇先看向黑煤鎮鎮長周東華說道：

「在黑煤鎮，有一個人被稱為『煤聖』，此人透過權錢交易等多種方式入股黑煤鎮大大小小一百二十八個煤礦，每年分紅超過八千萬，這名官員還首創了三票制管理手段，掌控著整個黑煤鎮的煤礦進出生殺大權。

「這所謂的三票制，就是煤炭開工票、煤炭運銷票、煤炭超限票，透過對審批、運輸、銷售這三個環節的控制，掌控著眾多煤礦企業的命門，透過這個三票制度，黑煤鎮每年產生的黑色經濟利潤高達二十億，這與一百萬的財政收入形成了鮮明對比。

「然而，最讓人想不到的是，這個三票制度雖然確立了，但是最終所有的收入卻沒有進到黑煤鎮的任何部門單位，而是憑空消失了。」

柳擎宇將目光停在周東華的臉上：

「周同志，我想問問你，你可知道這位被稱為黑煤鎮『煤聖』之人的人到底是誰嗎？

這絕對是天才中的大才啊，我們紀委監察室的主任們早就想和這位天才見見面了。」

周東華頓時嚇得臉色發白，汗珠滾滾，渾身顫抖起來。

要知道「煤聖」這個代號絕對不是一般人會曉得的，而是他在整個龐大利益集團中的一個代號而已，這個代號只有集團內部，而且是夠級別的人才會知道，一般人只聽過煤聖，卻不知道煤聖到底是誰，柳擎宇目光看向自己，難道他懷疑是自己嗎？

周東華雖然渾身顫抖，臉上卻很快恢復了平靜，儘量控制著自己的聲音說道：「柳書記，有誰會起個煤聖的外號呢，這多不好聽啊。」

周東華直接否認了。

就見兩名紀委工作人員走到周東華的面前，把一份檔案放在周東華的面前，其中一人說道：「周同志，你涉嫌利用職權之便，在審批、銷售、運輸等多個環節徇私舞弊，證據確鑿，煤聖，請你在雙規文件上簽字吧！」

話音落下，現場很多常委們臉色都變了，尤其是一些知道內幕的人，更是嚇得腿肚子都抽筋了。

然而，這時候周東華反而克服了之前那種恐懼的心理，鎮定地說道：

「柳擎宇，你們紀委憑什麼說我是煤聖，憑什麼說我貪污受賄，你們有證據嗎？請拿出證據來，否則，我要直接向遼源市紀委舉報你們東江市紀委胡亂抓人。」

柳擎宇冷聲道：「周東華，鑫達煤礦的老闆周鑫達你應該不陌生吧？你在他的煤礦每年分紅一千八百萬這件事情不會有假吧？鑫達煤礦集團的三票都是你親自簽字的這不假吧？周鑫達已經全部招認了，你還想繼續狡辯下去嗎？還需要我再接著說下去嗎？」

周東華也豁出去了：「你胡說八道，你們紀委怎麼可能拿到周鑫達的口供，你們根本連他的人都找不到！」

周東華曉得于慶生早就做好部署，那些煤老闆早就藏起來了，柳擎宇就算是想要找也找不到。

柳擎宇嘿嘿一陣冷笑：

「周東華，有一點你說得沒錯，周鑫達的確已經潛藏起來了，可惜的是，他藏得不怎麼好，人已經落在我們紀委的手中了，不然我又怎麼可能知道你這些資料呢！

「周東華同志，請簽字確認吧，你所需要的證據，等到了雙規的地點，我們紀委會一一讓你看到的！你的罪證可謂罄竹難書啊！」

周東華一下子癱軟在座椅上，當柳擎宇提到周鑫達這個名字的時候，他就知道自己徹底栽了。

不過，周東華心中還有一個懷疑，那就是東江市紀委為什麼敢對自己下手呢？

要知道，利益集團掌控著幾百億的資產，一旦紀委部門對黑煤鎮下手，那麼這幾百億的資產很可能就直接留在國外，再也回不來了。

以前他們之所以敢如此肆無忌憚，就是因為省裡忌憚這一點，所以不敢對黑煤鎮輕舉妄動。柳擎宇這不是在逼著那個龐大的利益集團發飆嗎？

在紀委工作人員的協助下，周東華只能在雙規文件上簽下名字，按上手印，直接被帶了出去。

他並沒有問出心中的疑問，因為他很清楚那筆鉅款絕對是最終雙方談判的籌碼，只要那筆錢在，誰也不能把集團裡的重要人物怎麼樣。更何況利益集團的背後還有大靠山。

想到這一點，周東華漸漸冷靜了下來。

這時，柳擎宇的目光轉而看向鎮委副書記劉嘩：

「在黑煤鎮，不僅有煤聖，雖然煤聖創造了三票制度，但是具體的執行者卻是三個人，這三個人分別負責煤炭開工票、煤炭運銷票、煤炭超限票的發放和斂錢行動，而且這三個人在咱們黑煤鎮的鎮委常委之中，分別被稱為審總、路總和超總，三位老總手握眾多煤炭企業生殺大權，風過留痕，雁過拔毛，每年的收入也是幾千萬上下，三位，是你們自己站起來，還是我一一點名啊？」

柳擎宇說完，會議室所有人又都是心裡狠狠的收縮了一下。

會議剛開始的時候，眾人都以為柳擎宇這次還和上次一樣，來個開高走低，嚇唬大家一下也就算了，雖然有些擔心，卻不是真的害怕，畢竟黑煤鎮的問題已經不是一兩天的事，這麼多年來，一點事都沒有出過，他們不相信柳擎宇這個新紀委書記才到任不到一年的時間就敢動黑煤鎮的人，柳擎宇在東江市也不過才有兩張市委常委票，整個市委常委依然在孫玉龍的掌控之中，柳擎宇翻不出天去的。

直到看到周東華被雙規，眾人才感到事態的嚴重，此刻聽柳擎宇提到三位老總，不僅在座的各位常委害怕了，就是那些各個部門的一二把手們也都害怕了，眾人心中都是一凜。

那三位老總雖然表面上看起來非常鎮定，實則內心波濤洶湧，大腿在桌子下面瑟瑟發抖，他們在心裡拼命的祈禱著，喊道：孫書記、于書記，你們趕快過來救救我們吧！

然而，孫玉龍想救都無法救，因為此刻東江市市政府也正在召開市委常委會議。

在這次市委常委會議上，省紀委副書記滕建華出現在會議現場，隨之一起出現的還有省紀委的十二名工作人員。

與此同時，遼源市市委常委會也正在舉行，省委書記曾鴻濤、省紀委書記韓儒超則親臨了常委會現場。

此時唯一正在拼命往黑煤鎮趕的，就是黑煤鎮鎮委書記于慶生。

他一邊看著手錶，一邊催促著司機道：「快點，再開快點，以最快的速度趕回黑煤鎮去！」

就在這時候，于慶生收到了第一條簡訊：

「于書記，周東華被市紀委的人帶上了汽車，柳擎宇依然在會議上，看起來好像要大動干戈了！」

看到這條簡訊，于慶生更著急了，腦門上豆大的汗珠劈里啪啦的往下掉，再次催促道：「快，加速加速！黑煤鎮這次真的要出大事了。奶奶的，柳擎宇，你給我等著，這次我非得把你往死裡整，想動黑煤鎮，得先問問我于慶生同意不同意！我要讓你小子有來無回！」

隨後，于慶生打出了好幾通電話，滿臉凶狠的布局起來！

于慶生布局的同時，柳擎宇這邊也進入了白熱化階段。

柳擎宇看到沒有人回答，臉色一沉：

「好，既然三位老總不肯出面，那我就直接點名吧，鎮委副書記劉曄、常務副鎮長袁偉華、副鎮長林天奇，三位你們還想隱忍多長時間呢？」

三人臉色一變。柳擎宇竟敢如此大動干戈，先是雙規了周東華，現在又要把三人一起雙規，難道他就不怕引起黑煤鎮政局大亂嗎？

鎮委副書記劉曄不服地說道：

「柳書記，你是不是搞錯了啊，我可一向是奉公守法之人啊！你說的什麼老總，我可不知道是怎麼回事！」

這個時候，劉曄只能硬是不承認了。

柳擎宇看著劉曄，突然笑了起來：

「呵呵，劉曄啊，你知道嗎？古往今來，所有的貪官都有一個特別相似的舉動，那就是不見棺材不掉淚，既然你口口聲聲說沒有錯誤，那我就簡單的給你曝光一下吧，今年一月廿八號，你收到煤老闆黃佳俊分紅八百萬元，一月廿九號收到鑫達運輸車隊隊長李來群賄賂五十八萬，二月六號收到煤老闆穆天平賄賂九十萬……」

柳擎宇沒有看任何資料，一口氣念出了劉曄十八次受賄記錄，時間、地點說得清清楚楚，絲毫不漏。

劉曄聽了，臉色慘白，怎麼也想不明白自己受賄的細節何以柳擎宇知道的如此清楚？這個柳擎宇才到東江市多長時間啊，為什麼知道的這麼多呢？

說完，柳擎宇隨即看向另外兩人說道：

「袁偉華、林天奇，你們還有什麼要說的嗎？需不需要我把你們的罪證也曝光一下啊？」

袁偉華一看這種勢頭，便知道完全沒有必要再抵抗了，苦笑著說道：「不用了，要怎麼辦，柳書記你看著辦吧！」

柳擎宇大手一揮：「來人，把他們三個給我帶走，直接雙規！」

很快，紀委工作人員再次走上前來，讓三人簽上字、按上手印，將三人帶了出去！

誰都沒有想到，柳擎宇今天竟然如此強勢，如此狠辣，這已經是四名鎮委常委了啊！

難道柳擎宇就不怕雙規的動作太狠了，產生惡劣影響嗎？

然而，柳擎宇接下來的舉動讓所有人都感覺到腿肚子抽筋，渾身冷汗直冒，恐懼終身。凡是經歷過今天這種陣勢的官員們，再也沒有一個敢貪污受賄一分錢。因為他們真正見識到了紀委一旦下定決心想要打擊腐敗的情況下，威力有多麼可怕。

在接下來的一個多小時時間中，柳擎宇一一點名，整個會議室內鴉雀無聲，只有柳擎宇的聲音在眾人的耳中迴蕩。

原本坐了三四十個人的會議室，最後剩下不到十五個，其他人竟然全部被雙規，這種陣勢讓剩下的那十五個人臉色異常慘白，看向柳擎宇的目光中充滿了深深的畏懼之色。

當最後兩名雙規的人被帶走之後，柳擎宇的目光一一從眾人臉上掃過，這些人嚇得全都低下了頭。

柳擎宇沉聲道：「各位，請抬起頭來。」

所有人幾乎是下意識的趕緊把頭抬了起來，只是無人敢和柳擎宇對視。

柳擎宇原本沉著的臉突然笑了：

「各位，不用再擔心了，今天的雷霆行動到此結束，各位算是安全著陸了。」

眾人發出長長的一口氣，有的人臉上露出了慶幸之色。

沒想到柳擎宇的臉色又是一變，聲音中再次充滿了肅殺之氣：

「各位，雖然今天你們安全過關，但是這並不代表以後你們就是安全的，我希望在場的各位能夠記住一點，法網恢恢，疏而不漏，任何官員，只要你心存僥倖，想要在腐敗、貪污、權錢交易上試一試水，那麼我可以明確的告訴你，早晚你會像今天一樣，走上被雙規的路。

「各位，法律是公平的，關鍵在於執法的人是否能夠保持一顆公平之心，能否真正的維護法律的尊嚴。或許今天出現的是我柳擎宇，明天你敢說就不會出現一個馬擎宇、蘇擎宇？所以，在這裡，我奉勸各位一句，我們當官的就應該時刻牢記我們是人民的公僕，是金子，總會發光的。

「我可以明確的告訴在座的各位，你們所有人這一次都會升官，因為你們是經過大浪淘沙之後剩下來的，都是真正的金子，希望你們能夠牢記我今天所說的話，在一次又一次的大浪淘沙中繼續成為金子。」

柳擎宇這番話說完，在場響起了熱烈的掌聲。

在場的人是發自內心的激動和感激，就是因為他們不願意和那些貪官污吏們同流合污，這些人大多數都沒能在仕途上春風得意，都是以一種抑鬱不得志的狀態隱忍度日。

柳擎宇最後這番恩威並濟之語，讓眾人看到了正直官員的前途，讓眾人看到了組織對自己的重視，也讓眾人看到了未來的光明。

隨後，柳擎宇並沒有急著走，而是留下來分別與每個人單獨進行談話。從談話中，對每個人都有了一些瞭解，做完這一切之後，柳擎宇這才帶著那二十多名被雙規的官員一起離開。

柳擎宇走了，黑煤鎮鎮委鎮政府大院內卻陷入了空前的低靡氣氛之中。

那麼多人被雙規、處分，也讓眾人看到了東江市市委、市紀委對於腐敗的重視和處理的果決。

柳擎宇前腳剛走，這些人後腳就把黑煤鎮許多人被雙規的消息向于慶生進行了彙報。

當于慶生得知整個黑煤鎮的鎮委常委班子最後只剩下了三個人的時候，徹底暴怒了！「柳擎宇，我操你奶奶的，你他媽的是不是瘋啦！竟然把我們黑煤鎮那麼多人都給雙規了，是誰給你這麼大權力的！」

罵完，于慶生吩咐司機道：「不回黑煤鎮了，立刻趕回市委去！」

司機聽了，立刻一個急剎車，隨後調轉車頭，火速的向東江市市委行去。

于慶生隨即拿起手機撥打孫玉龍的電話，然而，電話裡卻傳來十分公式化的語音：

「對不起，您撥打的電話已關機，請稍後再撥。」

于慶生罵道：「孫玉龍，你這孫子怎麼回事啊，怎麼不接電話啊！」

牢騷歸牢騷，于慶生看手機打不通，改打辦公室的電話，結果一樣無人接聽。

于慶生心中這個急啊！無奈之下，只能催促司機儘快往市委趕。

于慶生再次撥通一個電話：

「王瘸子，你那邊怎麼樣了，搞定柳擎宇了沒有？」

電話那頭傳來王瘸子公鴨嗓一般的聲音：

「嘿嘿，于書記，您不要著急嘛，我已經得到準確的情報，柳擎宇離我們伏擊地點還有不到三公里的路程，不出三十分鐘，我這邊就可以把柳擎宇給擺平了。于書記，你到底是要死的還是要活的？」

于慶生眼中寒芒一閃：「最好讓他以後再也無法出來禍害人了！」

王瘸子自然明白于慶生的意思，但是他卻沒有立刻答應，而是沉聲道：

「于書記，你最好給我一個明確的答覆，你應該知道，你之前是告訴我，要我好好的收拾收拾柳擎宇，我們談的價格也是按照暴打柳擎宇一頓來收費的，如果你要死的柳擎宇，那麼我們的收費是之前那個價格的兩倍！沒有三百萬我們絕對不會幹的！」

于慶生咬著牙道：「死的，我要死的！搞死柳擎宇，錢我立刻匯到你的帳戶上去！」

于慶生萬萬沒有想到，在兩人通話的時候，王瘸子已經打開了手機的錄音功能，將談話記錄都給錄了下來。

掛斷電話後，王瘸子立刻對身邊早已埋伏在小山包旁邊的幾十名兄弟們大聲喊道：

「兄弟們，都打起精神來，今天這筆生意做好了，回去每個人兩千塊，晚上咱們好酒好肉管夠。」

眾人聽了這番話，頓時情緒高漲：「王哥，您放心吧，今天一定弄死柳擎宇！」

此刻，柳擎宇、鄭博方帶著十幾名紀委工作人員、十幾名公安局的工作人員以及二十多名被雙規的官員分坐在幾輛車上，正風馳電掣的向王瘸子所埋伏的公路疾馳而來。

這段公路是黑煤鎮通往東江市的一條鄉村小道，道路很窄，只有兩個車道，只夠讓兩輛運煤車堪堪擦肩通過，道路的兩側全都是小山包，山包高度並不大，最高離地面也就是一百多米，不過小山包上種滿了樹木，這些樹恰恰好成了王瘸子等人的藏身之所。

柳擎宇和周東華等被雙規的人一起坐在大巴上。大巴內的氣氛有些壓抑，被雙規的人都臉色陰沉，心情沉重，心裡知道一旦被帶回東江市，等待他們的將會是法律的嚴懲，只希望這時候能夠有人從天而降把他們給救出去。

就在前面的汽車剛剛路過小山包的時候，路邊的一棵大樹突然倒在路中央，攔住了去路。

很快的，山包兩側黑壓壓的人猶如下餃子一般，劈里啪啦的從兩側溜下來，攔住柳擎宇他們前進的道路。

司機看到大樹倒了，連忙一個緊急剎車，所有汽車全部停了下來。

柳擎宇本來是坐在後排的，看到司機把車停了下來，立刻皺起眉頭問道：「怎麼回事？為什麼停車？」

司機苦笑著說道：「柳書記，前面的道路被一棵倒下的大樹給擋住了，還出現了幾十名拿著砍刀的人，看這情形好像不太對勁啊。」

這時候，大巴的車門被外面的人使勁的拍打了幾下：

「下車下車，都給我下車，柳擎宇在沒在車上，趕快給老子滾出來！」

看到這種情況，柳擎宇的臉色立時沉了下來，對司機說道：「打開車門，我下去會會他們。」

司機有些擔心的說道：「柳書記，我看外面的人很多，手中都帶著武器，您下去是不是有些危險啊？」

柳擎宇擺擺手道：「打開門吧，既然他們都把路給攔住了，我不下去，他們肯定不會善罷甘休的。我倒是要看一看，到底是誰想要和我對話。」

司機只能打開車門，柳擎宇邁步走了下去，隨即司機趕快關閉車門。

然而，大巴的玻璃都被人用鐵棒給砸碎了，更有人用刀指著司機說道：「打開門，所有人都下來。」

司機見狀，只能照人家的說法去做，打開車門讓所有人都下車。

有幾名員警圍在柳擎宇的身邊保護他，和對面幾十號手持鐵棍、砍刀的男人對峙著。對方圍成一個大圈，把柳擎宇他們給圍在當中。

這時，王瘸子向前邁了兩步，看向眾人道：

「哪個是柳擎宇啊，給老子滾出來！」

柳擎宇邁步走了出來：

「我就是柳擎宇，你們是什麼人？為什麼堵住我們的去路？」

王瘸子上下打量了柳擎宇一眼，又從口袋裡掏出一張照片仔細比對了一下，確認之後，質問道：

「柳擎宇，我們是黑煤鎮的村民，我們想要問問你，你憑什麼雙規我們黑煤鎮這些父母官？如果不是他們，我們黑煤鎮老百姓根本走不上如今的致富之路；如果不是他們，我們根本無法吃得飽穿得暖，你說，你是不是想要掌控我們黑煤鎮，感覺他們絆腳，所以才故意雙規他們的？柳擎宇，你小子的心腸還真是夠黑的啊！」

王瘸子照著事先編好的劇本和臺詞在演戲。

「你們是黑煤鎮的村民？我看不像吧？黑煤鎮的村民怎麼會手持武器攔住我們的去路呢？黑煤鎮的村民又怎麼可能說出你這番違心之言呢？你們到底想要怎麼樣？直接說吧，我柳擎宇不是傻瓜！」柳擎宇直接打臉道。

王瘸子聽柳擎宇這樣說，哈哈大笑起來，笑聲中充滿了囂張和得意：

「柳擎宇，看來你小子還真不是傻瓜，既然你如此直率，那麼我也不跟你廢話了，實話跟你說吧，我們今天來，是想要跟你借一樣東西。」

「什麼東西？」柳擎宇問道。

「借你的腦袋！」說著，王瘸子猛的揮舞起手中的砍刀，大聲喊道：「兄弟們，給我砍！」

隨著王痼子一聲令下，他手下的小弟們立即朝柳擎宇衝了過來。

跟著柳擎宇一起來的員警們立刻擋在柳擎宇的身前，用槍指著王痼子等人。

帶頭的警官怒喝道：「都給我站住，我們是警察，誰要是再往前邁出一步，可別怪我們子彈無眼了！」

說著，這位警官毫不猶豫的朝天空放了一槍，意圖震懾住這些壞人。

卻不想王痼子不屑的一笑：「警察？警察就了不起啊！你們有本事開槍試試，告訴你們，我們在山包的兩側埋上了大量的炸藥，你們要是敢再開一槍，可別怪老子發狠，所有人全都同歸於盡！」

接著，王痼子大聲喊道：「讓他們見識一下咱們的炸藥威力！」

山包兩側路邊突然響起了轟隆隆的爆炸聲，頓時碎石漫天飛舞，灰塵漫天。

為首的警官臉上顯得十分難看。這些攔路之人竟然還有這種手段可以遙控炸彈爆炸，這種手段涉嫌恐怖攻擊，已經不是普通的黑惡勢力所能擁有的了。

聽到這兩聲轟隆隆的爆炸聲，眾人臉上都露出了疑慮之色。

這時，王痼子又說話了：

「各位警察伯伯，說實在的，我真的不想和你們兵戎相見，畢竟我們還要混飯吃，得罪了你們，我們也沒有什麼好果子吃，但是，我要告訴你們的是，我們是一群亡命之徒，我們做事有我們做事的原則，誰要是敢阻攔我們，大不了一起同歸於盡！反正我們都是賤命一條，陪你們到底！」

柳擎宇沉聲道：「好，要玩，我陪你們到底！各位員警兄弟們，你們都後退，我倒要看看他們這群亡命之徒怎麼跟我玩！」

那名警官臉上露出為難之色，說道：「柳書記，我們是奉命前來保護你的，如果我們退了的話……」

柳擎宇擺擺手，不在乎地道：「沒事，發生任何事情都和你們沒有關係，你們已經盡到自己的職責了。」

警官知道眼前情況特殊，便帶著眾人撤退五十米，同時把被雙規的人看管起來，對這些人的看護不敢有絲毫的放鬆。

等眾人都撤退之後，柳擎宇說道：「瘸子，想要怎麼玩，說吧，我柳擎宇奉陪到底！」

第九章

天網恢恢

「廖敬東，你以為你買官賣官、權錢交易、貪贓枉法之事沒有人知道嗎？我告訴你，天網恢恢，疏而不漏，人在做，天在看，不要認為有人保護你們，就可以高枕無憂了，法律是公平的，任何違法行為最終都會受到制裁！」

王瘸子雖然是瘸子，但是最厭惡別人喊他瘸子，聽到柳擎宇居然喊自己瘸子，頓時雙眼怒火沖天，大聲道：「柳擎宇，你聽清楚了，我的玩法就是你站在這裡等著被我們砍！」說著，王瘸了人手一揮：「給我上！」

隨著王瘸子一聲令下，頓時好幾把明晃晃的砍刀便衝著柳擎宇狠狠的砍了過來。

柳擎宇又怎麼會傻站著讓他們砍呢，他飛快向旁邊一閃，一腳踢飛了最危險的一把砍刀，然後猛的抓住砍刀，同時向攻過來的幾個人一個橫掃，頓時把幾個人給逼退。

然而，更多的人蜂擁而上，把柳擎宇圍了個裡三層外三層。

刀光閃爍，棍影重重！

柳擎宇陷入危機四伏的狀況！

縱然身處險境，柳擎宇卻凜然不懼，手中提著一把搶過來的砍刀，前突後進，左砍右擋，硬是在層層包圍中挺了下來！

此刻，鄭博方等人在一旁看到柳擎宇身處險境，焦急不已，卻絲毫幫不上忙，只能急得乾跺腳。

而那些被雙規的官員們看到這種情況，卻是心情澎湃，熱血沸騰，心想只要柳擎宇被砍倒，他們就能夠獲救，到時候該跑就得跑啊，否則的話，貪污了那麼多的錢卻花不到，豈不是太虧本了。

時間一分一秒的過去，眾人卻發現一個十分詭異的現象，雖然圍攻柳擎宇的人數很多，但是倒在地上的人也在不斷增加，柳擎宇看起來滿身是血，偏偏後勁十足，沒有絲毫驚慌之意，反而越戰越勇的樣子。

這下子，那些被雙規的官員們不禁傻眼，開始擔憂起來。

一直站在旁邊觀察形勢的王痦子一看，頓時眉頭緊皺，陰沉著臉，右手緩緩的伸向腰間，眼中射出一道殺氣。

「看來不出點狠招還真收拾不了柳擎宇這個傢伙啊！這傢伙到底是不是當官的啊！怎麼打起架來比我們這些職業打手還厲害？」

王痦子一邊想著，一邊把一把黑色的手槍掏了出來，槍口指向柳擎宇的方向，慢慢瞄準著。

看到王痦子要使壞，那名警官趕緊槍口對著王痦子，大聲警告道：「王痦子，你要是敢開槍，我就先斃了你！」

王痦子嘿嘿一陣冷笑：「你們要是敢開槍，到時候在場所有人都會同歸於盡！」喊叫間，王痦子臉上露出了瘋狂的笑容，手指緩緩的扣向扳機。

「砰」！一聲槍響！

眾人嚇了一跳！

「啊！」一聲慘叫聲響起！

眾人順著慘叫聲的方向看去，只見王痦子左手捂著右手，痛苦的蹲在地上，鮮血順著他的手指縫汩汩的往外冒！

這是怎麼回事？為什麼中槍的不是柳擎宇，反而是王瘸子？一時間，所有人都如墜入五里霧中。

雖然眾人不明所以，然而王瘸子可是知道到底發生了什麼事情，因為他能清楚的感受到這顆子彈是從山頂上打過來的，而山頂距離這裡這麼遠還能打得那麼準，這絕對不是一般槍手能夠辦得到的。

想到此處，王瘸子立馬冷汗直冒，大聲喊道：「風緊！扯呼！」一邊捂著傷口，一邊向停在另一側不遠處的一輛汽車跑去。

聽到王瘸子的暗號，他手下那些圍攻柳擎宇的小弟們頓時四散奔逃，因為這暗號的意思是：「兄弟們，不好，我們中埋伏了，趕快跑！」

王瘸子的打算是趁著大家四散奔逃的時候，自己渾水摸魚，趕快逃跑。因為他估計山頂上的槍手應該不會太多。

然而，他剛跑出去沒兩步，右腿便被一槍給擊中了，與此同時，那些四散奔逃的手下們也紛紛被一陣衝鋒槍的掃射給嚇得停住了腳步。

開玩笑，那可是衝鋒槍啊！

這時，就聽柳擎宇命令道：「都給我站住，誰要是敢再邁出一步，山頂上的子彈可是沒有長眼睛的！」

這一刻，王瘸子確定今天的行動徹底失敗了，他充滿怨毒的看向柳擎宇，咬著牙道：

「柳擎宇，我輸了，算你厲害！只不過我有一事不明，我明明早早就在道路兩邊埋好了伏兵，為什麼還會中了你的暗算？我們為什麼沒有發現你的人呢？再者，他們開槍難道不怕你和我們同歸於盡嗎？」

柳擎宇只冷冷問道：「你是什麼時間過來埋伏的？」

王瘸子回道：「早晨我們才接到的電話。」

柳擎宇冷笑一聲：「我的人可是昨天晚上就已經趕來進行埋伏了。你們埋伏了多少人，什麼時候埋伏的，我能夠不知道嗎?!」

王瘸子和在場眾人聽了，再次傻眼。

王瘸子更是震驚的說道：「不可能的，這絕對不可能，你怎麼可能昨天晚上就知道今天我們會伏擊你呢？你又沒有未卜先知的能力！」

柳擎宇淡淡一笑，說道：

「我的確沒有未卜先知的能力，但是我也不是愣頭青，你以為我會傻到只帶幾個人就敢來黑煤鎮押運這麼多被雙規的官員？萬一要是出事，責任可就非常重大了。

「至於是否會有人伏擊，我不敢確定，不過我仔細研究過從黑煤鎮往東江市的所有路線，從地圖上不難發現，這一處陽關道是必經之路，如果要伏擊的話，肯定是在這條路兩邊設置。

「我一向是喜歡未雨綢繆之人，所以早早的便在此處設好伏兵，如果有人要對付我們的話，我可以確保一切都在掌控之中，沒有想到竟然真有人伏擊我們。

「我說瘸子啊，你說你們是不是自尋死路呢？」

王瘸子臉上露出陰狠之色，咬著牙瘋狂的說道：

「柳擎宇，你既然埋伏好人，應該知道這條路的兩側我們已經埋上了ＴＮＴ炸藥，隨時都可能和你們同歸於盡，你們要想活著離開的話，最好立刻把我們和這些人放走。」

柳擎宇不屑地道：「我柳擎宇從來不和別人講條件。」說著，柳擎宇輕輕拍了拍手，頓時山頂兩側伏兵四起，足有一百多人從山頂兩側緩緩走了下來，其中幾名員警還押著三個人。

看到這三個自己埋伏的人竟然被抓了，王瘸子再也說不出話來，他知道自己這次徹底栽了。

眼見大勢已去，王瘸子更是狠勁大發，心道：哼！你以為我的底牌都用盡了嗎？沒有！柳擎宇，今天老子就瘋狂一回，讓你們所有人陪我一起死！

「柳擎宇，我認栽了！」王瘸子舉起雙手，中彈之處鮮血不斷往外流淌。

王瘸子央求道：「能不能給我弄點東西把傷口處理一下？」

柳擎宇點點頭：「來人，給王瘸子送點紗布過去！」

王瘸子一邊把手降低，一邊突然伸出左手，從腰間拿出炸藥的遠程遙控器，猛的按下了按鈕！

奇怪的是，想像中的爆炸聲並沒有出現。

王瘸子愣住了。

柳擎宇笑道：「瘸子，是不是感覺到很奇怪，為什麼沒有爆炸呢？」

王瘸子一臉憤恨的望著柳擎宇：「柳擎宇，難道又是你搞的鬼？」

柳擎宇揭開謎底：「不是我搞的，是我兄弟陸釗搞的！」

身著警服的人群中，陸釗輕蔑的看了王瘸子一眼，丟下一句：「沒文化，真可怕！」

只是王瘸子還是想不透，為什麼好好的遙控器卻引爆不了炸藥呢？

他滿臉無解地看著柳擎宇：「柳擎宇，能不能讓我死個明白？」

柳擎宇沒有搭理他，大手一揮：「全部上車，繼續行程！」

王瘸子鬱悶的想要撞牆，急眼道：「柳擎宇，你要是告訴我到底是怎麼回事的話，我就告訴你，我是受誰指使前來伏擊你們的。」

「你確定？」柳擎宇轉過身來，看了王瘸子一眼。

王瘸子點點頭：「我想知道究竟是怎麼回事？」

柳擎宇說道：「你可知道你所用的這種遙控爆炸裝置，使用的是無線通訊方式？」

王瘸子聽了說：「嗯，的確是直接遙控的，這和沒有引爆有什麼關係？」

柳擎宇說：「這很簡單，既然是用遠端無線遙控的，那麼爆炸裝置和遙控器之間肯定是透過無線電波來進行通訊，只要能夠確定無線電波的頻率，高手就可以靠技術直接編譯裡面的通訊程式，改變結果。早在你埋伏之後不久，我的兄弟便已經對爆炸終端的裝置進行了修改，所以無論如何你都不可能把炸彈給引爆的。」

王瘸子聽了徹底無語，大嘆道：

「原來如此！好，我告訴你是誰派我來的，就是于慶生叫我來伏擊你的。我已經把我們的通話都錄音下來了，現在就看你敢不敢抓他了。」

說完又自語道：「奶奶的，自從和于慶生合作以後，老子就混得一天不如一天！于慶生，老子完蛋了，你也別想好過！」

當柳擎宇聽完兩人的錄音之後，氣得咬牙切齒。他簡直不敢相信，于慶生身為處級官員，為了包庇貪污腐敗的手下，竟使出如此陰毒的殺招，想將自己整死。簡直是膽大包天。

他給省紀委書記韓儒超打了個電話，把于慶生的事向韓儒超彙報了一遍，接著帶著人向東江市繼續進發。

一路上十分順利的趕到了東江市。

柳擎宇的手機打完給韓儒超的電話後就關機了，直到進入市區後才又開機。

才剛打開，手機就狂響了起來，柳擎宇一看，是孫玉龍打來的：

「柳擎宇，你到哪裡去了？趕快回來，省紀委滕副書記在咱們市委坐著等你呢，你不來，常委會沒法開啊。」

「孫書記，我今天有些事情耽擱了，真是不好意思啊！」

孫玉龍不耐煩的說：「你就快點吧，大家整整等了你三四個小時了。」

柳擎宇連忙說道：「好的好的，我馬上過去。」

就在柳擎宇急匆匆的趕往市委大院的時候，比他早回來半個多小時的于慶生，已經在常委會會議室內坐了足足有半個多小時。

他一直想找時間把黑煤鎮發生的事告訴孫玉龍，但是這一次不知道為什麼，所有進入常委會的常委們都被省紀委副書記滕建華要求把手機全部關機，並且上繳。

這個要求讓于慶生十分鬱悶，因為如此一來他就無法用手機和孫玉龍連絡了。

甚至省紀委還嚴格要求，今天所有常委們必須一個一個的去廁所，而且只能去規定的廁所，廁所門口處還有紀委專人值班，確保每次廁所內只能有一個人在。這使于慶生想要藉上廁所的機會向孫玉龍偷偷打小報告也無法得逞。

在座的常委們都有一種**山雨欲來風滿樓**的感覺，因為這次紀委的行動實在是太突然了，紀委的人大清早以突襲的方式，把所有市委常委們趕到了市委常委會議室內。

隨後眾人便開始了漫長的等待，等待柳擎宇和于慶生的到來，因為滕建華說得十分明白，今天要召開一次反腐倡廉特別工作會議，學習關於反腐倡廉的重要指示，所以必須全員到齊後會議才能開始。

在這種情況下，眾人只能慢慢的等待著。

當柳擎宇終於趕到後，滕建華宣布道：

「好，現在我們開始召開反腐倡廉會議。首先，我這裡有一份開會的文件，大家每個人一份，先看一下。」

工作人員隨之把文件發給了每個人。

當眾位常委們看完這份文件後，都感覺到心情沉甸甸的。因為在文件中，曾鴻濤以十分嚴厲的語氣表明了省委打擊腐敗的決心。

等眾人都看完後，滕建華說道：

「好了，下面請東江市的各位常委們談談你們的看法。」

孫玉龍第一個發言：

「滕書記，我認為我們東江市全體市委常委們應該認真學習這次會議精神，按照各項規章制度辦事，絕對不能貪贓枉法……」

孫玉龍十分浩氣凜然，洋洋灑灑講了十多分鐘，這才結束他的發言，隨後市委常委們一一發言，對反腐倡廉工作表示大力的支持。

輪到柳擎宇發言時，柳擎宇只輕描淡寫的說了句：

「反腐倡廉要看的是表現和實際行動，如果每一個官員都能把自己所講的話真正落實，那麼官場上也就不會存在貪官了。」

簡單的一句話，卻蘊含著犀利的尖刺，在場常委們聽了，都感覺很不是味道。

于慶生因為黑煤鎮的事，早對柳擎宇十分不滿，立即反擊道：

「柳同志，如果照你的邏輯，省委曾書記和滕副書記剛才也說了反腐倡廉的話，是不是他們也在說謊，沒有把他們所表達的態度落到實處呢？」

柳擎宇回道：「于同志，那只是你的理解，我並沒有這樣說，但是我可以肯定的說，我們常委市委之中，絕對有人說人話不辦人事，吃人飯不拉人屎，平時就只知道搜刮地皮，弄得民不聊生，怨聲載道，希望這樣的同志能真正的好好認真反思一下自己的行為。我的話是針對這樣的人說的。」

柳擎宇說完，于慶生立刻狠狠一拍桌子：「柳擎宇，你不要在這裡指桑罵槐了，我告訴你，我于慶生行得正，坐得端，不懼怕任何人的污蔑，不懼怕紀委部門的任何檢查，清者自清，濁者自濁，你自己也未必清正廉明到哪裡去！」

柳擎宇的臉色沉了下來：「于同志，照你這樣說的話，你真的是一個好官了？」

于慶生挺直了腰桿說道：「當然，不然的話，我何以會入選全省十大鄉鎮幹部？何以會入圍全市十大鎮委書記？」

柳擎宇冷笑道：「不好意思啊，這個我還真是不好說，畢竟每個人的眼光不同，遼源市的領導眼光也未必就不會產生偏差啊。哦，對了，于同志，我想問問你，你認不認識王痞子這個人？」

「王痞子？」

聽到這個名字，于慶生感覺到自己的腦門嗡的一下，直到此刻，他才突然意識到柳擎宇是突破了王痞子的重重封鎖之後才趕到市委的，那這是不是意味著王痞子的行動失敗了？如果王痞子失敗了，那麼王痞子是否已經安全逃脫？

一時間，種種疑問出現在于慶生的心頭，他的腦門開始刷刷的往下冒汗。

這時候，柳擎宇再次問道：

「于慶生同志，你不認識王痞子嗎？」

于慶生咬著牙說：「王痞子是誰？這個名字怎麼這麼俗啊？」

柳擎宇一笑：「看來，于慶生同志，你的記性真的是非常不好啊，你嘴裡口口聲聲說不認識王痞子，但是王痞子卻說他認識你，還說你指使他做了一些不該做的事，我這樣說，于同志，你想起什麼來了嗎？」

于慶生聽到柳擎宇這樣說，腦門上的汗珠更多了。臉色有些難看的望著柳擎宇：

「柳同志，你的話有些離題了。我們今天是討論反腐倡廉的事。」接著對滕建華說：

「滕書記，我看我們還是言歸正傳吧？」

讓他沒想到的是，滕建華卻搖搖頭說：

「不急不急，我倒真想聽聽柳同志接下來怎麼說，看他的意思，你們兩個人之間好像有些誤會啊，有誤會還是當面解釋清楚了比較好。」

于慶生臉色更加難看了。

孫玉龍見到如此情形，就知道于慶生肯定做了什麼事，被柳擎宇拿住了把柄，便打圓場道：「滕書記，常委們間有些小矛盾是常有的事，沒必要非得認真起來，那樣的話，對彼此間的和睦也非常不利。我看這件事就此揭過吧？」

柳擎宇冷冷的看了孫玉龍一眼說道：

「孫同志，我想問，如果你被幾十個人拿著砍刀鐵棍圍毆，想要置你於死地，甚至還動了槍，你認為你能夠一笑了之嗎？如果你真這麼大肚量的話，那我柳擎宇實在佩服死你了。不過我柳擎宇可沒有那麼大的肚量，今天當著滕書記的面，我希望滕書記能夠替我主持公道。」

說著，柳擎宇便拿出王瘸子的手機播放了他和于慶生之間的對話，同時，把王瘸子在車上所寫的供詞提交給滕建華。

滕建華拿完供詞後，看向于慶生道：「于同志，對於你和王瘸子的對話你怎麼看？你認為這是真的還是假的？」

于慶生一下子傻住了，柳擎宇所放的這段對話自然是真的。不過于慶生是個狠人，既然事已至此，他乾脆來個死不認帳，於是狡辯道：

「滕書記，這段對話絕對是偽造的，不足為信！」

滕建華冷哼一聲，把供詞丟在于慶生的面前怒聲道：「如果那段對話是假的，難道這些供詞也是假的嗎？你自己好好看看！」

于慶生接過供詞，只掃了幾眼，便目瞪口呆。在供詞上，詳細的記錄了王瘸子在于慶生的操控下，多次參與毆打黑煤鎮老百姓、搶奪對方煤礦、甚至還包括打死人的記錄，所有的罪行都交代的十分詳細，包括每次交易的金額都寫得清清楚楚。

看完，于慶生心中恨死了王瘸子，但是他依然咬死不認，堅定的說道：「滕書記，我認為這份供詞也是偽造的，上面所說的全都是假的。」

這哥們還想繼續頑抗到底。

滕建華冷冷的看了他一眼，從隨身的公事包中拿出一疊檔案，從上面取出一份丟給于慶生說：「如果那份你認為是假的，那麼你看看這份是不是真的？」

于慶生心跳劇烈加速起來，因為這份檔案上所寫的問題比剛才那份還要詳盡，可謂罪證確鑿，不容抵賴！

這個時候，于慶生乾脆豁出去了，大聲道：「滕書記，這是有人故意對我栽贓陷害，我是冤枉的。」

滕建華寒心地說：「冤枉？每一個貪官在被雙規前都喊這句話！」接著，滕建華的聲音提高了八度，面色嚴肅地道：

「各位，現在我宣布一件事，于慶生同志因為嚴重違紀行為，正式被省紀委實施雙規，希望于同志能把你的問題交代清楚。」

隨後，立刻有省紀委工作人員走了過來，拿出文件讓于慶生簽字畫押。會議室的人都嚇傻了，尤其是孫玉龍，他沒想到僅僅是因為柳擎宇和于慶生之間幾句爭鬥之語，滕建華就把于慶生雙規了。

這時候，他不能不替于慶生說些話了，他立刻憤慨的說道：「滕副書記，您這是什麼意思？于同志可是我們東江市的棟梁之才啊！他如果有問題的話，您是不是應該事先和我們東江市溝通一下啊。」

滕建華淡淡說道：「孫同志，不要急，這件事因為牽扯比較大，不僅是你們東江市，就連遼源市那邊都不知道我們省紀委今天要採取的行動。而且，今天被雙規的同志也不僅僅是于慶生一個人，如果要溝通的話，我們的行動恐怕就要失敗了。」

滕建華又黑著臉道：「各位東江市的同志們，本來我們紀委是打算等這次學習結束後再採取行動的，只是沒想到柳同志和于同志之間發生了尖銳的衝突，所以我們省紀委的行動也就提前展開！下面，我念幾個人的名字，等我念完後，請這幾位簽字畫押後，跟著我們的工作人員往外走。」

所有常委們臉色大變，會議室內鴉雀無聲，

這到底是怎麼回事？東江市以前不是從來沒有出現過任何問題嗎？為什麼會突然間這麼多人被雙規呢？李萬軍為什麼沒有提前給出任何的指示啊！

要知道，滕建華說要雙規的人可不是一個兩個，而是好幾個，一時之間，眾人疑慮重重，恐懼不安，目光全都集中到了滕建華的身上。誰都不希望自己的名字出現在名單上。此時，孫玉龍的鐵桿嫡系常務副市長管汝平、市委書長吳環宇、組織部部長廖敬東三個人最為緊張，因為他們已經隱隱發現，孫玉龍這一派的人似乎先後都遭遇了不測。然而，這個世界就是這樣奇怪，你越是擔心，事情越會發生。

滕建華在眾人的注視下，拿起檔案從前到後看了看，卻沒有說話，目光在每個常委們的臉上一一掃過，慢慢折磨著每個人的神經。

足足過了兩分鐘之久，滕建華才沉著臉說：

「管汝平、吳環宇、廖敬東，你們三人被雙規了。」

三人臉色都蒼白起來。

尤其是廖敬東，他這個組織部部長以前當得可是相當滋潤的，他非常捨不得這個位置，聽到滕建華念到自己的名字，他直接跳了起來：

「滕副書記，我不服，我從來沒有做過任何違法亂紀之事，為什麼要雙規我？我是冤枉的。」

滕建華搖頭道：「廖同志，我剛才就說過了，凡是貪官在被雙規前大都會說自己是冤枉的，沒有想到，都到這個時候了，你竟然還想要頑抗到底，你自己看看吧，這些是不是你做的！」

說著，滕建華把一份文件丟到廖敬東的面前，隨後冷冷的說道：

「廖敬東，你以為你買官賣官、權錢交易、貪贓枉法之事沒有人知道嗎？我告訴你，天網恢恢，疏而不漏，人在做，天在看，不要認為有人保護你們，就可以高枕無憂了，法律是公平的，任何違法行為最終都會受到制裁！」

廖敬東拿起檔案看著，徹底無言了。因為這份檔案上，把他的腐敗墮落行為記錄得清清楚楚，甚至還有不少照片為證。

廖敬東的手顫抖起來，一頁一頁的翻著。從頭到尾，沒有一件是歪曲的，都是事實。這時，一名紀委工作人員走到廖敬東的面前，廖敬東苦澀的簽上自己的名字，按上手印。

其他幾個一看，也放棄了無謂的掙扎，既然省紀委都出手了，遼源市那邊又沒有任何表示，這就說明事情已無轉機，只能乖乖伏法。

看到已經有四個人被雙規，現場眾人都以為事情該告一段落了，尤其是孫玉龍，他很慶幸自己在做壞事的時候十分謹慎，任何人都不可能抓住自己的把柄。

不想滕建華又拿起了兩份文件，沉聲道：

「市委副書記耿立生、宣傳部部長徐建武，你們兩個也被雙規了，請配合紀委的工作人員吧！」

耿立生和徐建武頓時驚呆了，他們本以為今天雙規的對象應該都是孫玉龍那一派的人，萬萬沒有想到自己屬於唐紹剛一系的也被雙規了。

但是因為有前車之鑑，所以兩人沒再多廢話，直接在文件上簽字畫押，然後跟著省紀委的工作人員向外走去。

此刻，心情最沉重、複雜的就是孫玉龍了。東江市一下子有這麼多人被雙規，他這個市委書記的臉都丟盡了。

他意識到恐怕自己這個東江市市委書記也當不了多長時間了，弄不好就得要調離東江市，現在他最擔心的是，一旦被調離東江市，自己在可燃冰項目上投入的鉅額資金能否收到後續的紅利，會不會新任的市委書記或其他人眼紅巨額利益，把自己踢出局呢？

就在孫玉龍認為自己不會有什麼問題，思考著以後利益的時候，滕建華的目光落在孫玉龍的臉上，正色道：

「孫同志，現在通知你，鑑於東江市發生了這麼嚴重的貪腐案，從現在開始，你暫時停止東江市市委書記的職務，並且不得離開東江市，如果要離開東江市外出，必須要向組織申請，組織批准後才能行動。」

滕建華又看向唐紹剛道：「唐紹剛同志，從現在開始，你暫時代理市委書記這個職務，主持東江市市委市政府的全面工作，等待省委和遼源市市委的進一步指示。」

唐紹剛滿臉嚴峻的點點頭，在這一刻，當會議室內其他常委們看向唐紹剛的時候，突然發現唐紹剛的氣場十分強大，比之孫玉龍只強不弱。

剛被帶到門口的廖敬東聽到孫玉龍被限制行動，而唐紹剛卻當上了代理市委書記時，頓時憤怒的轉過頭來，衝著滕建華大聲喊道：

「滕書記，我要向您舉報唐紹剛，他根本就是個大貪官，為什麼你們省紀委不抓他，反而讓他當代理市委書記呢？他貪污的款項可比我們都多啊！」

滕建華沒有說話，而是看向唐紹剛說道：「唐同志，你給他解釋一下吧。」

唐紹剛充滿不屑的看了廖敬東一眼道：

「廖同志，我想，不僅僅是你有這個疑問，孫玉龍和其他很多同志都有這個疑問，那麼我現在可以告訴大家，**我不過是省委的一枚棋子而已**，當初我空降東江市時，正是東江市腐敗勢力最為猖獗、最為瘋狂的時候，黑煤鎮那麼大的煤礦資源，竟然每年只上繳一百萬的稅收，你們這些腐敗分子真的以為省委領導是傻子什麼都不知道啊！我告訴你們，省委對此早就深惡痛絕了！」

唐紹剛說完，廖敬東和孫玉龍的臉色立馬大變。

唐紹剛接著說道：「有些人實在太囂張了，為了自己和集團的利益，肆無忌憚，貪贓枉法，沆瀣一氣，省委怎麼可能不知情不嚴查呢？只不過某些人利益熏心，竟然妄想和省委對抗，想要利用他們所編織起來的龐大利益網來營造穩妥、安全的貪腐管道，好保證長久的利益。

「這些人也不想想，當人民的權益一而再再而三的受到侵犯的時候，當一個地方上訪不斷的時候，就算是傻瓜都能知道這個地方絕對有嚴重的問題，就算是有市委領導罩著又如何？他們就不想想，能源問題事關全省能源戰略布局，省委又怎麼可能會不聞不問呢？尤其是黑煤鎮的煤炭資源品質在整個白雲省那麼有名，省委領導又怎麼可能不知道這裡？」

聽到這裡，廖敬東才恍然大悟，憤怒的看向唐紹剛道：

「唐市長，這麼說來，**你是省委派下來的臥底**？之前你和我們一起做的種種不法行動，難道都是假的嗎？我可是很清楚你貪污受賄的數字相當高啊？難道省紀委對此就一點都不知道嗎？」

滕建華接過話來，道：「當然知道，唐紹剛所貪污受賄的每一分錢，都在第一時間進入了省紀委專門為他所開的專戶中。至於那些向他行賄的煤老闆和官員的資訊，也在第一時間就向省紀委進行了彙報，所以，唐紹剛的行動反而讓省委、省紀委對東江市的局勢瞭解的更加清楚。」

廖敬東和其他常委聽了，簡直是不敢置信，誰也沒有想到，唐紹剛隱藏得竟然如此之深！

滕建華解釋完，廖敬東等人全都被帶走，會議室一下子再次沉寂下來。

整整五名市委常委被雙規，再加上孫玉龍被停職，這對整個東江市官場來說，絕對是一次重量級的地震。

雖然孫玉龍沒有被雙規，但這並不意味著他不會被雙規，只不過孫玉龍隱藏得非常好，沒有人能夠抓到他的把柄，而且他貪污受賄的時候，從來不直接與別人發生交易，都是通過代理人來進行，對這些代理人的控制，孫玉龍也做的相當到位，無人可以匹敵。

正因為如此，雖然眾人都知道孫玉龍的底細，卻沒有人會去供出孫玉龍，因為他們知道，只要孫玉龍不出問題，他們或許還有被救或者減刑的機會。更何況，就算是供出了孫玉龍，也找不出他的證據，反而留下記錄，萬一被孫玉龍得知還會有生死威脅。

所以，孫玉龍到目前為止是安全的。

不過，所有常委們都對孫玉龍在東江市的未來充滿了悲觀，思考著今後要如何跟孫玉龍相處，思考自己應該去哪裡活動活動，好爭取另一個更好的位置。

詭異的氣氛在會議室內蔓延起來。

這時，滕建華說道：

「各位常委，我相信親歷了今天的場面，大家都應該非常明確省委的態度了，那就是對腐敗零容忍的態度，就算是有人仗著上面有人，想要胡作非為，最好也要好好的想一想，對方是否能夠保得了你！因為有可能他都未必能自保。

「我希望剩下的各位常委們能夠團結一心，等到東江市新的班子配齊之後，一起把東江市的經濟搞上去。好了，散會吧！」

就在東江市市委常委會發生了大規模雙規事件的同時。

遼源市市委常委會上。

在省委書記曾鴻濤和省紀委書記韓儒超的親自坐鎮下，也有兩名市委常委直接被雙規，一名是遼源市市委秘書長戴衛平，另外一名是遼源市市紀委書記郭天明。

這兩人被雙規，可說是省委對李萬軍的一次無聲警告。

李萬軍聽到這個結果，臉色陰沉得嚇人，眼中怒火沖天，卻又無可奈何。因為今天的會議是曾鴻濤親自坐鎮，韓儒超親自唸出被雙規人員的名字，並且出示了很多證據，讓李萬軍想要包庇都不敢出面。

雙規的過程很短暫，但是接下來便是漫長的「學習中央有關反腐方面指示」文件的時間，曾鴻濤和韓儒超在場，誰敢放鬆？所以整個上午，遼源市市委常委會幾乎無人可以與外界取得聯繫，所以，對於東江市那邊發生的事情一無所知。

中午十二點左右，東江市和遼源市都散會了。

孫玉龍走出會議室，上了自己的專車，在回家的途中趕緊撥通了李萬軍的電話，把東江市這邊發生的事，第一時間向李萬軍進行彙報。

李萬軍聽完之後，氣得爆了粗口：「我操，這個曾鴻濤和韓儒超太不是東西了，這兩個王八蛋在合夥整我們嘛！這是要把我們往絕路上逼啊！」

不過憤怒過後，李萬軍很快便恢復了理智，立刻說道：

「老孫啊，這件事我看不單純啊，以前為什麼曾鴻濤他們不敢採取任何動作，這一次卻又突然大動作了呢？」

孫玉龍聽了，眉頭也緊皺起來：

「是啊，李書記，你這麼一說我也感覺到奇怪了，為什麼省委這次突然採取這麼大的動作呢？難道他們對我們就沒有一點顧忌嗎？」

李萬軍沉默良久，突然狠狠一拍腦門，聲音中帶著一絲顫抖說道：

「我想起來了，以前，省委之所以一直沒有對黑煤鎮和東江市下手，是因為他們擔心我們獲得的龐大資金會滯留在海外，不會回來了，那樣就會造成巨額損失；現在，我們的錢全都進了省裡和新源集團共同掌控的帳戶裡，很可能省委已經知道了這一點，所以他們才如此肆無忌憚的。」

孫玉龍聽到李萬軍的分析，嚇得冷汗一下冒了出來，心提到了嗓子眼說：

「李……李書記，你的意思該不會是說，我們投入新源集團的那筆資金可能會出現問題吧？」

李萬軍使勁的點頭說：「沒錯，這種可能性十分大，孫玉龍，你立刻通知你的老同學吳量寬，讓他以最快的速度把已經投入到新源集團這個項目上的資金立刻抽出來，再放到國外去。」

孫玉龍連忙點頭說：「好，李書記，我馬上辦。」

說完，孫玉龍立刻撥打老同學吳量寬的電話。

然而，讓孫玉龍最擔心的事出現了。吳量寬的電話一直處於關機狀態。這一下，孫玉龍急眼了。他趕忙動用關係，調查了一下吳量寬的行蹤，讓孫玉龍沒想到的是，吳量寬竟然幾個小時前就坐上飛往美國的飛機，現在飛機早已降落在美國了。

孫玉龍急得直跺腳：「吳量寬啊吳量寬，你小子到底在玩什麼啊，為什麼不辭而別，那筆巨額資金怎麼辦？」

想到此處，孫玉龍立刻意識到吳量寬這邊很有可能出現意外了，隨即，他立刻給自己的鐵桿嫡系人馬打電話，讓他們馬上帶人前往吳量寬的老家，想把吳量寬的親人給綁架起來，作為威脅吳量寬之用。

此時此刻，孫玉龍突然有種作繭自縛的感覺。因為當初他為了把自己和自己身後的利益集團都隱藏起來，不被人發現，所以他把資金委託給吳量寬進行操作的時候，簽的是獨立操控合同；也就是說，這筆錢只能由吳量寬來負責簽入和簽出，其他人都沒有這個許可權，導致現在他想動用卻一點辦法也沒有。

不到五個小時，孫玉龍的電話響了，是他那批手下打來的。手下告訴他，吳量寬的家人已經在三天前就舉家搬離了原住地，現在已經出國了。

聽到這個消息，孫玉龍一下子癱倒在椅子上，他的心在一點點的下沉，心中暗道：「吳量寬啊吳量寬，你可是我的老同學，你該不會坑我吧?!如果是的話，我孫玉龍這次可真是要欲哭無淚了！但是，如果你不是要坑我的話，為什麼又在這個時候跑到美國去了呢？」

自己一向信任的老同學竟然會在這個關鍵時刻突然不辭而別，導致自己所有的資金全都無法提出，孫玉龍鬱悶的想要放聲大哭了。

怎麼辦呢？一旦錯過提取資金的最佳時機，一旦自己真的被盯上，到時候就算是把錢提出來，自己也未必能有機會再往國外轉了。

吳量寬到底在想什麼？現在到底該怎麼辦？

就在這時候，孫玉龍的手機突然響了，孫玉龍拿起手機一看，竟是吳量寬打來的，連忙接通了，開口就責備道：

「老吳啊，你到底在搞什麼？怎麼不告而別了，現在這邊都火燒眉毛了。」

電話中，吳量寬的聲音顯得十分低沉：

「老孫，看在老同學的面子上，我奉勸你一句，趕快去找紀委部門自首吧，那樣的話，也許你還有一條活路，否則，恐怕你難以善了啊！」

孫玉龍聽了心中一個翻個，不高興地說道：「吳量寬，你這是什麼意思？難道我孫玉龍對不起你嗎？」

吳量寬正色道：「你自然沒有對不起我，但是老孫啊，你對不起東江市的老百姓啊！咱倆都是東江市人，但是你想想看，這些年來，你這個當父母官的，真的對得起咱們東江市的父老鄉親嗎？

「老孫啊，你自己身價數十億，可是你看看咱們東江市有多少老百姓窮得叮噹響，有多少老百姓在戳你的脊梁骨？實話跟你說吧，這一次，不僅你的那筆錢拿不到，其他你交給我運作的那筆錢也拿不到了。」

「什麼？拿不到？吳量寬，你他媽的到底是怎麼回事？為什麼你要這樣做？」孫玉龍瞬間暴怒，大吼道。

吳量寬也怒聲還擊道：「孫玉龍，你聽清楚了，我這是在為你和你背後那些貪官污吏們積德行善，你交給我的這筆錢，我已經以我個人的名義，與白雲省省委省政府簽訂了資產轉讓協議，這筆錢將會作為公益慈善基金，由我派出專業人員與白雲省一起對這筆資金進行統籌管理，用於支持白雲省，尤其是東江市貧困鄉村的教育、醫療等建設，也為東江市老百姓提供創業貸款……」

還沒有等吳量寬說完，孫玉龍便粗暴的打斷了他的話：

「吳量寬，你腦袋進水了嗎？那筆錢是你的嗎？你憑什麼私自處理那筆資金？我告訴你，立刻與白雲省解除協議，否則我直接到你們美國總公司告你去。」

吳量寬不疾不徐地說：

「不好意思啊孫玉龍，你可以隨便去告我，我無所謂，我在去東江市之前就已經辭職了；而且，和你簽訂合同的那家公司，是我用一個流浪漢的身分註冊的，和我們公司的名字只差一個字母，當時你要是認真看的話就會發現問題，但是卻偏偏沒有人注意到這個細節。所以，就算是你要告我也搞不成，因為根據美國的法律，只要那個流浪漢不找我的麻煩，你對我就莫可奈何。

「孫玉龍，你可以把我的行為當成是詐騙，但是，我可以保證，只要你們任何人想要找我的麻煩，我就會把這筆資金每一個人的詳細資料都提供給白雲省紀委甚至是中紀委，到時候，參與投資的每一個人都將會受到紀委的嚴厲查處，所以就算你敢告我，你認為李萬軍會讓你告嗎？」

孫玉龍聽了吳量寬的話，氣得七竅生煙，怒火攻心，卻又無法排解。吳量寬這一招實在是太狠了，狠到他一點脾氣都沒有。

怒大傷肝，孫玉龍一氣之下，噗嗤吐出一大口鮮血，身體軟綿綿的倒在地上。

孫玉龍的老婆何曉琳聽到聲音，推門跑了進來，看到孫玉龍倒在地上，地上還有一灘鮮血，頓時嚇壞了，連忙一邊大聲的呼喚著孫玉龍的名字，一邊掐他人中，又是拍又是捶的，過了一會兒，孫玉龍才緩緩睜開眼睛。

何曉琳見孫玉龍醒了，立刻破涕為笑：

「玉龍，你終於醒了，你可嚇死我了，你怎麼突然暈了過去，地上還有一灘血，你先不要動，我已經打急救電話了，他們一會兒就過來。」

孫玉龍撐起身體坐了起來，對何曉琳說道：「打電話告訴救護車不用來了，我沒事。」

何曉琳指著地上那灘血問道：「這是怎麼回事？」

孫玉龍嘆息一聲道：「哎，我這是被氣的啊！現在，我真的有些欲哭無淚了。」

何曉琳問道：「到底怎麼了？」

孫玉龍沒有臉把自己的事告訴何曉琳，也不太放心，只說：「沒事，只是被人給坑了，我這個市委書記也暫時被停職了。」

何曉琳見孫玉龍到這時依然不肯對自己吐露實情，原本關切的眼神中多了幾分怨恨。她知道自己在孫玉龍的眼中，不過是個附屬品而已，他從來沒有真正的愛過自己。當時他費盡心機的追求她，不過是因為自己老爸是遼源市的市委書記，為了爭取仕途之路更加順暢而已。

現在，老父親已經死了，孫玉龍也找到新的靠山李萬軍，他對自己的感情自然也就淡了，還在外面找了小三。雖然何曉琳不甘心，也找了程書宇這個情人，但畢竟孫玉龍曾經對她好過幾年，所以她對孫玉龍還是有幾分感情。

何曉琳已經聽說孫玉龍被免職的消息，而且外界傳言孫玉龍很有可能在不久之後會被雙規，何曉琳有些心疼孫玉龍，雙眼含淚說道：「玉龍，我聽外面的人說，巡視小組正在咱們東江市四處活動，搜集你的違紀證據。」

聽到這個消息，孫玉龍就是一愣：「什麼？省紀委的人還沒有走？」

何曉琳點點頭：「是啊，沒有走，他們還在調查你。」

孫玉龍聽了，立刻拿出手機撥通了一個電話，和對方聊了一會之後，他的臉也瞬間黑了下來。

通過這個電話，他知道省紀委已經下定決心要查辦自己了，李萬軍雖然有心庇護自己，但是他尚且自顧不暇了，因為他受到來自北京的批評，所以絕對不敢在這個時候再繼續去刺激曾鴻濤，否則曾鴻濤一旦震怒，李萬軍也承受不起，所以，在東江市，孫玉龍只能依靠自己了。

一時之間，孫玉龍的臉上寫滿了頹廢和沮喪。

看到孫玉龍的神情，何曉琳一陣心疼，輕輕的摟住孫玉龍的頭，柔聲說道：

「玉龍，不要著急，現在還沒有到最後認輸的時候，不管怎麼樣，我都不會讓你被雙規的。」

此時，心中近乎絕望的孫玉龍聽到何曉琳的話，只感覺心中暖暖的，直到這一刻他才發現，原來自己並不是一無所有，至少他還有何曉琳對自己的柔情和安慰。

孫玉龍慚愧地說：「曉琳，你……你真好！」

絕望的人對於關切之言是最為敏感的，一直對何曉琳沒有任何感情的孫玉龍在此時對何曉琳生出了一絲依戀感。

何曉琳聽到孫玉龍說出這幾個字，淚水奪眶而出，好像回到了父親還健在時，孫玉龍對自己萬分關切的時光。

孫玉龍再次長嘆一聲：「哎，人財兩空，天要亡我孫玉龍啊！」

何曉琳看到孫玉龍充滿絕望的眼神，十分不忍，咬著牙做出了一個決定：

「玉龍，你不要著急，我有一個辦法，也許能夠幫你解脫困境。」

孫玉龍一愣：「什麼？你有辦法？什麼辦法？」

何曉琳猶豫了一下，還是說了出來：

「玉龍，綺夢和柳擎宇好像在交往，我聽說柳擎宇和省紀委書記韓儒超關係非常好，我想，如果咱們女兒能夠出面去求柳擎宇，讓他想辦法放過你，也許你的事情還有一線轉機。」

孫玉龍陡然聽到何曉琳說女兒孫綺夢和柳擎宇關係特別，有可能救得了自己，就好像沙漠裡陷入絕望的旅人，突然有到救世主出現在面前，就想緊緊抓住這根最後的救命稻草，於是毫不猶豫的說道：

「太好了，曉琳，你立刻跟綺夢說，讓她去求求柳擎宇，現在大概也只有柳擎宇能夠救我了。」

然而，孫玉龍的心裡卻是把柳擎宇恨到了骨子裡，自己會落到今天這種局面，很大程度上都是柳擎宇害的！最讓他感到憤怒的是，柳擎宇在東江市沒有任何根基，沒有任何的勢力，他一直看不起柳擎宇，可是這小子卻能在東江市掀起這麼大的風浪。

何曉琳點點頭說：「我這就和綺夢通電話，讓她想辦法去求柳擎宇，為你爭取一些機會。」

電話接通了，孫綺夢淡淡的聲音從電話裡傳出來：

「媽，找我有事嗎？」

何曉琳還沒說話便先哭了出來：「嗚嗚嗚，綺夢，你快想想辦法救救你爸爸吧，要不他恐怕活不成了。」

孫綺夢一驚，聲音中多了幾分焦急：「爸發生什麼事了？住院了嗎？」

雖然她心中對孫玉龍充滿了不滿，但畢竟是自己的老爸，而且孫綺夢還不知道自己的真實身世。

何曉琳抽泣著說：「住院倒是沒有，不過省紀委正在調查他，現在，也只有你能夠救他了。」

孫綺夢不解地道：「我和省紀委的人又不認識，我怎麼可能救他？」

何曉琳道：「你和省紀委不熟，但是柳擎宇熟啊，我聽說你和柳擎宇在交往，你去求柳擎宇，也許柳擎宇會看在你的面子上，想辦法為你爸爸出面的。」

孫綺夢頓時氣上心頭，不滿地道：

「媽，我早就說過了，爸的那堆爛事我絕對不會參與，也不願意去管，我也不會繼承他任何的財產，我和他早已斷絕了父女關係。」

何曉琳噗通一聲跪在地上，淚流滿面：

「綺夢，媽給你跪下了，你就去求求柳擎宇吧，否則，你爸爸真的要被雙規了，肯定是死刑，他……他貪得太多了，你爸爸說了，只要柳擎宇把這件事辦好，從今以後就不會反對你和柳擎宇之間來往，而且還會為你準備豐厚的嫁妝！」

何曉琳為了讓女兒看清楚她的樣子，還開了直播畫面，讓孫綺夢看到她的確是跪在地上。

看到媽媽淚流滿面地跪在地上的情形，孫綺夢受不了地道：「媽，你能不能別這樣啊，快起來吧。」

何曉琳堅持道：「不，綺夢，你要是不答應，我就不起來，綺夢，不管怎麼樣，孫玉龍他可是養育了你整整十八年啊，就算你看不慣他的行為，但是他畢竟對你還是不錯的，從來沒有打過你罵過你。」

孫綺夢是知道老媽的脾氣的，如果自己不答應的話，她是絕不會起來的，只好無奈地說道：「媽，你先起來吧，我答應你。」

得到女兒肯定的答覆，何曉琳這才站起身來，抽泣著說道：「綺夢啊，你爸爸的生死存亡就掌握在你的手中，　切就看你的了，媽媽等你的好消息。」

孫綺夢點點頭：「我知道了，再聯繫。」說完，便掛斷了電話。

第十章

意外結果

讓人震驚的是，在名單中，新任市紀委書記為鄭博方，而柳擎宇這個老市紀委書記竟被免職了。這個結果讓出席迎接儀式的很多東江市幹部們都感到十分震驚。沒想到，身為搞垮整個東江市腐敗集團的首要功臣竟然被免職！

自始至終，孫玉龍一直在旁邊看著，當他看到何曉琳為了自己竟給女兒下跪的時候，他真的有些感動了，他走過去從身後抱住何曉琳，柔聲說道：「曉琳，只有你才是真心對我好啊，今天晚上我會好好的疼愛你的。」

如果是在以前，何曉琳肯定會十分感動，然而，何曉琳內心卻對孫玉龍失望透頂。雖然讓女兒去求柳擎宇的提議是她提出來的，但是一個真正疼愛女兒的父親，是絕對不會讓自己的女兒去求他的政敵的，尤其是這個政敵還可能是女兒的男朋友。

但是孫玉龍卻並沒有否決自己的提議，而是欣喜若狂的同意了，何曉琳看出孫玉龍是個極度自私自利之人，他對女兒的幸福與否並不關心，只在乎自己是否能脫身，她徹底寒心了。

何曉琳掙脫了孫玉龍的擁抱，從手提包中拿出兩份文件放在孫玉龍的面前，下定決心道：「孫玉龍，綺夢那邊我已經給你做好工作了，下面該談談咱們兩個人之間的事了，這是離婚協議書，你在上面簽個字，咱們離婚吧！」

孫玉龍當場傻眼，不可思議的看著何曉琳。他怎麼也沒有想到，一直對自己十分恭順，沒有任何怨言的老婆竟然提出離婚的要求。

孫玉龍拿起離婚協議書看了一下，發現何曉琳的條件十分簡單，她不要求任何的財產，淨身出戶，只要求恢復自由之身。

看完，孫玉龍沉默了。

良久之後，孫玉龍問道：「曉琳，你這樣做到底為什麼？難道是你看到我已經窮途末路了嗎？」

何曉琳搖搖頭：「孫玉龍，你不應該問我，應該問問你自己，自從咱倆結婚之後，你對我的態度如何？尤其是自從我父親去世後，你一年中碰我幾次？有多少天是在外面過夜的？孫玉龍，我是正常的女人，以前，我為了綺夢不願意和你離婚，但是現在，綺夢已經和家裡鬧成這樣，我們之間還有什麼感情可言嗎？今天，我最後為你出手一次，讓我最心疼的女兒為了你為難一次，從此，我們夫妻的緣分也到此為止了。」

孫玉龍聽到此處，慘笑了一下，點點頭，毫不猶豫的在上面簽了字，遞還給何曉琳：「曉琳，我祝你和程書宇、綺夢一家人生活幸福！」

說完，孫玉龍轉身回到自己的臥室，關上房門，躺在床上，心中充滿了憤懣和抑鬱。對何曉琳與程書宇的事，他並不是不知道，只不過他的思維方式比較特殊，他認為恰恰是因為他與程書宇的妻子肖美豔、程書宇與自己妻子何曉琳四人間錯綜複雜的關係，讓他對程書宇十分信任，也正是因為這種關係，他才可以放心大膽的把很多工程項目交給程書宇去做，因為他認為自己可以將程書宇掌控在手中，而且他早已做好打算，到了一定時候，他一定會把程書宇給弄死！

然而，孫玉龍沒有想到程書宇最後竟脫離了自己的控制，反而自己陷入了四面楚歌的境地。

此刻，孫綺夢和孫玉龍一樣，也陷入了十分煎熬、痛苦的內心掙扎之中。一方面是母親要自己去為孫玉龍求情，另一方面，卻是自己和柳擎宇的關係並沒有父母想像的那麼親近。

整整一夜，孫綺夢都在痛苦中思慮，在思慮中痛苦，整整一夜，她都沒有睡覺。

第二天早晨，凌晨五點多，整整思考一夜的孫綺夢從床上坐起身來，打開電腦，給柳擎宇發了一封郵件後，起身邁步向外走去。

她搭車來到東江市城南三十公里外的雞冠山。順著一條蜿蜒的小路爬到山頂，站在懸崖邊上，望著懸崖下那起伏繚繞的霧氣，望著深不見底的山谷，心中一片死寂。

「人生，為什麼總是充滿了痛苦和折磨，為什麼總是處處不順呢？這樣的人生還有什麼意義嗎？」孫綺夢喃喃自語道。

說完，孫綺夢最後一次看了一眼那幽深的峽谷，縱身往下跳去。

……………

東江市紀委大院，紀委書記辦公室內。

柳擎宇剛上班，桌上的電話便響了起來。

電話是省紀委書記韓儒超打來的：

「擎宇啊，孫玉龍的案子，你那邊有沒有什麼相關的證據啊！」

柳擎宇苦笑道：「韓叔叔，我這兒還真是一點資料都沒有，雖然我完全可以肯定東江市之所以會出現如此嚴重腐敗的問題，絕對和孫玉龍有莫大的關係，甚至可以說他就是整個東江市腐敗案件最大的幕後操控者和獲益者，但是除了那筆放在可燃冰項目上的那筆資金之外，其他證據卻一點都找不到。即便是那筆資金，孫玉龍也十分小心，在交給吳量寬的時候，還通過了一個中間人，一直隱藏在幕後。這小子做事實在是太小心了。」

韓儒超面色凝重地說道：

「如此看來，這個孫玉龍還真不是等閒之輩啊。我們這麼多專業的反腐鬥士竟然拿他一個巨貪之人沒有什麼辦法，真是慚愧啊慚愧！

「不過擎宇啊，這次針對東江市和遼源市的反腐行動，你小子算是立下了天大的功勞，只是曾書記和我都有一個疑問，那就是為什麼吳量寬會和省裡簽訂那份公益基金的協議呢？而且他所使用的那筆資金還是那些貪腐官員的資金！這個吳量寬到底是什麼身分？應該和你有些關係吧？」

柳擎宇淡淡一笑，說道：

「韓叔叔，不瞞您說，這個吳量寬和我沒有關係，不過呢，這個吳量寬是我父親的好兄弟孫廣耀帶出來的一個徒弟，前些天他和孫叔叔聊天的時候，偶然提到了孫玉龍，說孫玉龍在他那裡放了數十億的資金讓他幫忙理財，孫叔叔聽到這個消息，立刻想到了我，並把這個消息告訴我，我當時正在苦思如何布局來套住黑煤鎮的那筆巨額資金，因此立刻通過孫叔叔找到了吳量寬。

「經過深入交談之後，發現吳量寬和孫玉龍雖然是老同學，但是他對孫玉龍這種貪腐行為從心裡是十分鄙視的，所以加上新源集團的幫忙，才有了這次的獵虎行動。」

聽完箇中原委，韓儒超內心感慨不已，對柳擎宇越發充滿了欣賞。

柳擎宇抱恨地說道：

「這次行動中，唯一遺憾的一點，是吳量寬為了預防孫玉龍和李萬軍懷疑他，身上沒有帶任何竊聽設備，以免露出破綻，導致功虧一簣，不過從吳量寬的講述中已經可以確定，李萬軍很可能就是整個東江市，尤其是黑煤鎮那個龐大利益集團中最核心的一個人物，但是李萬軍這個老傢伙比孫玉龍還要狡猾，一點破綻都沒有。」

韓儒超安慰道：「李萬軍那邊你就不用操心了，多行不義必自斃，早晚會有人收拾他的，不是不報，時候未到。到了他那個級別的鬥爭，不是你能夠擺平得了的。倒是孫玉龍這邊，你再多想想辦法，天天看著孫玉龍這傢伙在我眼前晃來晃去的，我都快煩死了。如果不能及時把他給雙規了，我估計李萬軍那邊很有可能會通過一番運作，把他給弄到其他位置上，到那個時候，這小子又是一個為患一方的主。」

掛斷電話，柳擎宇拿起水杯喝了口水，打開電腦，便聽到一聲輕響，提醒他信箱內有一封新的郵件。

柳擎宇打開信，看到標題便愣住了，標題寫的是——孫玉龍貪贓枉法證據。內容是一個附件，柳擎宇把附件下載下來，打開一看，頓時呆若木雞。

只見裡面記錄著大量孫玉龍貪贓枉法的證據資料，包括孫玉龍自己記錄的每次收受巨額賄款的照片，在照片上可以清晰的看到收受賄賂的時間、地點和行賄人。同時還有孫玉龍使用化名和假戶口所開戶的多個銀行帳戶的戶名、卡號等情報。

讓柳擎宇最感興趣的，是檔案中記錄的一個孫玉龍秘密別墅的地址，上面指出，孫玉龍所有受賄所取得的現金、字畫古玩等物品，都存放在這座秘密別墅中，這座別墅位於鄰省的地級市凱豐市，距離東江市只有兩百公里左右的車程。

柳擎宇看到最後一頁，發現舉報人的姓名——孫綺夢！柳擎宇頓時瞪大了眼睛，臉上露出震驚之色。

他沒有想到，這份價值千金的舉報郵件竟然是孫綺夢發給自己的。

柳擎宇為了確定是不是真是她發的，立刻撥打孫綺夢的電話想瞭解一下，然而，卻發現孫綺夢的電話已經關機了，柳擎宇便將這封郵件轉發給韓儒超，先把這封舉報信的內容核實一下再說。

韓儒超此刻正在發愁呢，看到柳擎宇發來的郵件，頓時如獲至寶，立刻派出手下精銳連同白雲省公安廳的一些骨幹，在滕建華的親自帶領下，秘密前往鄰省城市前往舉報中的這座別墅前去搜查。

六個小時後，滕建華興奮的給韓儒超回電話：

「韓書記，查到了！這座別墅裡面，僅僅是孫玉龍所收藏的古玩字畫價值就高達兩億，現金足足有五千多萬，美元八百多萬，房產證五十二間，假戶口和假身分證十六張，假護照十六本，房產價值大約四億。」

韓儒超聽了，咋舌道：「老滕，你確定這些房產的擁有者是孫玉龍嗎？」

滕建華道：「韓書記，我確定，因為戶口和護照上雖然名字不一樣，但是都是孫玉龍本人的照片。」

韓儒超興奮地說道：「好，非常好，老滕啊，你做得不錯！我立刻派人去雙規孫玉龍！」

隨後，韓儒超立刻給正在東江市調查的省紀委工作人員打電話，讓他們即刻趕往孫玉龍的家，直接去把孫玉龍給雙規了。

當省紀委工作人員來到孫玉龍家的時候，孫玉龍正坐在客廳的沙發上看電視。

此刻孫玉龍正等著女兒和柳擎宇求情的結果呢，何曉琳和孫玉龍辦清了離婚手續，什麼都沒有帶便離開了，屋裡只有孫玉龍一個人。

孫玉龍感到十分的孤獨，只能靠看電視來排遣寂寞，不過他早就盤算好了，等這件事搞定之後，李萬軍肯定會為自己重新物色一個新的職務，到時候再找個年輕漂亮的美女當老婆，給自己生個兒子。

就在這時候，門鈴響了。

孫玉龍打開房門，就看到省紀委監察室主任杜洪明和幾名省紀委的工作人員。

杜洪明先向孫玉龍出示了自己的證件，隨後拿出一份雙規文件放在孫玉龍的面前，沉聲道：「孫玉龍，現在你正式被雙規，請你在文件上面簽字吧。」

孫玉龍大吃一驚，不過他很快便鎮定下來，因為他相信以自己的隱蔽手段，絕不可能被抓到任何把柄的。

他把文件丟給杜洪明說道：「杜主任，你們是不是搞錯了，我孫玉龍雖然對東江市的腐敗案有領導責任，但是夠不上被雙規的條件吧？」

杜洪明冷冷的說道：「孫玉龍，不要再狡辯了，你已經東窗事發了，我們省紀委掌握了充分的證據，證明你有貪污、受賄、巨額財產來源不明等重大違紀行為，你被雙規並不冤枉，請你立刻簽字跟我們走吧！」

孫玉龍心頭再次一驚，怒聲道：「不可能！我怎麼可能做出那種事情呢！你們這是在冤枉我！」

杜洪明看到孫玉龍還想抵賴，直接點明道：

「孫玉龍，你忘了你在凱豐市還有一座高檔別墅嗎？你那座別墅裡面的藏品可真是豐富啊，光是清點現金就讓工作人員數錢數得手抽筋了！」

聽到凱豐市和別墅這兩個詞，孫玉龍的臉色立時慘白，腦門上的汗珠也劈里啪啦的往下掉，那裡是自己貪污證據最為充分的地方。如果那裡真的被紀委給查到的話，那自己可就百口莫辯了。

只是孫玉龍想不明白，那座別墅自己藏得十分隱蔽，除了幾年前曾經帶著女兒孫綺夢旅遊的時候去那裡住過一次以外，任何人都不知道啊。

為什麼紀委會知道這個地方？難道是女兒出賣了自己？一時間，孫玉龍腦中翻江倒海，想要弄清楚到底是怎麼回事。

「孫玉龍，趕快簽字吧，現在，任何人都救不了你了。」杜洪明冷冷說道。

孫玉龍只能無奈的簽上字，垂頭喪氣的跟著杜洪明上了車，消失在茫茫夜色之中。

就在孫玉龍被雙規後，東江市再次發生官場大地震。

一天之間，再次有十二名幹部被雙規，廿二人被停職、免職、警告處理，整個東江市風聲鶴唳，人心惶惶。

與官場眾人心情不同的是，當老百姓得知孫玉龍和那麼多貪官被雙規後，整個東江市張燈結綵，到處都響起了劈里啪啦的鞭炮聲，而孫玉龍等人是因為柳擎宇的原因才被雙規的傳聞也在大街小巷流傳開來。

雖然老百姓並不知道事件的實際內幕，但是老百姓們非常具有想像力，有人甚至說柳擎宇是天上的文曲星下凡，前知五百年，後知五百載，無所不能，無所不知，堪比諸葛武侯。

傳聞越來越誇張，但是每一個聽到傳聞的老百姓在聊天的時候，都對柳擎宇充滿了深深的感激和尊敬。

因為以孫玉龍為首的龐大利益集團，這些年來幾乎把持了東江市大部分的利益部門，老百姓公平競爭和生存的環境受到了嚴重的擠壓，早已怨氣沖天了，只是無處發洩、不敢發洩而已。一時間，柳擎宇在東江市的聲望如日中天，早已超過了市委書記唐紹剛。

第二天上午，遼源市新任市委組織部部長康建雄，和市委組織部三名副部長一起帶著新的東江市市委常委們來到了東江市，充分體現了遼源市市委組織部對東江市市委班子的重視。

在迎接儀式上，康建雄宣布原東江市市長唐紹剛正式擔任東江市市委書記一職，市長由省政府辦公室裡空降下來的處長楊德林來擔任，同時，康建雄還宣布了東江市其他市委常委的名單人選。

讓人震驚的是，在名單中，新任市紀委書記為鄭博方，而柳擎宇這個原來的市紀委書記竟被免職了。

這個結果讓出席迎接儀式的很多東江市幹部們都感到十分震驚。沒想到，**身為搞垮整個東江市腐敗集團的首要功臣竟然被免職！**

很多人認為是柳擎宇太過於鋒芒畢露，尤其是對孫玉龍一系的打壓力度太大，引起了孫玉龍背後靠山的憤怒，出重拳將柳擎宇免職了，這是對柳擎宇的報復。

私下裡，眾人悄悄的議論著，看向柳擎宇的目光中也充滿了憎恨和鄙夷。

在很多人看來，柳擎宇的做法的確太張揚了，要知道，東江市龐大的利益集團可是存在多年，他到東江市還沒有半年就給人家全部連根拔起，不遭到報復才怪。

最重要的是，柳擎宇在東江市的一連串動作，觸碰到了很多人的利益，很多人因此對柳擎宇極其不滿。尤其是柳擎宇推行的官員個人申報登記制度，更是給很多官員頭上加了一頂緊箍咒，讓很多人抱怨連連。

當柳擎宇聽到自己被免職後，當時也愣了一下。因為這件事沒有任何人跟他通報過，直到現在他才知道。當柳擎宇看到台下眾人異樣的眼神時，心中感到十分不爽，他猜想這很有可能是李萬軍發洩他對自己不滿的一種手段。

柳擎宇雖然非常鬱悶，卻沒有在臉上表現出來，神情顯得十分淡然，一直堅持到整個迎接儀式結束，參加完酒宴後，柳擎宇這才回到自己的宿舍，躺在床上黯然神傷。

話說這種事擱在誰身上都會十分受傷的，為了搞定腐敗案，他殫精竭慮，不僅動用新源集團，還透過孫廣耀的關係請來華爾街的金牌操盤手吳量寬，**當事情水落石出，到了論功行賞的時候，他卻被免職了，而且沒有任何人給他一個理由**，他也不知道自己以後的路該怎麼走。

柳擎宇感覺到十分傷心。**他不明白，自己到底哪裡做錯了？**為什麼人事調整的時候，沒有人給自己說句話呢？

最讓柳擎宇不能理解的是，到目前為止，不管是曾鴻濤也好，韓儒超也好，沒有一個人給自己打電話，關心一下自己的狀況，難道他們不知道自己被免職了嗎？

柳擎宇心潮起伏，雖然喝了很多酒，卻久久難以入眠。

這時，柳擎宇突然想起了給自己發郵件的孫綺夢，立刻坐起身來，拿出手機給孫綺夢打電話，一邊喃喃自語道：

「我可不能像那幫人一樣過河拆橋！這次能夠扳倒孫玉龍，孫綺夢絕對立了大功，她舉報自己的父親，心中肯定非常不好受，我應該好好安慰一下她。」

然而，不管柳擎宇怎麼撥，聽到的都還是公式化的回音：「對不起，您所撥打的電話已關機，請稍後再撥。」

柳擎宇皺起了眉頭：「孫綺夢這丫頭到底怎麼了？為什麼一直關機呢？」

此刻，柳擎宇根本不會想到，孫綺夢竟然置身於一座深山古剎之中。

這是一座尼姑寺院。

整個寺院占地面積差不多有三百平米左右，分為前中後三層。

在道場的外圍是兩米高的紅色牆體，正門上方正中央寫著三個大字——吉祥庵。

正中央的大雄寶殿內，孫綺夢跪在一座巨大的佛像面前俏臉低垂。在她旁邊，一位慈眉善目年的老尼姑正在敲著木魚，噹噹噹的木魚聲在大殿內不絕於耳地迴響著。

良久之後，孫綺夢猛的抬起頭來，淚水灑滿臉龐：

「師父，我已經想好了，我決定出家為尼，從今以後，青燈古剎，青菜豆腐，了此殘生。」

老尼姑看著孫綺夢那滿臉淚痕的俏臉，長嘆一聲說道：

「施主，我觀你臉色晦暗，是家中之人遭遇大難之兆，這恐怕也是你自殺的原因吧。不過既然我把你給救了，我希望你不要再去尋短見了，那是對生命的不尊重。

「我觀你面相，你有今日之磨難，和你的親人有關，他們為惡太多，結果報應在你的身上。但是，你與佛祖只有五年佛緣，既然你決定出家為尼，那麼我就成全你吧，與青燈古剎相伴，日夜祈福清心，可解你今生之困局，日後或許會有所斬獲。咱們吉祥庵是自由之地，你可以選擇在任何時候還俗。」

孫綺夢流著淚說道：「師父，我心已死，塵世已經與我無緣，我決定侍奉佛祖一生。」

老尼姑道：「施主，請記住，任何時候說話都不要太過於絕對，世事變幻，人生無常，很多事情的發展總會出乎你的意料。好了，現在我親自為你剃度吧！」

說完，老尼姑走到孫綺夢面前，抓起孫綺夢烏黑亮麗的長髮，拿起剪刀，再次問了句：「施主，你確定要出家嗎？」

「我確定。」孫綺夢十分堅決地說。

手起刀落，黑色髮絲緩緩從空中飄落在地上，淚水再次模糊了孫綺夢的雙眼。

孫綺夢的腦海中最後一次浮現柳擎宇的臉龐，心中默默的說道：

「柳擎宇，收到我那些舉報資料後，你應該立了大功吧，相信從今以後，你可以平步青雲，希望你能夠與慕容倩雪、秦睿婕、曹淑慧她們有個美滿幸福的結局，我今生已和你無緣，從今之後，我會在腦中抹去你的印記，青燈古剎，了此殘生，今生不再相見。」

然而，人生果然無常，**孫綺夢絕對想不到，此刻的柳擎宇正陷入痛苦的折磨之中，而她今後還會和柳擎宇再次見面嗎？**

在床上輾轉反側難以入眠的柳擎宇不知道，此刻，那個風華絕代、烏髮垂肩的美豔空姐已經換上了一襲粗布僧衣，遮住了她那玲瓏有致的嬌軀，養了二十年的三千煩惱絲飄然離開了她的頭頂，取而代之的是一個光潔可鑑的光頭。

任淚珠漣漣，任輕風拂著光頭，孫綺夢跪在佛像前，輕輕敲打著木魚，開始了尼姑生涯的第一天。從此刻起，她的心正在漸漸忘卻塵世間的喧囂和嘈雜，努力地開拓著一片心靈的淨土。

梵音渺渺，梵香嫋嫋。深山古剎，青燈美人，淚流千行，無眠！

這一夜，柳擎宇同樣無法入眠。

這一夜，有很多人和柳擎宇一樣無法入眠。

第一個無法入眠的就是李萬軍。

當李萬軍得知孫玉龍被紀委雙規之後，恨透了柳擎宇。

因為孫玉龍的被雙規，意味著自己所統帥的那個利益集團投入到可燃冰項目中的巨額資金再也沒有找回來的希望。

從吳量寬和白雲省簽訂的合作成立慈善基金的合同中，他徹底了解吳量寬是柳擎宇或曾鴻濤所布置的一枚棋子，孫玉龍和自己全都上當了。

而且李萬軍也通過一些內線消息，得知那筆巨額資金已經以慈善基金的名義單獨成立了一個帳戶，即便是白雲省也不能隨心所欲的對這筆資金進行支配，每一筆動用的錢都必須在慈善基金的官方網站上和省委省政府的網站上進行公布，避免任何人依仗權勢在慈善基金上進行貪腐行為。

李萬軍被氣得差點吐血，正因為如此，他才以十分強硬的態度通過了免去柳擎宇東江市紀委書記職務的決定，而且他下定決心，從今往後，遼源市絕對不會再接納柳擎宇這個掃把星在其所轄地市進行工作。

尤其是今天晚上，他獨自一個人在家喝了會兒悶酒之後，更是氣得七竅生煙。

最後，他直接拿起手機撥通了市委宣傳部副部長任丹陽的電話：

「老任啊，交給你一個任務，今天晚上連夜從市電視台派出一個新聞小組，做好報導柳擎宇離開東江市的準備。」

任丹陽一愣：「李書記，明天上午柳擎宇就會走嗎？」

李萬軍道：「就算他明天上午不走，明天下午也會走的，今天下午他就已經和鄭博方把紀委的工作交接完了。而且我聽說柳擎宇在晚宴上心情抑鬱寡歡，回去的時候情緒明顯不好，所以我估計他很有可能明天上午就會孤獨寂寞的離開。東江市的幹部們對他早已經恨之入骨，恐怕除了柳擎宇的那幾個嫡系人馬，不會有人去送他的。

「你讓市電視台的記者們一定要做好充分的準備，想辦法拍攝一下柳擎宇孤獨離開時的慘象，拍攝完後，第一時間在咱們市電視台上進行播出，我要讓所有遼源市人民看一看，像柳擎宇這樣一個沽名釣譽之輩、狠辣無恥之徒，是不會有什麼好下場的。」

任丹陽對李萬軍非常瞭解，他知道，這位市委書記平時是十分理智的，哪怕是恨一個人也很少會溢於言表，但是今天，李萬軍竟然當著自己的面表現出他對柳擎宇的憎恨，這說明李萬軍恨柳擎宇幾乎快要失去理智了。

用新聞報導的方式在柳擎宇離開東江市之際狠狠的再宣傳一番，**這簡直是赤裸裸的打柳擎宇的臉，甚至是打柳擎宇背後之人的臉**。

雖然任丹陽總感覺這樣做有些不妥，落井下石的意味太濃，但是領導有令，他也不得不從，便點頭答應了下來：

「李書記您放心，我馬上讓市電視台的人立刻連夜趕往東江市，一定在第一時間對全市人民報導柳擎宇離去時的淒慘孤獨之景。」

遼源市電視台的人當晚接到任務便連夜啟程了。就在同時，白雲省省委書記曾鴻濤也接到了彙報，得知遼源市電視台的動作後，立刻對自己的秘書交代道：

「你通知省電視台的有關同志，讓他們也派記者前往東江市，對柳擎宇的離去進行跟蹤報導、拍攝，我倒要看看李萬軍會耍什麼花樣出來。」

曾鴻濤的臉上露出一絲寒色，心裡對李萬軍越發不滿了。

早晨七點鐘，柳擎宇依然像往常一樣準時起床，洗漱完畢後，柳擎宇環視了一下這個住了還不到半年的房間，心中雖然有幾分不捨和留戀，卻只能慘然一笑，稍微收拾一下自己的衣物，還湊不到一個小皮箱，隨即起身下樓。

這套房子是龍翔幫忙租的，後續自然也是由龍翔來處理，柳擎宇不需要擔心。

本來，鄭博方、龍翔等人昨天就跟自己說好，八點鐘要過來給自己來送行的，柳擎宇當時也答應了，但是由於柳擎宇心中很不是滋味，覺得如果鄭博方等人再送自己的話，心中會更加難受，所以他決定提前一個小時動身，自己坐公車離開東江市，因為他當初來這裡時也是這麼來的。

柳擎宇剛走到樓下，便看到門口停了一輛長城哈佛汽車。

看到柳擎宇下樓，汽車的喇叭響了，車窗緩緩搖下，露出一張傾國傾城、充滿成熟女人韻味的豔麗面孔，是秦睿婕。

柳擎宇一愣。

秦睿婕嫣然一笑，柔聲道：「我聽龍翔他們說你今天八點鐘要走，以我對你的瞭解，你絕對不會等到八點鐘的，所以六點我就已經趕到樓下等你，果然讓我給等著了。上車吧，我帶你離開。」

秦睿婕的話，令柳擎宇原本抑鬱的心立時一暖，彷彿是一道清泉，輕輕滌蕩了柳擎宇那充滿苦澀和痛苦的心田。

尤其是聽到秦睿婕說她六點就趕到了，秦睿婕可是從蒼山市過來的，從那裡到這兒至少要三四個小時的車程，如此算來，恐怕秦睿婕凌晨一兩點便出發了。

秦睿婕可是個女人！大半夜一個女人驅車幾百公里來到這裡，又在樓下等了自己一個多小時，即便柳擎宇的心是鐵做的，此刻也已經融化了。

柳擎宇看著秦睿婕，感激地說道：「秦睿婕，謝謝你。」

秦睿婕假裝嗔怒道：「謝什麼謝，趕快上車，跟我還客氣啥。」

柳擎宇笑了笑，拉開駕駛座的車門說道：「我來開吧，你休息一會兒，你開了一夜車，太辛苦了。」

秦睿婕便向副駕駛位置坐了過去，當她坐定之後，臉上卻多了幾顆晶瑩的淚珠。

看到那幾顆淚珠，柳擎宇的心頭便是一顫。這一刻，柳擎宇深刻的感受到秦睿婕對自己濃濃的愛意。

柳擎宇是個注重細節的人，從秦睿婕這幾顆淚珠他便推斷出來，秦睿婕肯定是被自己剛才那番關心之詁給感動了。這恰恰說明自己對秦睿婕的關心非常不夠，否則，她又怎麼會因為自己這幾句話語所感動呢？

柳擎宇開始反省起來，或許我把太多精力放在工作上了，而忽略身邊的朋友和親人的感受，忽略了對他們的關心，看來以後需要好好的加強在這方面的努力。

柳擎宇從面紙盒裡抽出幾張面紙，幫秦睿婕拭去眼角的淚珠，柔聲道：「不哭了，再哭就不漂亮了。」

秦睿婕破涕為笑：「吓，你才不漂亮呢！快點開車，你們社區外面兩公里的路邊有個早點攤，我開車過來的時候剛開始營業，咱們先去那邊墊墊肚子吧，我都快餓死了。」

柳擎宇點點頭，按照秦睿婕的指引，把車停到路邊的停車位，然後兩人來到早點攤，各自要了碗豆腐腦、兩根油條，吃完，他順手從口袋裡掏出十塊錢放在桌上，便向停車的方向走去。

負責收錢的老闆看到桌上放著十塊錢，立刻追著柳擎宇說道：「哥們，你給多了，找你兩塊錢。」

柳擎宇擺了擺手道：「不用找了。」

這時，老闆看著柳擎宇突然愣了一下，隨即說道：

「柳擎宇？你就是柳書記吧？」

柳擎宇停下腳步：「你認識我？」

老闆立刻激動的說道：「認識，當然認識，如今我們東江市的老百姓誰不認識您啊，柳書記，您這是要離開我們東江市了嗎？」

柳擎宇點點頭：「是啊，我該走了。」

這時，老闆收回那兩塊錢，取出柳擎宇剛才那張十塊錢的鈔票遞還給柳擎宇道：

「柳書記，你是我們東江市老百姓的救星啊，你的錢我不能要，沒有你，孫玉龍那些王八蛋根本就不可能落網！柳書記，今天這早點算我請您，您千萬不要客氣，我知道您一身正氣兩袖清風，我能夠為您做的只有這麼多了。」

這時，四周吃早點的人聽到老闆說眼前的這個年輕人就是柳擎宇，頓時都放下手中的碗筷呼啦一下子圍了上來。

一時間，早點攤頓時便熱鬧起來，眾人把柳擎宇簇擁在中間，紛紛與柳擎宇握手、合影，表示對柳擎宇的感激之情。

其中一位七十多歲、白髮蒼蒼的老奶奶更是雙手緊緊拉住柳擎宇的手說道：

「柳書記，我活這麼大，還是頭一次看到像你這樣敢和腐敗分子抗爭的人啊，你扳倒了孫玉龍一夥貪官污吏，為我們老百姓解決了一大塊心病！我們東江市的人永遠都會感謝你的。」

柳擎宇連忙說道：「奶奶，這是我應該做的，誰讓我是紀委書記呢！」

一個三十多歲的上班族也說道：

「柳書記，在你之前也有好幾任紀委書記，但是沒有一個像您這樣大刀闊斧進行反腐的，柳書記，您就是我們東江市的大救星啊！」

北風呼嘯，天空中開始飄起了鵝毛大雪。

然而，簇擁在早點攤上的老百姓卻越來越多，尤其是當眾人聽到柳擎宇要離開東江市的時候，消息就像是長了翅膀一般，在東江市大街小巷散播開來。

不到十分鐘，前後左右的街道兩側已經站滿東江市的百姓。

鵝毛大雪肆無忌憚的打著人們的臉龐，但是不管是六七十歲的老爺爺老奶奶，還是十多歲的小孩子，所有人都用充滿尊敬和感激的目光注視著柳擎宇。

雪片落在人們的臉上，脖子上，人們沒有絲毫的躲避之意，眼神中炙熱的感恩之心早已融化了雪片和寒風。

柳擎宇朝向眾人一一抱拳，滿臉感動的說道：

「非常感謝大家對我的關心，我在這裡謝謝大家。能不能請大家幫忙讓開一條路，我得趕快走了，如果我不走，前面那些朋友們還得在寒風中等待。」

聽到柳擎宇的話，眾人立刻行動起來，很快的，老百姓們自動自發的讓出一條筆直的通道。

此刻，得知柳擎宇提前離開消息的鄭博方和唐紹剛就站在人群的外圍，他們想要衝進包圍圈去卻完全沒有辦法，只能拼命的向柳擎宇揮手告別。

秦睿婕和柳擎宇坐進車裡，汽車發動，緩緩向前行去。

早點攤老闆手中揮舞著柳擎宇給的那張十元鈔票，奮力的呼喊著：

「柳書記，您的飯錢還在這裡呢？我不能收您的錢啊，您是我們東江市的大救星啊！」

一邊說著，老闆一邊撥動著人群想要過來，卻寸步難行。

這時，一個四十多歲的中年人對他說道：

「老闆，你收起來吧，柳書記在我們東江市當官的時候，就從來沒有收過任何人的賄賂，沒有向我們老百姓索取過任何的好處，他要離開了，你總不能讓他壞了名聲吧！」

早點攤老闆苦澀一笑，停住腳步：

「是啊，柳書記真是個百年難得一見的好官啊！如果東江市的官員都能像柳書記這樣，我們的生意就好做多了。可惜，每個月都會有人過來收取各種名目的費用，雖然大的貪官解決了，但是那些小鬼們卻一樣難纏啊。」

那個中年人立刻露出不悅之色說道：

「我說老闆啊，你就知足吧！自從柳書記來了以後，那些小鬼們不是比以前收斂了很多嗎？以前哪個月你不得拿個七八百的去打點他們，現在在柳書記的震懾之下，他們一個月頂多只敢向你索要兩三百！」

早點攤老闆使勁的點點頭。

兩人聊著天，目光如終一直注視著柳擎宇離去的方向，眼神中充滿了感恩和留戀。

漫天雪花紛紛揚揚，柳擎宇離開了東江市。

東江市的老百姓們沿著街道兩側排成了長長的隊伍，雙眼噙著淚，充滿不捨的和柳擎宇揮手告別，一路上，柳擎宇打開車窗，不斷地和老百姓們揮手致意。

秦睿婕一邊開著車，一邊感嘆道：

「柳擎宇，如果當官的每個人都能像你這樣，獲得老百姓如此敬重和不捨，中國一定強的美夢真的就在眼前啊！」

柳擎宇苦笑道：「睿婕，說實在的，我認為我只是做了一名官員應該做的事而已，在其位，謀其政，只要當官的人能夠意識到這一點，心中能夠隨時想著老百姓，那麼幾乎一半以上的官員都能夠達到我這種程度，最重要的是，官員能否放下心中的欲望，實心去做事。」

說到此處，柳擎宇唯剩一聲長嘆……

汽車駛離了東江市城區，雪花漸漸的小了下來，背後那些送行的人群在漸漸遠離、消失。

他們一路疾馳，向著省會遼源市方向進發。柳擎宇覺得既然被免職了，現在也沒有什麼安排，不如回北京，陪在父母和爺爺奶奶身邊，好盡盡孝心。

這時候，柳擎宇的手機響了起來。

是曾鴻濤打來的。

柳擎宇心中對曾鴻濤有幾分不滿，所以並沒有立即接電話。

電話響了幾聲停止後，柳擎宇猜想對方也許不會再打來了。然而，電話鈴很快再次響了起來。

秦睿婕用眼角餘光瞥了眼手機，發現竟然是曾鴻濤的電話，不禁催促道：「柳擎宇，是曾書記的電話，趕快接啊。」

柳擎宇帶著怨氣說：「曾書記又怎麼了，他還不是一樣過河拆橋？」

雖然嘴裡這樣說，不過柳擎宇還是在電話鈴響了幾聲之後接通了電話。

「柳擎宇，你立刻到省委來一趟，我有重要的事要和你當面談，我在省委等著你。」

電話那頭，傳來曾鴻濤嚴肅的聲音。

柳擎宇帶著幾分疲憊說道：「曾書記，我有些累了，正好現在沒有什麼事，我想要好好的休息一下。」

「休息？我看你是別想了，我這邊有一個縣委書記的位置需要你去救急，你趕快過來，這件事非常緊迫，南華市瑞源縣的老百姓都在對你翹首以盼呢，我需要代表省委好好的面試你一下，看看你能否勝任這個縣委書記的職務。」說完，曾鴻濤便掛斷了電話。

柳擎宇心中頓時波瀾起伏，喃喃自語道：

「讓我去南華市瑞源縣當縣委書記？這不太可能吧？**曾書記到底在玩什麼把戲？為什麼不早點和我說？難道是在考驗我嗎？**」

秦睿婕笑道：「我看很有可能曾書記是在考驗你啊，否則怎麼會幫你物色這麼一個職務呢？柳擎宇，我看你這次真的是搭上仕途快車了，曾書記可是白雲省的省委一號，正常情況下，他怎麼可能會過問你一個小小處級幹部的職務調整問題？光是那些廳級的人事工作就夠他忙活一陣的了。我看曾書記對你肯定是起了愛才之心，正因為如此，他對你的要求才會格外嚴格。

「我認為，曾書記不可能不知道李萬軍直接免掉你市紀委書記的職務，更不可能不知道李萬軍的意圖，但是卻偏偏按兵不動，這應該是**對你的心性和意志力進行考驗**，畢竟，**官場上起起伏伏非常正常，要能夠經過這種考驗，才能走得更遠。**」

柳擎宇使勁的點點頭。

其實，對這些道理，柳擎宇心中又何嘗不清楚呢？只不過柳擎宇畢竟不是那種老油條，只是一個才剛過廿四歲生日的年輕人，心性難免還是浮躁，正因為如此，他才會陷入不平的情緒中，鑽起牛角尖來。

此刻，他心中的那股怨氣完全消失了，經歷這次情緒的起伏，柳擎宇一下子成熟了許多，對很多事也看得更透澈了。

不過，柳擎宇心中並沒有為即將升為實權的一把手而喜悅，反而更感到肩上壓上重擔後的沉重。剛才曾鴻濤的話說得很清楚，他讓自己去南華市是要去救急的。

瞬間一個疑問浮上他的心頭：

「南華縣到底發生了什麼事？為什麼需要自己去救急呢？」

汽車一路疾馳，兩個多小時後駛入白雲省省委大院。

柳擎宇獨自來到省委書記曾鴻濤秘書秦浩的辦公室內。

秦浩辦公室的沙發上已經坐了四個人，從這四個人的氣場來看，柳擎宇基本上可以推斷出這些人級別最低的恐怕也是副廳級的幹部。

柳擎宇和秦浩打了個招呼，然後十分自覺的坐在最後面排隊等待著。

看到柳擎宇來了，秦浩親切地和柳擎宇握了握手，說道：

「柳同志，你先稍微等一會兒，剛才曾書記交代過了，說是你什麼時候來了，就讓我第一時間把你領進去。」

接著，秦浩便對排在第一位的那個人抱歉道：「陳副省長，因為曾書記有吩咐，恐怕得讓柳擎宇插個隊了，還請您見諒。」

陳副省長倒是不以為意，很豪爽地說：「沒事沒事，就讓他先進去吧，這次柳同志在東江市為省裡立下汗馬功勞，非常不錯啊！」

陳副省長說話的時候，還朝柳擎宇點點頭，眼神中露出發自內心的欣賞之色。柳擎宇也友好的向陳副省長笑了笑。

排在陳副省長身後的那三個都一臉震驚的看著柳擎宇。

過了十多分鐘，省委秘書長于金文從曾鴻濤辦公室內走了出來，看到柳擎宇坐在最後面，直接走到柳擎宇身邊，伸出手來和柳擎宇握了握，招呼道：

「小柳啊，你來了，趕快進去吧，剛才曾書記還跟我提到你呢，你小子還真是塊材料啊，放到哪裡都能鼓搗出一片新的天地出來。不過這次你可得小心了，這次的任務很不簡單啊。」

柳擎宇連忙說道：「于秘書長，謝謝您的提醒，您放心，不管我到哪裡，肯定會拿出百分之百的心思去做事，務必做到最好，我也有這個信心。」

于金文笑得十分開心，拍了拍柳擎宇的肩膀，鼓勵道：「很好，年輕人有朝氣，有信心，這非常好，進去吧，曾書記等著你呢！」

隨後，柳擎宇敲門走了進去，恭敬的坐在曾鴻濤對面的位子上。

這一次，曾鴻濤沒有像上次那樣去試探柳擎宇了，直接看著柳擎宇道：「怎麼，柳擎宇，這次是不是鬧了點情緒啊？」

柳擎宇臉一紅：「曾書記，是我誤解您了。」

曾鴻濤笑著擺擺手說道：「談不上誤解不誤解的，我這樣做，就是要給你留下一個深刻的印象，讓你記住，**官場上，在最後結果沒有揭開之前，永遠不要去輕易的下結論**，尤其是**官場上風雲變幻，你必須要做到勝不驕，敗不餒**，因為你只是一個人，就算是再天才的人，你也不可能永遠都處於順風路上，中間出現波折是避免不了的。

「**而且在官場上，永遠不要把自己放在很重要的位置**，因為你可能覺得自己工作做得不錯，但是**在別人眼中，任何人、任何位置都是可以替代的**，盯著那些位置的人數不勝數。」

曾鴻濤把自己的心思解析得十分深刻、透澈，柳擎宇聽了，心中充滿了感激。

他知道，曾鴻濤這是很誠心實意的對自己進行點撥，別看只是簡簡單單的幾句話，如果沒有曾鴻濤的點撥，這些都要自己用一個個的跟頭和挫折去積累，去感悟。

柳擎宇不禁看向曾鴻濤：「曾書記，謝謝您。」

曾鴻濤笑道：「跟我還客氣啥，你把工作做好了，讓老百姓得到實惠，就是對我最大的感謝。下面我跟你簡單談一談南華市瑞源縣吧，不知道你對這個縣瞭解多少？」

柳擎宇道：「在接到您的電話後，在路上我用手機查了一下，大體知道南華市是一個經濟大市，瑞源縣則是個農業大縣，二十多年前，瑞源縣在南華市屬於很富裕的縣，但是近二十多年來，瑞源縣卻在十幾個縣區中排名墊底。」

曾鴻濤滿意的說：「嗯，你能夠注意到這些，說明你在來之前的確是做了功課，不過這些功課遠遠不夠，我再給你說明說明。

「瑞源縣身為農業大縣，之所以一直排名墊底，根源在於瑞源縣的幹部思想很保守，他們也曾經發展過工業，但因為瑞源縣工業基礎十分薄弱，所以工業發展一直停滯不前，屢戰屢敗。

「在地理位置上，瑞源縣地處赤江省、吉祥省、白雲省三省交界之地，但是交通十分不便。東有赤江攔路，江寬浪急，船渡艱辛，南有鐵鍊山阻隔，雖然距離吉祥省只隔了這麼一座山，但是要想到達山那邊，至少要繞過三四百公里的路程。

「在南華市版圖上，瑞源縣地處南華市的最東南角，距離南華市最近的縣城也有八十公里，最遠的村子更是長達一百多公里，可以說交通相當閉塞。

「還有一點，這裡的民風十分彪悍，宗族勢力強大，總體來說，這裡的教育程度大大低於沿海城市，所以，綜合這些因素，瑞源縣一直沒有發展起來。等你到了瑞源縣，你要面對著多重考驗，不僅要確保當地政局的穩定，還要發展好當地的經濟，這才是我派你去瑞源縣的真正目的。」

說到這裡，曾鴻濤看向柳擎宇說道：

「怎麼樣，柳擎宇，感覺到壓力沒有？」

柳擎宇一邊聽曾鴻濤說著，眉頭緊緊皺了起來，從曾鴻濤的描述中，他已經感受到瑞源縣存在的問題絕對不簡單。

要知道，即便是再偏僻閉塞的縣城，如果有很好的農業基礎的話，也不應該年年發展墊底，南華市也有一些縣區的地理條件還不如瑞源縣，但是經濟發展程度遠遠高於瑞源縣，瑞源縣就好像是南華市版圖上的一個特殊之地，游離於整個體系之外一般。

聽曾鴻濤問自己，柳擎宇點點頭道：

「的確很有壓力，從您的說明來看，我有一種感覺，這個瑞源縣的問題遠遠比您所描述的要複雜得多，想在這裡發展經濟並保持穩定，我估計肯定會有一場苦戰要打。」

曾鴻濤道：「實話跟你說吧，南華市市長黃立海是李萬軍的鐵桿嫡系，而黃立海以前在瑞源縣擔任過縣委書記，據有關部門的資料顯示，他為官十分清廉，做人謹慎，一般人很難挑出他的毛病，不過他有一個不太好的習慣，那就是很喜歡抓權。

「此次調你前往瑞源縣，是我的**一步險棋**，你在那裡做得好，瑞源縣老百姓得到實惠，你可以得到實務的鍛鍊，提高自己的經歷與能力；但是，如果你能力不夠的話，恐怕那裡就是你的**仕途滑鐵盧**，所以，我可以給你半個小時的時間，好好的想一想到底要不要去那裡；如果你不想去的話，我可以為你安排一個經濟發展比較好的縣區去擔任縣委書記，我相信以你的能力肯定能夠把經濟搞好。」

柳擎宇聽了，毫不猶豫地說道：

「曾書記，我不需要考慮，就去瑞源縣吧。之前在蒼山市的時候，我已經在發展工業和旅遊方面證明了我自己的能力，瑞源縣是農業大縣，我去那裡正好鍛煉一下我在農業發展方面的思路和能力。」

曾鴻濤滿意地說道：「好，我果然沒有看錯人，這是調令，你先休息一個星期，一個星期後直接前往南華市報到吧！」

柳擎宇這次可真的愣住了，沒想到曾鴻濤效率如此之高，自己人剛過來，調令都準備好了，顯然曾鴻濤早就料到自己不會拒絕前往南華市的這個提議。

柳擎宇只能苦笑一下，曾鴻濤可真是料事如神啊，自己只能按照他的安排去瑞源縣赴任，接受嚴峻的考驗了。

柳擎宇雖然已經做好迎接挑戰的準備，但是讓他始料未及的是，此去瑞源縣，他所遭遇的困難之多，阻力之大，危險之多，是他在以前任何地方都沒有遇到過的。

柳擎宇人生中的第一個重大挫折，就是在這裡產生。

請續看《權力巔峰》10 殺機四伏

權力巔峰 卷9 美人心計

作者：夢入洪荒
發行人：陳曉林
出版所：風雲時代出版股份有限公司
地址：10576台北市民生東路五段178號7樓之3
電話：(02) 2756-0949
傳真：(02) 2765-3799
執行主編：朱墨菲
美術設計：吳宗潔
行銷企劃：林安莉
業務總監：張瑋鳳

初版日期：2020年3月
版權授權：蔡雷平
ISBN：978-986-352-788-6
風雲書網：http://www.eastbooks.com.tw
官方部落格：http://eastbooks.pixnet.net/blog
Facebook：http://www.facebook.com/h7560949
E-mail：h7560949@ms15.hinet.net
劃撥帳號：12043291
戶名：風雲時代出版股份有限公司

風雲發行所：33373桃園市龜山區公西村2鄰復興街304巷96號
電話：(03) 318-1378
傳真：(03) 318-1378
法律顧問：永然法律事務所 李永然律師
北辰著作權事務所 蕭雄淋律師

行政院新聞局局版台業字第3595號 營利事業統一編號22759935

定價：270元

國家圖書館出版品預行編目資料

權力巔峰 / 夢入洪荒著. -- 初版. -- 臺北市：風雲時代, 2020.01- 冊； 公分

ISBN 978-986-352-788-6（第9冊：平裝）--

857.7 108020333